名家精注精评本

苏轼集

陶文鹏
郑园
编选

凤凰出版社

图书在版编目（CIP）数据

苏轼集 / 陶文鹏，郑园编选. -- 南京 : 凤凰出版社，2014.10（2024.10重印）
（名家精注精评本）
ISBN 978-7-5506-1686-8

Ⅰ. ①苏… Ⅱ. ①陶… ②郑… Ⅲ. ①苏轼（1036～1101）—文学欣赏 Ⅳ. ①I206.2

中国版本图书馆CIP数据核字(2014)第160679号

书　　名	苏轼集
编　　选	陶文鹏　郑　园
责任编辑	卞　岐　陆　扬
封面设计	徐　慧
责任监制	程明娇
出版发行	凤凰出版社(原江苏古籍出版社) 发行部电话025-83223462
出版社地址	江苏省南京市中央路165号,邮编:210009
照　　排	南京凯建文化发展有限公司
印　　刷	唐山楠萍印务有限公司 河北省唐山市芦台经济开发区场部
开　　本	787毫米×1092毫米　1/32
印　　张	10.25
字　　数	213千字
版　　次	2014年10月第1版
印　　次	2024年10月第9次印刷
标准书号	ISBN 978-7-5506-1686-8
定　　价	89.00元

(本书凡印装错误可向承印厂调换,电话:022-69381996)

目　录

词 选

文　选

前　言

苏轼是北宋文坛的一代盟主，宋代最杰出的文学大家。他才华横溢，创作力旺盛，著述宏富。在文学艺术上有多方面的重大建树和深远影响：其散文与欧阳修并称“欧苏”，是唐宋八大家之一；诗歌与黄庭坚并称“苏黄”，开有宋一代诗歌的新风貌，而他被公认为可与屈原、陶渊明、李白、杜甫比肩的诗坛巨擘；词与辛弃疾并称“苏辛”，为豪放词的开创者；书法与黄庭坚、米芾、蔡襄并称“宋四家”；绘画与文同、米芾一起建立了宋代文人写意画派。苏轼对诗、词、文、书、画的艺术奥秘作了广泛深入的研究与探讨，是有真知灼见的文艺理论批评家。他还深谙园林艺术，精于鉴赏金石，又有博大精深的哲学与文化学术思想。涉猎的领域如此广阔，并都取得高度的成就。这样多才多艺的文化巨人，举世罕见，我们中华民族引以为自豪。

苏轼（1037—1101），字子瞻，号东坡居士，眉州眉山（今属四川）人。出身于较清寒的文士家庭。父亲苏洵是大器晚成的散文家。母亲程氏有文化修养，教苏轼读书，使其从小就“奋厉有当世志”。弟弟苏辙，是苏轼一生政治上和文学上的同道。苏轼勤奋好学，刚入成年，便“学通经史，属文日数千言”（苏辙《东坡先生墓志铭》）。

宋仁宗嘉祐元年（1056），苏轼与父亲、弟弟入京。次年应礼部举，中进士，主考官欧阳修读其文章，惊为异人，称“他日文章必独步天下”。服母丧毕，于嘉祐五年（1060），应制科考，入第三等。

神宗熙宁四年(1071),官至太常博士。此时,正值王安石变法。苏轼鉴于前朝失败的教训,不主张太激烈的变革,针对北宋积贫积弱的危机,提出一系列改革主张。但是遭到了当权派的排斥,难以立足朝廷,于是自请外任。自熙宁四年起,先后任杭州通判,徐州、密州、湖州知州。元丰二年(1079),御史中丞李定等人罗织罪名,诬陷苏轼以诗文讪谤朝廷,致使其被捕下狱,这就是历史上著名的“乌台诗案”。苏轼遭受了几个月的折磨,侥幸获释,责贬黄州。元丰八年(1085),哲宗继位,高太后任用旧党领袖司马光为宰相,尽废新法。苏轼因与旧党关系亲厚,被调还朝,官至翰林学士知制诰。由于他在地方任上,对新法的益处有所认识,所以与旧党也产生分歧,结果,又一次被放外任,历知定州、杭州、扬州。高太后死,哲宗亲政,新党再度执政,苏轼又遭贬谪,先至偏远的惠州,后被贬至天涯海角的儋州。元符三年(1100),徽宗继位,苏轼遇赦。次年,病逝于北归途中。苏轼的一生,时时处处关切国计民生,屡遭迫害而忠贞不渝。每到一处,便为当地的老百姓尽心尽责地做事。他的政绩和他的崇高品格,在当时已广受人们推崇和爱戴,以致在常州去世时,“吴越之民相与哭于市”。

苏轼的思想以儒家为本,同时深受道家和佛家影响。他少年时就十分倾慕屈原、诸葛亮、陆贽等经世济时的人物,认为“丈夫重出处,不退要当前”(《和子由苦寒见寄》),可见他辅君治国、大济苍生的抱负。同时,他又博览佛道典籍,与许多和尚道士交往。他景慕陶潜,追求老庄隐逸生活,热衷道教养生之术。苏轼将儒家与佛老融会贯通,善于从日常的人情事理把握儒、释、道三家思想的相通相近之处,以致用为归旨,圆通地观照事理。总之,苏轼奉儒而不迂执,好道而不厌世,参禅而不佞佛,通三家之变,成一家之言。他的思想博大精深而又简易圆通。在升沉之中，始终能做到穷达如一。

苏轼为人光明磊落，正直坦率。正如他自己所说的："予欲有言，言发于心而冲于口，吐之则逆人，茹之则逆己，以谓宁逆人也，故率吐之。"(《录陶渊明诗》)在关乎国家生民的大事上，他不虑祸福，言人所不敢言，行人所不敢行，不随人俯仰、苟合趋利。他开朗乐观，幽默风趣，智慧超卓，在艰难困苦中仍能旷达自适，一生坚持对理想人生和美好事物的追求。他的人格魅力，不仅使历代文人士大夫深深倾倒，而且赢得广大民众的喜爱和赞赏。

苏轼的诗今存约二千七百余首。他一生于诗用力最勤。他的诗歌与词和散文相比，题材更广阔，内容更丰富，风格更多样。其思想和艺术成就都显示了对前辈诗人欧、苏、梅和同时代诗人王安石、黄庭坚、陈师道等人的超越，堪称一代宋诗之冠。苏轼的政治讽喻诗揭露社会矛盾和政治弊病，反映民间疾苦，表达了他对国家前途和人民命运的深切关怀。在数量更多的抒怀遣兴诗中，多方面地表现出苏轼的性格、胸襟、风神气度。这一类诗真情袒露，个性鲜明、感受独到、内涵深厚，使得东坡飘逸洒脱的自我形象活灵活现地跃然纸上，尤能触发读者的心弦共鸣。苏轼一生喜爱登山临水，"身行万里半天下"(《龟山》)，探奇访胜。他用一枝生花妙笔，把雄奇的三峡、壮阔的长江、妩媚的西湖、怒涛如雪山的钱塘潮、神奇变幻的登州海市、海岛儋耳的椰林黎寨，都一一真切生动地收进诗卷之中。他的山水诗善于敏锐地捕捉住大自然中的动景，擅长营构气势飞动、瑰奇壮丽的意境。他的咏物诗也很有特色。他喜爱咏花，写下了不少咏梅花、杏花、海棠的名篇佳什。他也爱好题咏诸如笔、墨、纸、砚、扇、手杖等文化用品，古代的文化遗产以及茶、酒、奇石等，这使他的诗具有浓厚的人文色彩。他描绘景物不即不离，形神兼备，使咏物与抒情水乳相融。他继承和发展了唐代诗人李白、杜甫、李颀写人物素描诗的传统，在诗中成功地刻画出以落拓不羁、耿介拔俗的奇士为主的多种人物形象。苏轼在题画诗、评书诗、论诗诗中寄寓独到的艺术见解、审美情趣和人生体验。其中题画诗充分发挥诗的想像，生动地再现画境，并写出画笔所不能到之处，使浓郁的诗情在画外荡漾，实际上是对绘画的艺术再创造。苏轼在各种题材的诗歌中融入理趣，表达他对自然、社会、宇宙、人生的哲理探求。这些诗的哲理新颖精警，足以启迪灵智，奠定了宋诗以理趣胜的一大特色。苏诗立意高远，构思巧妙，诗思敏锐，其新奇丰富又妥帖自然的比喻令人拍案叫绝。苏轼在以文为诗方面吸取了欧阳修、苏舜钦、梅尧臣等人的经验，使充沛的感情、生动的意象、夭矫的笔势和流畅的节奏结合，避免了浅率浮滑或生硬晦涩。由于借鉴吸收了古文的章法、笔法、句法、词语，苏轼的许多古诗和一些律诗都能做到意脉贯通又转折顿挫，诗意的承接转换有如行云流水。苏诗的语言清新、博洽、鲜活、灵动。举凡经史诗赋、佛典道藏、生活口语、民间俚语，无不任其驱遣运用。苏轼胸藏万卷，善于使典用事，随手拈来，如水中着盐，浑然无迹却内涵深永。苏诗中的对仗，工整新奇，自然灵活，常以语脉的流动和上下句意的疏离反差而增强语言张力并拓展诗意空间。苏轼驾驭自如地运用古、近各种诗体。他的七言古诗波澜浩大、变化不测，尤为出色。七律颇得刘禹锡的豪健和白居易的流丽，却更自由洒脱。七绝清美精妙，有尺幅千里之势。苏诗以清雄旷放为主体风格又兼具多种姿态，正如刘克庄所评："有汗漫者，有典丽者，有丽缛者，有简淡者，翕张开阖，千变万化。”（《后村诗话》）钱锺书先生说苏诗是宋诗中“最真朴出自然”的（《苏东坡的文学背景及其赋》），见解独到。总之，苏轼极大地提高了宋诗的思想与艺术境界，堪称北宋诗歌之魂。

苏词今存三百四十余首，是北宋词人存词最多者。苏轼对传统词风作了重大变革，词的诗化是苏轼大胆的尝试，即“以诗为词”，主要表现在以下几个方面：其一，内容和题材的扩大。突破词为艳科的藩篱，除了男女之情、羁旅之愁等传统题材之外，举凡山川景色、纪游咏物、悼亡赠友、怀古感旧、伤时论世、咏史游仙、农事村景等诗人惯写的内容，都大量写入词中。其二，主体意识的强化。突破以往抒情主人公不确指的“共我”，而强调抒写作者自我，生动具体地表达出自我独特的生命体验，抒发自我政治和人生的理想。其三，意境、风格的创新。苏轼在词中创造出清雄高远的意境和豪放旷达的风格，这是词史上前所未有的。他还将诗的理趣入词，创造出情、景、理相融的作品。其四，形式、音律的突破和表现手法的发展。传统词原是严守格律，苏轼却有意在一部分词中不为应歌而作，以便更充分地表情达意，使词成为一种独立于音乐而不完全离弃音乐的抒情诗体。陆游称其“非不能歌，但豪放，不喜剪裁以就声律耳”（《老学庵笔记》卷五）。他融会了前人多种艺术技巧，提高了词的表现功能。其五，对传统婉约词的“雅化”。他充分发挥传统婉约词抒情真挚细腻、幽微深曲的特长，运以沉着或疏放的笔墨，不仅显示出淳厚深沉的自家面目，还使词向士大夫化的“雅”方向发展，奠定了雅词为主的词风格局。苏轼对词的革新是全面的，他赋予词全新的生命，为其发展开辟了广阔的天地。南宋刘辰翁说：“词至东坡，倾荡磊落，如诗如文，如天地奇观。”（《辛稼轩词序》）在我国词史上，苏词和后来发展其豪放之风的辛词，堪称两座巍然并立的艺术高峰。

苏轼是一位作品丰赡、兼擅众体的散文大家，今存散文约四千余篇。他认为写作散文应当“常行于所当行，常止于所不可不止，文理自然，姿态横生”(《答谢民师书》)。他的政论和史论，记、传和书序，以及杂记、书简、题跋等随笔小品，无论抒情或叙事，都体现出他的创作主张。苏轼的政论和史论，主要创作于初入仕途时期，多为针对现实而发，说古论今，立论精辟，切中时弊，激情澎湃，行文迂回往复，纵横驰骤，汪洋恣肆，雄辩滔滔，极有气势，显示了一位杰出政治家、思想家的见识和素养；而其旁征博引，巧譬善喻，挥洒自如，又见出诗人兼学者的学问与才情。其记、传、书序等叙事体文章，善于突破传统框架，自成一格。记叙笔墨简省而形象生动，神采飞扬，又能融写景、叙事、抒情、议论为一体，章法结构灵活多变，各极其妙。比其政论、史论具有更高的文学价值，传世名篇多不胜数。苏轼的书简、杂记、题跋等随笔性文字，更是独具风韵的神品逸品。这些小品文，或叙身边琐事，或述流放生涯，或忆旧怀友，或抒人生感慨，无不从性灵中流淌而出，自然成文。篇幅有时短至寥寥数语，却意味深隽。它们主要作于其人生的中晚期。苏轼历经磨难，却仍能写出那么多旷达自适、情趣盎然、幽默诙谐的文字，使读者从中看到了他的浩然之气与赤子之心。苏轼自评其随笔小品“自然超妙”(《得月楼古文绪论》)，十分中肯。这些小品文大大提高了古代散文的文学性、抒情性和艺术个性。苏轼还继承发展了杜牧和欧阳修开创的散文赋，使之兼具诗、文之长。二十多篇苏赋都是精品。前后《赤壁赋》，写奇景，抒逸怀，蕴妙理，是传诵千古的散文诗。苏轼的散文代表了北宋散文创作的最高成就，是北宋古文运动的丰硕成果，在当时和后世都发生过巨大的影响。

苏轼在《自题金山画像》一诗中曾写道："问汝平生功业，黄州惠州儋州。"黄、惠、儋三个地方，正是苏轼两遭贬谪之处。这自嘲的语气中，隐含了苏轼几多辛酸！但反观其诗文创作，我们不妨把这看成一个豪语——外在的功业似乎一无所成，只赢得了远谪的命运；然而远谪对于精神上的收获，却是不可估量的，并在诗、词、文中得到了真切的反映。不难想像，如果苏轼没有两次贬谪，不曾经受如此艰困险恶的磨难，而始终居于高位，一帆风顺，那么我们今天就不可能读到这么丰富美妙的文学作品了。

本书的选目去取兼顾题材内容和艺术风格的多样性，使读者可略窥全豹，同时突出苏轼的创作个性。所选作品依据底本，诗文以孔凡礼点校的《苏轼诗集》和《苏轼文集》为主，词以邹同庆、王宗堂著《苏轼词编年校注》为主，间采他本。诗、词、文三部分，各按时序排列，每篇均注明苏轼创作时间、时任职务及所在地，俾读者有一清晰的背景印象。注释力求简洁，但都注出苏轼的出处行藏和所用典故出处，也尽量吸取学术界新的研究成果，凡重要见解均有注明。对于难句略加串讲，难字亦标出注音，以方便读者阅读。苏轼研究历代不衰，早已蔚为大观，我们的才力有限，疏漏错舛之处，盼请读者批评指正。

诗　选

和子由渑池怀旧

人生到处知何似，　应似飞鸿踏雪泥。①
泥上偶然留指爪，　鸿飞那复计东西？
老僧已死成新塔，② 坏壁无由见旧题。③
往日崎岖还记否？　路长人困蹇驴嘶。④

【注释】

①“人生”句：此是和作，苏轼依苏辙原作中提到的雪泥引发出人生之感。　②老僧：名奉闲。新塔：和尚死后不用墓葬，常是火化后筑塔来埋葬骨灰。　③坏壁：指奉闲僧舍。嘉祐元年(1056)，苏轼与苏辙赴京应举途中曾寄宿奉闲僧舍并题诗僧壁。④蹇(jiǎn)驴：跛脚的驴。苏轼自注云：“往岁马死于二陵，骑驴至渑池。”二陵即河南的东崤山和西崤山，在渑池县西。

【品评】

此诗作于嘉祐六年(1061)十一月。苏轼与弟弟苏辙分手后过渑池(今河南渑池县)。苏辙有《怀渑池寄子瞻兄》诗：“相携话别郑原上，共道长途怕雪泥。归骑还寻大梁陌，行人已渡古崤西。曾为县吏民知否？旧宿僧房壁共题。遥想独游佳味少，无言骓马但鸣嘶。”此篇是和作。

自东坡此诗之后，“雪泥鸿爪”成了人生行踪偶然无定、留迹瞬间烟灭的一个喻象；同时，这也成为苏诗“长于譬喻”的例证。有感于六年间生死之变，对生死的关切和思考，促成了这首诗的哲思。查慎行《补注东坡编年诗》谓苏轼暗用天衣义怀禅师“雁过长空，影沉寒水。雁无遗踪之意，水无留影之心”之语。前四句比喻生动奇妙，单行入律，一气呵成。后四句再以所闻所见所忆的情景深化“雪泥鸿爪”的感触，使前后两部分紧密关联，虚实相生。全篇带有普遍性的人生体验，蕴含深邃哲理，故能动人深情又发人深思。起势超隽，运笔自如，意绪畅达，意境恣逸而苍凉，既是东坡本色，又显出宋代七律的新特色，成为历代传诵的名篇。

石鼓歌

冬十二月岁辛丑，① 我初从政见鲁叟。②
旧闻石鼓今见之， 文字郁律蛟蛇走。③
细观初以指画肚，④ 欲读嗟如钳在口。⑤
韩公好古生已迟，⑥ 我今况又百年后。
强寻偏旁推点画， 时得一二遗八九。
“我车既攻马亦同”， “其鱼维鲔贯之柳”。⑦
古器纵横犹识鼎， 众星错落仅名斗。⑧
模糊半已似瘢胝，⑨ 诘曲犹能辨跟肘。⑩
娟娟缺月隐云雾，⑪ 濯濯嘉禾秀稂莠。⑫

漂流百战偶然存，　　独立千载谁与友？
上追轩颉相唯诺，[13]　　下揖冰斯同鷇彀。[14]
忆昔周宣歌《鸿雁》，[15]　　当时籀史变蝌蚪。[16]
厌乱人方思圣贤，[17]　　中兴天为生耆耇。[18]
东征徐虏阚虓虎，[19]　　北伏犬戎随指嗾。[20]
象胥杂沓贡狼鹿，[21]　　方召联翩赐圭卣。[22]
遂因鼓鼙思将帅，[23]　　岂为考击烦蒙瞍！[24]
何人作颂比《嵩高》，[25]　　万古斯文齐岣嵝。[26]
勋劳至大不矜伐，[27]　　文武未远犹忠厚。[28]
欲寻年岁无甲乙，[29]　　岂有名字记谁某。
自从周衰更七国，[30]　　竟使秦人有九有。[31]
扫除诗书诵法律，　　投弃俎豆陈鞭杻。[32]
当年何人佐祖龙？[33]　　上蔡公子牵黄狗。[34]
登山刻石颂功烈，[35]　　后者无继前无偶。
皆云“皇帝巡四国，[36]　　烹灭强暴救黔首”。[37]
六经既已委灰尘，[38]　　此鼓亦当遭击掊。[39]
传闻九鼎沦泗上，[40]　　欲使万夫沉水取。[41]
暴君纵欲穷人力，　　神物义不污秦垢。[42]
是时石鼓何处避，　　无乃天工令鬼守。[43]
兴亡百变物自闲，　　富贵一朝名不朽。
细思物理坐叹息，[44]　　人生安得如汝寿！[45]

【注释】

①岁辛丑：即辛丑岁，为宋仁宗嘉祐六年(1061)。 ②从政：指做官。鲁叟：孔子。 ③郁律：比喻笔致蜿蜒。蛟蛇走：形容字迹曲折生动。 ④以指画肚：张怀瓘《书断》："王绍宗云，闻虞(世南)眠布被中，恒手画肚。"这里用"以指画肚"说明石鼓文字体难认，于是用手指写画模拟来揣测其为何字。 ⑤"欲读"句：说石鼓文字音难读。钳：夹住。 ⑥"韩公"句：韩愈《石鼓歌》有"嗟予好古生苦晚"句。 ⑦"我车"二句：作者自注说："其词云：'我车既攻，我马既同。'又云：'其鱼维何？维鲂维鲤；何以贯之？维杨与柳。'惟此六句可读，余多不可通。" ⑧"古器"二句：意谓石鼓文字奇古难识，在众多字句中仅识六句，犹如许多古器中只识鼎，众星中只识斗星而已。 ⑨"模糊"句：形容鼓石和字体的残破之状。瘢(bān)：疤痕，比喻石鼓因风雨而剥蚀。胝(zhī)：老茧，比喻石鼓被沙砾粘连。 ⑩诘曲：屈曲。跟：脚跟。肘：臂肘。 ⑪娟娟：美好貌。缺月：不满之月。这句指石鼓文字虽然模糊不清，但字体的挺拔秀丽仍可表现出来。 ⑫濯濯：光泽清秀貌。稂莠(láng yǒu)：田间杂草。这句说石鼓文中不清晰的笔画太多，好像田里不长庄稼，偏盛长杂草。 ⑬轩：黄帝轩辕氏。颉(jié)：仓颉，传说他是轩辕使臣，第一个创造文字的人。唯诺：应答。 ⑭冰：李阳冰，唐代文学家、书法家，善小篆。彀(kòu)：待哺食的雏鸟。㝅(gòu)：奶，引申为吃奶的小孩。这两句说，石鼓字体，上承黄帝、仓颉古文，下启李斯、李阳冰的小篆。 ⑮《鸿雁》：《诗经·小雅》中的一篇，是赞美周宣王的。苏轼和韩愈一样，认为石鼓是周宣王时代的作品。

⑯籀(zhòu)史：周宣王时的史官，名籀。他变蝌蚪文为大篆，亦称籀文，正是石鼓文的字体。 ⑰厌乱：指百姓厌周夷王、厉王时的动乱。圣贤：指周宣王。 ⑱耆耇(qí gǒu)：年高有德的人，指史籀。 ⑲徐虏：指周代居于今苏北、皖北一带的部族，当时与周王朝对抗。《诗经·大雅·常武》："王奋厥武，如震如怒。进厥虎臣，阚如虓虎。"又云："濯征徐国。"这是歌颂宣王讨伐徐国的诗篇。阚(hǎn)：老虎发怒。虓(xiāo)虎：咆哮的老虎。虓，同"哮"。此句言宣王将士猛如咆哮的老虎。 ⑳犬戎：周代西北的部落，又称猃狁(xiǎn yǔn)，即以后的匈奴。《诗经·小雅·六月》："薄伐猃狁，以奏肤公。""薄伐猃狁，至于太原。"这是歌颂宣王讨伐猃狁的诗篇。指嗾(sǒu)：对狗的使唤。此句言宣王将士随其指示而征讨猃狁。 ㉑象胥：掌管外邦、属国的官。杂沓：众多纷杂貌。贡狼鹿：《国语·周语》上说，周穆王征犬戎，获得四匹白狼、四头白鹿。贡，进献。 ㉒方召：方叔、召虎，都是周宣王的臣子。联翩：前后相联。圭：古代贵族所用的玉石制礼器。卣(yǒu)：也是礼器，盛酒用。 ㉓鼓鼙(pí)：乐器，大鼓和小鼓，进军时以励战士。借指军事。《礼记·乐记》："听鼓鼙之声，则思将帅之臣。" ㉔考击：敲击。蒙瞍(méng sǒu)：瞎子，指乐师。 ㉕《嵩高》：《诗经·周颂》的一篇，是颂扬周宣王的。 ㉖岣嵝(gǒu lǒu)：山名。南岳衡山的主峰，上有岣嵝碑，又称"禹碑"，凡七十七字，字形怪异难辨，后人附会是夏禹治水纪功的石刻。 ㉗矜伐：居功骄傲。 ㉘文武：指周文王、周武王。 ㉙甲乙：等第，次序。 ㉚更：变换。 ㉛九有：九州。 ㉜俎(zǔ)：砧板。豆：盛肉食的器具。俎和豆都是祭器、礼器。杻

(chǒu)：枷，刑具。 ㉝祖龙：指秦始皇。祖，人之始；龙，帝之象。 ㉞上蔡公子：指李斯，秦始皇的丞相，上蔡人。在未相秦时，他是一个常牵黄狗出上蔡东门的公子哥儿。《史记·李斯列传》写他被杀前对儿子说，想再牵黄狗出上蔡东门追逐狡兔也不可能了。 ㉟“登山”句：《史记·秦始皇本纪》载，秦始皇数次东巡，登山刻石以纪颂他的功绩。 ㊱四国：犹言四方。 ㊲烹：杀，除。强暴：这里指六国。黔首：黎民，犹言说黑家伙。黔，黎，都是黑色，这是古代对于劳动人民侮辱性的称呼。 ㊳六经：《诗》、《书》、《易》、《礼》、《乐》、《春秋》的合称。这里泛指秦始皇所焚禁的书籍。 ㊴掊(pǒu)：这里同“剖”。击掊，打破。 ㊵九鼎：古代传说，夏禹铸九鼎，象征九州。秦攻西周，取九鼎移置咸阳，有一鼎飞入泗水。 ㊶“欲使”句：《史记·秦始皇本纪》载，秦始皇二十八年，他想把那落入泗水的鼎打捞起来，曾使千人于泗水寻觅，不得。 ㊷神物：这里指鼎。污：玷污。 ㊸无乃：莫非，岂不是，表示委婉语气。天工：犹天公。 ㊹物理：事物的常理。 ㊺寿：长久。

【品评】

此诗作于嘉祐六年(1061)十二月，时苏轼在凤翔府签判任上。石鼓：我国传世的珍贵文物，今存北京故宫博物院。它由石头打琢而成，略似鼓形。每一鼓的周围都刻有文辞，纪颂帝王田猎游宴的事，所以也称“猎碣”。唐时，始发现于岐阳之野，有九个，郑余庆把它们移到孔庙里保存。韦应物、韩愈都有诗咏歌它。五代时石鼓曾经散失。宋初复搜集起来，仍是九个。皇祐年间，向传师从一个农民家里找到一个，凑足十个。

此诗收入东坡的组诗《凤翔八观》中。东坡以古文笔法叙述自己见到石鼓原委，歌颂周宣王的历史功绩和仁政，谴责秦始皇的暴政，最后感叹周秦两朝，无论“忠厚”、“暴虐”皆成陈迹，而石鼓作为历史沧桑的见证和珍贵的文物，显示了中华民族高度的智慧和才能，将千秋万载，永存人间。诗中描摹石鼓的形态，或白描或比喻，或用工笔精细刻画，或用意笔简洁勾勒，形象生动传神；诗中议论在对事物的具体叙写中逐层展开，酣畅淋漓且有条不紊，见解精警深刻；全篇多用排比对偶句，却能在整饬中求变化，笔墨开阖动荡，并无拘束板滞之病。吟读此诗，自然感受到一种恢宏的气度与深厚的人文意蕴。清代诗评家对此诗评价很高。王士禛认为它是与杜甫的《李潮八分小篆歌》、韩愈的《石鼓歌》相“鼎峙”的“古今奇作”（《池北偶谈》卷一一）。汪师韩赞曰：“雄文健笔，句奇语重，气魄与韩退之作相埒，而研炼过之。……澜翻无竭，笔力驰骤，而章法乃极谨严，自是少陵嗣响。”（《苏诗选评笺释》卷一）纪昀评云：“精悍之气，殆驾昌黎而上之。”（纪昀评点《苏文忠公诗集》卷四，以下称《纪评苏诗》）此诗堪称体大思精的七古杰作。

王维吴道子画

何处访吴画？　　普门与开元。[1]

开元有东塔，　　摩诘留手痕。
吾观画品中，　　莫如二子尊。
道子实雄放，　　浩如海波翻。
当其下手风雨快，　　笔所未到气已吞。②
亭亭双林间，③　　彩晕扶桑暾。④
中有至人谈寂灭，⑤　　悟者悲涕迷者手自扪。⑥
蛮君鬼伯千万万，⑦　　相排竞进头如鼋。
摩诘本诗老，⑧　　佩芷袭芳荪。⑨
今观此壁画，　　亦若其诗清且敦。⑩
祇园弟子尽鹤骨，⑪　　心如死灰不复温。⑫
门前两丛竹，⑬　　雪节贯霜根。
交柯乱叶动无数，　　一一皆可寻其源。⑭
吴生虽妙绝，　　犹以画工论。⑮
摩诘得之于象外，⑯　　有如仙翮谢笼樊。⑰
吾观二子皆神俊，　　又于维也敛衽无间言。⑱

【注释】

①普门、开元：两佛寺名。吴道子在两寺画有佛像，王维在开元寺画有墨竹。今皆不存。　②“道子”四句：总言吴画气势。宋代邵博《邵氏闻见后录》卷二八：“凤翔府开元寺，大殿九间，后壁吴道玄画。自佛始生、修行、说法至灭度，山林、宫室、人物、禽兽数千万种，极古今天下之妙。如佛灭度，比丘众躃踊哭泣，皆若不自胜者。虽飞鸟走兽之属，亦作号顿之状，独菩萨淡然在旁，如平

时，略无哀戚之容。岂以其能尽死生之致者欤？曰‘画圣’宜矣！” ③双林：两株娑罗树。这句和以下五句都是描写吴道子画释迦牟尼佛在天竺（印度）拘尸那城娑罗树下说法时的情景。 ④彩晕：指画中释迦头上的光轮。扶桑：古代神话中树木名，日出之处。暾（tūn）：朝阳光芒。 ⑤至人：指释迦牟尼佛。寂灭：佛家语，“涅槃”的意译，意谓超脱世间入于不生不灭之境。 ⑥悟者：指画中闻佛法而彻底觉悟的人。迷者：指未觉悟者。手自扪：茫然思索不得其解状。 ⑦蛮君鬼伯：《释迦谱》卷四记释迦涅槃时，菩萨、鬼王、天王纷纷前来。 ⑧诗老：王维善画，尤善诗，故称诗老。其《偶然作》云：“宿世谬词客，前身应画师。” ⑨“佩芷”句：化用屈原《离骚》中诗句，比喻王维气质和诗风的清雅绝俗。荪（sūn）：香草名，即荃。 ⑩清且敦：指王维诗风清丽敦厚。 ⑪祇（qí）园：祇树给孤独园或祇园精舍的简称，相传释迦在此宣扬佛法二十余年。鹤骨：比喻画中佛的众弟子形象清癯。 ⑫心如死灰：言忘掉一切情欲，心思静寂。《庄子·齐物论》：“形固可使如槁木，心固可使如死灰乎？” ⑬两丛竹：宋代赵夔注：“摩诘画两丛竹于开元寺。” ⑭“交柯”二句：意谓王维所画的两丛竹子，枝叶穿插交错，十分繁复，但细看则枝枝叶叶皆有原委，画法精严，清晰可寻。 ⑮画工：画师，画匠。 ⑯象外：形象之外，指内在的精神。 ⑰翮（hé）：鸟翎的茎，代指鸟。这句以鸟飞离笼子比喻王维的画能突破形似而获得神似。 ⑱敛衽：整理衣襟，表示尊敬。间言：异议。

【品评】

此诗作于嘉祐七年(1062),时苏轼任职凤翔府签判。王维、吴道子,都是唐玄宗时人。王维,字摩诘,著名诗人,当时称“诗佛”,亦善画,他因山水画被后人称为画家南宗之祖。吴道子又名道玄,著名画家,山水、人物画兼擅,尤善画佛像,当时称“画圣”。

这是东坡的组诗《凤翔八观》之一。嘉祐七年(1062),东坡到凤翔府签判任后,游普门寺、开元寺,观看吴道子、王维所绘壁画而作。诗中描写王维和吴道子壁画的不同气象、境界,品评二人画艺,提出了新颖、深刻的美学见解。东坡既赞美吴道子的“雄放”之美,更称许王维“得之于象外”的妙趣,从而奠定了他所倡导的重个性、重能传达出心灵感受的笔墨趣味、重“画中有诗”的意境创造的文人画理论基础。因此,这是一首借题画发表重要艺术美学见解的作品。诗中对吴与王的述评两条线时分时合,变化多姿,却又章法严整;全篇奇气纵横,而句句浑成深稳;议论有形象、有情韵,见解精警;五言、七言、杂言长短错落,于变化中显出和谐自然,流畅美妙,确是一首七古杰作。清代方东树评曰:“神品妙品,笔势奇纵。神变气变,浑脱浏亮。一气奔赴中,又顿挫沉郁。所谓‘海波翻’、‘气已吞’、‘一一可寻源’、‘仙翮谢笼樊’等语,皆可状此诗。”(《昭昧詹言》卷一二)东坡所倡导的文人画理论,很大程度反映了宋以来的审美趣味的变化,在中国绘画史上有着重要的意义。

和董传留别

粗缯大布裹生涯,[①] 腹有诗书气自华。
厌伴老儒烹瓠叶,[②] 强随举子踏槐花。[③]
囊空不办寻春马,[④] 眼乱行看择婿车。[⑤]
得意犹堪夸世俗, 诏黄新湿字如鸦。[⑥]

【注释】

①粗缯(zēng):劣质丝织物。 ②"厌伴"句:谓倦于从师学礼。《后汉书·儒林传》:刘昆"教授弟子恒五百余人。每春秋飨射,常备列典仪,以素木瓠(hù)叶为俎豆"。瓠,冬瓜、葫芦等的总名;瓠叶,做下酒的菜用。 ③"强随"句:谓忙于考举。据宋人钱易《南部新书》载,当时的举子,六七月间槐花黄时都在忙着温习功课,作文章准备考试。 ④"囊空"句:谓穷得没有马骑。寻春马:用唐代孟郊《登科后》诗"春风得意马蹄疾,一日看尽长安花"句意。 ⑤"眼乱"句:谓落第失意,家境贫寒,没有娶妻。择婿车:据《唐摭言》卷三载,朝廷为考中的进士在曲江设宴,公卿家都在那一天从进士中挑女婿,车马填塞了道路。 ⑥诏黄:用黄麻纸写的中式或任官的诏令。字如鸦:诏书写的黑字。语出唐人卢仝《示添丁》"忽来案上翻墨汁,涂抹诗书如老鸦"。

【品评】

此诗作于治平元年(1064)十二月。时苏轼罢凤翔签判任赴汴京,途经长安与董传话别而作。董传,字至和,洛阳人。家居长安二曲。曾在凤翔与苏轼交游。后韩琦荐举,未果,穷困早卒。

此诗赞扬寒士董传的才学品格,同情其应举落第的不幸,并表达了深切期望。首联写董传身著粗布衣,却因腹有诗书,而风神秀朗,意气轩昂。形神对比,人物形象逼人眼睫。近人高步瀛《唐宋诗举要》卷六赞此联"飘然而来,有昂头天外之慨"。"裹生涯"词语搭配新颖巧妙,下句语意尤精警可诵。以下三联几乎句句用典。中二联以典故组织成工巧自然的对仗。诗句用典切时切事,形象性强,又使人不觉其为用典。囊空如洗的董传在艰难文场上力求进取的身影,东坡对他的同情与鼓励,都借典象生动感人地表现出来。

欧阳少师令赋所蓄石屏

何人遗公石屏风,[①] 上有水墨希微踪。[②]
不画长林与巨植,
独画峨眉山西雪岭上万岁不老之孤松。
崖崩涧绝可望不可到, 孤烟落日相溟濛。[③]
含风偃蹇得真态,[④] 刻画始信天有工。[⑤]
我恐毕宏韦偃死葬虢山下,[⑥] 骨可朽烂心难穷。
神机巧思无所发, 化为烟霏沦石中。

古来画师非俗士，　　　　摹写物像略与诗人同。
愿公作诗慰不遇，⑦　　　无使二子含愤泣幽宫。⑧

【注释】

①遗(wèi)：这里通“馈”，赠送。　②水墨：水墨画的略称。希微：暗淡。　③溟濛：模糊不清。　④偃蹇(yǎn jiǎn)：夭矫屈曲。　⑤天有工：上天的职能。《尚书·皋陶谟》：“无旷庶官，天工人其代之。”后天工引申为自然神妙之意。　⑥毕宏、韦偃：都是唐代画家，善画松。虢(guó)山：在虢州(今河南卢氏县)，石屏产地。　⑦不遇：指毕宏、韦偃生前遭遇冷落寂寞。　⑧幽宫：指坟墓。陶渊明《拟挽歌辞》(之三)：“幽室一已闭，千年不复朝。”

【品评】

此诗作于熙宁四年(1071)九月，时苏轼赴杭州通判任，途经颍州(今安徽阜阳)，谒见欧阳修，观赏了其收藏的这块石屏，应命赋诗。

此篇虽为遵命之作(遵欧阳修之嘱赋诗)，却想像奇崛，挥洒自如。东坡观赏了石屏，把石屏上的天然色痕纹理想像为是天公造化刻画出的“峨眉山西雪岭上万岁不老之孤松”，继而又以崩崖绝涧、孤烟落日的背景环境烘托这棵孤松之神，又生动地描绘它在风中的夭矫屈曲之态；接着更匪夷所思、迁想妙得，说是葬于虢山的唐代画家毕宏、韦偃画兴未已，神机巧思化为烟霏凝入石屏，作出此幅水墨孤松图，借此宣泄内心激荡不平之气，倾吐出自己因对新法不满被迫外任的愤懑；同时，巧妙地在抒发对毕、韦的崇仰和对其生前遭遇痛感不平中，融入自我的境况心情，并表达了诗画艺术都要天工自然的精辟美学见解。此诗不仅想像奇丽，感情激越，意蕴丰厚，而且以意运笔，挥洒自如，以七字句为主，又笔随意到地插入九字句、十一字句乃至诗史上从未有过的十六字句，长短错落，变化多姿，气势雄放。难怪汪师韩《苏诗选评笺释》卷一赞曰："长句磊砢，笔力具有虬松屈盘之势。"

出颍口初见淮山，是日至寿州

我行日夜向江海，　枫叶芦花秋兴长。
长淮忽迷天远近，① 青山久与船低昂。②
寿州已见白石塔，　短棹未转黄茅冈。③
波平风软望不到，　故人久立烟苍茫。

【注释】

①长淮：指淮河。　②"青山"句：写舟行时眺望远山的起伏动荡之感。低昂：高低起伏。　③黄茅冈：白居易《山鹧鸪》："黄茅冈头秋日晚，苦竹岭下寒月低。"这里借指由淮河转至寿州所经的江边土岗。

【品评】

此诗作于熙宁四年（1071）九月底，时苏轼赴杭州通判任途中。淮山，颍水入淮河之处，在寿州（今安徽寿县）西正阳关。

东坡素擅运用比喻和典故，但在这首拗体七律诗中却不用一个比喻和典故，纯用白描手法，把舟行情景写得宛然图画。尽管中两联对仗字字工稳，却使人不觉得是对仗。全篇如行云流水，一气直下，极富动态美，令人从诗句的流动变化中感觉到船行的疾速。尤其是“青山久与船低昂”一句，写波涛起伏，人在船中，感觉到青山亦随船一道一起一伏，状难写之景如在目前。透过轻松畅快的文字和节奏，我们能体味到诗人复杂矛盾的感情。首句字面上实写离京路程的漫长，已寓有诗人远离京城、漂泊江湖的忧郁；描绘萧瑟又明朗的秋景，映衬自己一路观赏景色的“秋兴”，却暗示他以旷达乐观的性情驱散了心头的忧郁。结句不说自己思念故人，却想像故人在苍茫暮色中久立等待自己，情味深长。东坡自己对这首流动俊逸的拗律也颇得意，后来他写《李思训画长江绝岛图》诗，有“沙平风软望不到，孤山久与船低昂”一联，就是用了此诗第七、第四句，直到晚年被南贬到江西时，还草书此诗，并作了题记，足见他对此诗的珍爱之情。

泗州僧伽塔

我昔南行舟系汴，[①] 逆风三日沙吹面。[②]
舟人共劝祷灵塔，[③] 香火未收旗脚转。[④]
回头顷刻失长桥，[⑤] 却到龟山未朝饭。[⑥]
至人无心何厚薄，[⑦] 我自怀私欣所便。
耕田欲雨刈欲晴，去得顺风来者怨。[⑧]

若使人人祷辄遂，　造物应须日千变。[9]
我今身世两悠悠，[10]　去无所逐来无恋。[11]
得行固愿留不恶，　每到有求神亦倦。
退之旧云三百尺，[12]　澄观所营今已换。
不嫌俗士污丹梯，[13]　一看云山绕淮甸。[14]

【注释】

①"我昔"句：这句和以下五句都是回忆治平三年(1066)护送苏洵灵柩舟行返蜀，自汴入泗入淮，曾过泗州僧伽塔。汴，指汴河。　②逆风：指遇到与船行方向相反的南风。　③灵塔：指僧伽塔。《宋高僧传》卷一八《唐泗州普光王寺僧伽传》记此塔称："多于塔顶现小僧状，倾州瞻望，然有吉凶表兆于时，乞风者分风，求子者得子。"故称为灵塔。　④旗脚转：指风向改变。梅尧臣《龙女祠祈顺风》："龙母龙相依，风云随所变。舟人请予往，出庙旗脚转。"　⑤长桥：桥名。在泗州。　⑥龟山：在泗州城东。⑦至人：达到最高精神境界的人。语出《庄子·逍遥游》："至人无己，神人无功，圣人无名。"这里指僧伽。　⑧"耕田"二句：意谓同一事物对于要求不同的人，利害关系迥异，所谓"甲之熊掌，乙之砒霜"。　⑨造物：创造并主宰万物的上天。　⑩悠悠：指身世飘荡不定。　⑪去：指将往的地方。逐：竞争。来：指所来之处。⑫退之：即唐代文学家韩愈。他在《送僧澄观》诗中说唐代洛阳名僧澄观所重建的僧伽塔高达三百尺。　⑬俗士：这里是作者自谦之词。　⑭淮甸：淮水一带原野。

【品评】

此诗为熙宁四年(1071)十月,苏轼赴杭州途中所作。泗州,州城旧址在今江苏盱眙(xū yí)东北,已陷入洪泽湖。僧伽为唐代高僧,葱岭北何国人,自言俗姓何氏。唐龙朔初年,入中原在临淮传教,创立泗州普光王寺。唐中宗景龙二年(708)卒,建塔葬于泗州。

传说僧伽塔顶常出现小僧形象,舟行于此祈祷则可得顺风。东坡偏要破除这个虚妄的说法,认为人们应当更以豁达的态度对待人生中的顺风逆风。诗前半用欲抑先扬、欲擒故纵手法,先描述昔年过此塔时烧香祈祷竟得顺风的情景,似是赞同祈祷灵验之说,不料笔锋一转,写出六句锋锐恣肆的议论。他指出,人们的私愿往往互相矛盾,要让各种各样的私愿都因祈祷而得到满足,即使造物者一日千变也无所适从。东坡用生活中人们习见的事情和浅显明白的语言,把破除迷信的道理说得如此透辟而有趣味,这正是他的高明之处。诗的后半说,他自己不愿以私心向僧伽塔祈祷,顺风或留阻对他都无所谓,从而含蓄地表达了他厌倦政治斗争并力求摆脱思想矛盾的旷达超脱情怀。全篇放笔快意,一气倾泻,却又句法雄健,章法严谨。纪昀评:“纯涉理路而仍清空如话。”(《纪评苏诗》卷一八)汪师韩赞:“至理奇文,只是眼前景物口头语,透辟无碍。”(《苏诗选评笺释》卷二)是中肯的。

游金山寺

我家江水初发源, 宦游直送江入海。

闻道潮头一丈高，　天寒尚有沙痕在。
中泠南畔石盘陀，[1]　古来出没随涛波。
试登绝顶望乡国，　江南江北青山多。
羁愁畏晚寻归楫，　山僧苦留看落日。
微风万顷靴文细，　断霞半空鱼尾赤。
是时江月初生魄，[2]　二更月落天深黑。
江心似有炬火明，　飞焰照山栖乌惊。
怅然归卧心莫识，　非鬼非人竟何物？[3]
江山如此不归山，　江神见怪警我顽。
我谢江神岂得已，　有田不归如江水！[4]

【注释】

①中泠(líng)：泉名，在金山西北。石盘陀：形容巨石回旋不平。②魄：月缺时候有圆形轮廓而光线暗淡的部分。旧说每月初三以后，此部分逐渐明亮，谓之成魄。初生魄，即初三，苏轼来游正当十一月初三。　③“江心”四句：苏轼自注：“是夜所见如此。”炬火：这里指古人所谓“阴火”，即阴晦时浮现水面之火。木华《海赋》：“阴火潜然。”曹唐《南游》：“涨海潮生阴火灭，苍梧风暖瘴云开。”　④“我谢”二句：作者对江神的誓言。古人常指水为誓，如《左传·僖公十四年》记晋公子重耳流亡在外，渡黄河时对子犯说：“所不与舅氏同心者，有如白水。”《晋书·祖逖传》也记载，祖逖中流击楫指着大江发誓说：“祖逖不能清中原而复济者，有如大江。”

【品评】

此诗作于熙宁四年(1071)。苏轼赴杭州途中,经金山寺访宝觉、圆通二僧,夜宿作此诗。金山寺,在今江苏镇江金山上,旧名泽心寺,又名龙游寺、江天寺,金山寺是它的俗名。宋时金山为屹立长江中之岛,后与陆地相连。

东坡作诗文,最善于不粘滞题目而别饶生趣。如此诗,一般的作法是平常铺叙游玩之迹。而东坡一发语便出奇,陈衍《宋诗精华录》评云:"一起高屋建瓴,为蜀人独足夸口处。"诗的首联,高屋建瓴,言简意赅,将其万里程、半生事一笔道尽,可谓缥缈之音,自然高妙。正如前人所评:"确是游金山寺发端,确是东坡游金山寺发端,他人抄袭不得。盖东坡家眉州近岷江,故曰'江初发源';金山在镇江,下此即海,故曰'送江入海'。"(施补华《岘佣说诗》)以下写景各联,动静虚实,笔法多变。想像奇特,比喻新颖,色彩绚丽,境界壮美,又传达出空旷、幽静、带有神秘感的氛围。全篇将游寺观景与望乡归山绾合,寄慨深沉,波澜阔大又章法严谨,是宋代山水游览诗的名篇。

腊日游孤山访惠勤惠思二僧

天欲雪,云满湖,　　楼台明灭山有无。①
水清石出鱼可数,　　林深无人鸟相呼。
腊日不归对妻孥,②　名寻道人实自娱。
道人之居在何许?③　宝云山前路盘纡。④

孤山孤绝谁肯庐?[5] 道人有道山不孤。[6]
纸窗竹屋深自暖, 拥褐坐睡依团蒲。[7]
天寒路远愁仆夫, 整驾催归及未晡。[8]
出山回望云木合,[9] 但见野鹘盘浮图。[10]
兹游淡薄欢有余, 到家怳如梦蘧蘧。[11]
作诗火急追亡逋,[12] 清景一失后难摹。

【注释】

①明灭:若隐若现。杜甫《雨》:“明灭洲景微,隐见岩姿露。”山有无:王维《汉江临泛》:“江流天地外,山色有无中。” ②妻孥(nú):妻子和孩子。 ③道人:有道之人,这里指二僧。 ④宝云山:西湖北边。盘纡:曲折迂回。 ⑤孤绝:孤山孤峰独耸。谁肯庐:谁肯(在孤山这里)结庐而居呢? ⑥“道人”句:暗用《论语·里仁》之意:“德不孤,必有邻。”指二僧因为得道居住在山间,便不觉山孤了。 ⑦褐(hè):粗麻布做的衣服。团蒲:即蒲团。僧人用来坐禅和跪拜的草垫。 ⑧晡(bū):申刻,下午三点到五点。⑨回望云木合:回头望时,树丛间云烟缭绕,迷茫一片。王维《终南山》:“白云回望合,青霭入看无。” ⑩野鹘(hú):鹰隼类。浮图:梵语,指佛教、僧人。这里指佛塔。 ⑪怳(huǎng):恍惚。梦蘧蘧(qú):梦醒之后惊动之貌。语出《庄子·齐物论》,写庄子梦蝴蝶,“俄然觉,则蘧蘧然(庄)周也”。 ⑫亡逋:逃亡者。

【品评】

此诗作于熙宁四年(1071)冬。苏轼时任杭州通判不久,访诗僧惠勤惠思。腊日，旧时腊祭之日。汉代以冬至后第三个戌日为腊日，宋仍用汉腊。孤山在西湖旁。惠勤、惠思，皆为余杭人，诗僧。

僧人惠勤，曾是东坡最尊敬的老师欧阳修的好友，据东坡记载："从公（欧阳修）游三十余年，公称之为聪明才智有学问者，尤长于诗。"（《钱塘勤上人诗序》）无怪乎东坡一到杭州就要去访问惠勤。全诗主要围绕"道人有道"铺开来，仿佛一幅冬日山行访僧图卷。诗人以其善于捕捉景物动态的本领，连续勾勒出云雪楼台、游鱼水石、深林啼鸟、盘纡山路、幽峭竹屋、坐睡和尚、整驾仆夫、连绵林木、鹘盘浮图……联翩佳句，信手拈来，毫不着力，呈现出一个饶有生机的清幽意境，极清新流丽之致。汪师韩评此诗："语语清景，亦语语自娱。而道人有道之处，已于言外得之。栩栩欲仙，何必涤笔于冰瓯雪碗。"（《苏诗选评笺释》卷一）纪昀亦赞曰："忽叠韵，忽隔句韵，音节之妙，动合天然，不容凑泊。"（《纪评苏诗》卷七）诗末写追忆白天所见所闻，试图描绘出当时之境，以准确生动的语言道出作诗须及时捕捉灵感兴会和表现清新景物感受，在后人的创作论中经常被当作警言妙句引用。

戏子由

宛丘先生长如丘，① 宛丘学舍小如舟。
常时低头诵经史， 忽然欠伸屋打头。
斜风吹帷雨注面， 先生不愧旁人羞。

任从饱死笑方朔，[2] 肯为雨立求秦优？[3]
眼前勃谿何足道？[4] 处置六凿须天游。[5]
读书万卷不读律，[6] 致君尧舜知无术。[7]
劝农冠盖闹如云，[8] 送老齑盐甘似蜜。[9]
门前万事不挂眼， 头虽长低气不屈。
余杭别驾无功劳，[10] 画堂五丈容旂旆。[11]
重楼跨空雨声远， 屋多人少风骚骚。
平生所惭今不耻， 坐对疲氓更鞭棰。[12]
道逢阳虎呼与言，[13] 心知其非口诺唯。
居高志下真何益， 气节消缩今无几。
文章小技安足程？[14] 先生别驾旧齐名。
如今衰老俱无用，[15] 付与时人分重轻。[16]

【注释】

①宛丘：即陈州，今河南淮阳。因苏辙任陈州的学官，故戏称他为“宛丘先生”。丘：山丘。长如丘：意谓身材长大如山。②方朔：东方朔，汉武帝侍从之臣。《汉书》本传载，他曾对武帝说自己身长九尺余，侏儒仅长三尺余，可是所得俸禄却相同，故而“侏儒饱欲死，臣朔饥欲死”。这里以“饱欲死”的侏儒比喻当时得宠的幸臣，以东方朔比苏辙。 ③秦优：秦朝的优旃（zhān），是个矮小的伶官。《史记·滑稽列传》载，有一次，秦始皇设宴，优旃怜悯殿前站班的卫士被雨淋，便大呼：“汝虽长，何益？幸雨立；我虽短也，幸休居。”秦始皇听了，便让卫士减半值班，轮番休息。

④勃谿：争斗，争吵。 ⑤六凿：指喜、怒、哀、乐、爱、恶之情。天游：谓心灵与天相通，精神与自然共游。《庄子·外物》："室无空虚，则妇姑勃谿。心无天游，则六凿相攘。" ⑥律：律令，律法。⑦术：治国之术。当时王安石等变法派罢诗赋取士，选士任官都要试律令。这二句对此予以讽刺。 ⑧劝农冠盖：熙宁二年，朝廷派遣官员到各路督察农田、水利、赋税、劳役，这里指朝廷派下去"劝农"的官员。冠盖，官宦的冠服和车盖，代指官员。 ⑨送老：养老。齑(jī)盐：咸菜。这里借指极清苦的生活。韩愈《送穷文》："太学四年，朝齑暮盐。" ⑩余杭：杭州。别驾：汉代官名，刺史的副手。余杭别驾，苏轼自指，他当时任杭州通判，职务相当于别驾。 ⑪旂旄(qímáo)：旗帜。 ⑫疲氓(méng)：饥贫的百姓。鞭棰(chuí)：鞭打。朋九万《乌台诗案》说："是时多徙配犯盐之人，例皆饥贫，言鞭棰此等贫民，平生所惭，今不复耻矣。以讥讽朝廷盐法太急也。" ⑬阳虎：阳货，春秋后期鲁国季孙氏家臣，专擅鲁国国政。他要孔子出仕，孔子鄙视他，就敷衍说："诺，吾将仕矣。"事见《论语·阳货》。 ⑭文章小技：语出杜甫《贻华阳柳少府》诗："文章一小技，于道未为尊。"程：计量，计算。安足程：犹言算不了什么。 ⑮衰老：时子瞻三十六岁，子由三十三岁，正当壮年。说衰老无用是愤激牢骚语。 ⑯分重轻：评定高下。

【品评】

此诗作于熙宁四年(1071)，时苏轼任杭州通判。苏辙为陈州州学教授。

游戏之笔未必只是闲笔。在这首诗里，东坡以游戏和诙谐的语气，称赏弟弟子由在险恶环境和清贫生活中表现了儒者的高尚气节，却说自己居高志下、气节消缩、扰民唯诺。在自嘲中寄寓牢骚愤懑，对新法弊端作了多方面的讽刺和抨击。东坡反对新法，不无偏颇之处，但却是从同情人民的立场出发的。如诗中指责新法强化盐禁，法网繁苛，造成许多贫民因贩私盐而获罪，是符合历史事实的。东坡在对照的描写中，突出了他们兄弟俩坦荡的襟怀。全篇包含了丰富的政治、思想内容。后来，此诗被新党中的奸恶小人当作东坡讪谤朝政的罪证之一。这也反映了此诗讽刺的尖刻。在刻画人物方面，子由的形象生动、夸张、风趣、传神。在章法结构和用典、对照、讽刺笔法的运用方面亦有独到之处。清汪师韩《苏诗选评笺释》卷一对此诗以对比反衬手法刻画人物的艺术表现特点作了较精细的评析："前后平列两段，末以四句作结。宛丘低头读书而有昂藏磊落之气，别驾画堂高坐而有气节消缩之嫌。其所齐名并驱者，独文章耳。而文章固无用也。中间以'画堂五丈容旂旐'对'宛丘学舍小如舟'；以'重楼跨空雨声远'对'斜风吹帷雨注面'；以'平生所惭今不耻'对'先生不愧旁人羞'；以'坐对疲氓更鞭棰'对'门前万事不挂眼'；以'居高志下真何益'对'头虽长低气不屈'，故作喧寂相反之势，不独气节消缩者虽云自适，即安坐诵读者岂云得时？文虽跌宕昭彰，情则欷歔悒郁。"赵克宜《角山楼苏诗评注汇钞》附录卷中评"重楼跨空雨声远"二句"写境最真"，高步瀛《唐宋诗举要》卷三评"心知其非口诺唯"句"形容刻苦"，都是有见地之言。

雨中游天竺灵感观音院

蚕欲老，麦半黄，① 前山后山雨浪浪。②
农夫辍耒女废筐，③ 白衣仙人在高堂。④

【注释】

①蚕欲老：指春末夏初时，蚕快要作茧了。《本草纲目》卷三九："蚕三眠三起，二十一日而老。" ②浪浪：形容雨声之响，雨势之大。 ③辍耒（lěi）：停止耕种。耒，古代称犁上的木把为耒。废筐：停止采桑。 ④白衣仙人：指观音像。这里暗讽当政者深居高堂，不理百姓疾苦。

【品评】

此诗作于熙宁五年（1072）夏，时苏轼在杭州通判任上。天竺灵感观音院，在杭州城西二十里上天竺寺内。

这是首民歌体的小诗，明白如话。诗中写正当蚕老、麦黄之际，偏遭淫雨，这对农夫桑女是很沉重的打击。白衣仙人观音菩萨却高坐堂上，无动于衷，漠不关心。表面是责备神像土偶无知，实际是讽刺当政者只知养尊处优，不管百姓死活。全诗语言通俗，状景生动，音节流畅，声韵铿锵，讽刺之意含蓄不露，耐人寻味。纪昀评"似谚似谣，盎然古趣"，"妙于不尽其词"（《纪评苏诗》卷七），是精当的。

六月二十七日望湖楼醉书五绝（五首选二）

黑云翻墨未遮山，白雨跳珠乱入船。
卷地风来忽吹散，望湖楼下水如天。

放生鱼鳖逐人来，① 无主荷花到处开。
水枕能令山俯仰，② 风船解与月徘徊。③

【注释】

①放生鱼鳖：宋真宗天禧四年，太子太保判杭州王钦若曾奏请以西湖为放生池，禁捕鱼类，为皇帝祈福。后沈遘在仁宗时任杭州知州，亦禁捕西湖鱼鳖。 ②“水枕”句：枕席于船上，漂流水上，看到山似乎随着船而上下起伏。 ③“风船”句：随风摇荡的船，似乎也充满情味地与夜月相伴推荡。曹植《七哀》：“明月照高楼，流光正徘徊。”

【品评】

此组诗作于熙宁五年(1072)夏。原作五首，这里选其一、其二。苏轼时任杭州通判已半年。望湖楼，五代时吴越王钱氏所建，又名看经楼、先德楼，在西湖边。

组诗写苏轼宦游情怀以及自我开解、随遇而安的处世态度。这二首主要描绘了西湖的旖旎风光。前一首描绘夏天西湖突如其来的一场雨。在诗人笔下，云起、雨降、风来、天晴、水涨的过程，先是迅疾猛烈，极有气势，后转为轻松平静，真是笔飞墨舞，变幻莫测，雄奇瑰丽。以“翻墨”与“跳珠”两个妙喻分别形容黑云白雨，兼具声音、光色与动态。由雨转晴，暗寓东坡对待政治、人生的疾风骤雨的乐观态度与旷达情怀，蕴含哲理。后一首，写卧船观山和月夜泛舟的乐趣，把鱼鳖、荷花、青山、风船、明月都写得自由自在、活泼有情，表现出与大自然契合无间的意趣。两首诗体现了东坡七绝旷放潇洒、灵动跳脱、机趣横生的鲜明特色。

吴中田妇叹

今年粳稻熟苦迟，[①] 庶见霜风来几时。[②]
霜风来时雨如泻，杷头出菌镰生衣。[③]
眼枯泪尽雨不尽，[④] 忍见黄穗卧青泥！[⑤]
茅苫一月陇上宿，[⑥] 天晴获稻随车归。
汗流肩赪载入市，[⑦] 价贱乞与如糠粞。[⑧]
卖牛纳税拆屋炊，虑浅不及明年饥。
官今要钱不要米，西北万里招羌儿。[⑨]
龚黄满朝人更苦，[⑩] 不如却作河伯妇！[⑪]

【注释】

①粳（jīng）：稻的一种，有粘和不粘两类，宋初南方普遍种植。苦：很。 ②庶：庶几，表推测。 ③杷（pá）：农具。出菌：长菌。

镰生衣：镰刀生了锈。 ④"眼枯"句：化用杜甫《新安吏》"莫自使眼枯，收汝泪纵横；眼枯即见骨，天地终无情"句意。 ⑤忍见：不忍见到。 ⑥茅苫（shān）：茅棚。苫，用草帘子遮盖。陇：田埂。 ⑦赪（chēng）：赤红色。肩赪：指肩头因担负而红肿。 ⑧乞与：给与，送给。糯（xī）：碎米。 ⑨"官今"二句：当时朝廷赋税收钱，农民不得不把米贱卖换钱纳税；免税法又要出钱募役，更造成钱荒米贱；同时宋神宗要灭西夏，采用王韶的《平戎三策》，花不少钱去招抚西北的羌人部落。 ⑩龚黄：指西汉渤海太守龚遂和颍川太守黄霸，二人都是好官，以恤民宽政见称，事迹见《汉书·循吏传》。这里是反语，讽刺推行新法的官员。 ⑪河伯：河神。《史记·西门豹传》载，战国魏文侯时，邺地常闹水灾，当地官绅勾结巫祝，每年借口为河伯娶妇才能免除水灾，大肆敲诈勒索百姓，并将民家女子强行投进河里，算是嫁给河伯。西门豹为邺县令，把巫祝投入河中，揭穿了这个骗局。这里说田妇遭遇水灾，宁愿被投入水中以摆脱如今的苦境，写出农民的极端痛苦与绝望。

【品评】

此诗作于熙宁五年（1072），时苏轼在杭州通判任上。吴中，指江浙一带。

这首仿新乐府的诗歌，是在江南秋雨成灾的背景下写成的。东坡借田妇的感叹，集中描绘了江浙一带农民的悲惨生活情景。诗紧扣"叹"字层层展开，步步深入：先叹稻熟苦迟，次叹秋雨成灾，复叹谷贱伤农，结尾揭露官吏逼民投河。其中流露出东坡对王安石新法的不满，却也触及到新法在推行中的流弊，字里行间渗透了东坡对民生疾苦的深切忧虑与同情。这是东坡继承与发扬杜甫、白居易新乐府诗揭露黑暗、同情人民的可贵创作精神写出的杰作。全篇以田妇这个典型人物的口吻叙事抒情，并精心选择、提炼农民劳动生活的情景和细节。“杷头”句将常景写出奇句，“眼枯”、“粪黄”二联沉痛彻骨。全篇感情鲜活饱满，显示出东坡敏锐的观察力与丰富的想像力。

新城道中（二首选一）

东风知我欲山行，　吹断檐间积雨声。
岭上晴云披絮帽，　树头初日挂铜钲。①
野桃含笑竹篱短，　溪柳自摇沙水清。
西崦人家应最乐，② 煮芹烧笋饷春耕。

【注释】

①铜钲（zhēng）：铜盘。　②西崦（yān）：西山。

【品评】

此诗作于熙宁六年（1073）二月，时苏轼在杭州。他巡视属县，赴新城道上作。新城，在杭州西南，为杭州属县，今为富阳县新登镇。

山行途中，积雨初晴。东风朝阳，野桃溪柳，景色清新明媚，诗人心情愉悦，更为春耕农民的欢乐情景所深深感染，在诗中抒发出厌恶俗务、热爱自然、与民同乐的情趣。首联写东风知心，吹断雨声，以拟人手法状物，奠定了全篇轻松欢快的调子。元人方回说：“起句十四字妙。”（《瀛奎律髓》卷一四）颔联用“披絮帽”和“挂铜钲”分别比喻岭上晴云与树头初日，方回与清代纪昀都批评比喻“颇拙”、“究非雅字”（同上），汪师韩《苏诗选评笺释》（卷二）也认为“未免着相”。其实诗人取譬于农家日常生活习见的事物，以俗为雅，新奇鲜活。这两个喻象小大相形，银白和金红的光色相辉映，饶有奇趣，不失为佳联。颈联白描出江南山乡春天秀丽迷人风光，景物意象快活自在又相亲相爱，浅易中尤见诗人运笔流丽、浑然天成。汪师韩赞此联：“铸语神来，常人得之便足以名世。”（同上）其评价是精当的。

法惠寺横翠阁

朝见吴山横，①　　暮见吴山纵。
吴山故多态，　　转折为君容。②
幽人起朱阁，③　　空洞更无物。④
惟有千步冈，⑤　　东西作帘额。
春来故国归无期，⑥　人言秋悲春更悲。
已泛平湖思濯锦，⑦　更看横翠忆峨眉。⑧
雕栏能得几时好？　不独凭栏人易老。⑨
百年兴废更堪哀，　悬知草莽化池台。⑩
游人寻我旧游处，　但觅吴山横处来。

【注释】

①吴山：一名胥山。吴人祠伍子胥于山上，故名，即今城隍山，在杭州城内。 ②为君容：向人展现它的美丽。 ③幽人：指建造阁的法惠寺僧徒。 ④“空洞”句：言阁内并无多少陈设。⑤千步冈：指吴山，言其横亘东西，从阁内看去，好像是帘额。⑥故国：故乡。 ⑦平湖：指西湖。濯锦：即锦江，一名岷江，在成都。 ⑧峨眉：峨眉山。苏轼长年游宦在外，常以峨眉寄托乡思，如《寄黎眉州》：“瓦屋寒堆春后雪，峨眉翠扫雨余天。” ⑨“雕栏”二句：用南唐李煜《虞美人》“雕栏玉砌应犹在，只是朱颜改”和《浪淘沙》“独自莫凭栏，无限江山”词意。 ⑩悬知：推知，预料。

【品评】

此诗作于熙宁六年(1073)春天，时苏轼在杭州通判任上。法惠寺，在杭州清波门前，五代吴越王钱氏所建。横翠阁在寺内。

此诗由眼前景引发故园情，遂至感叹百年流光易逝，人事无常。东坡写吴山的纵横多态，联想到故乡的峨眉濯锦；从怀念故国杳无归期，触发出人生短暂兴废无常的苍凉之思。全篇意蕴丰厚，寄慨深沉。写景化静为动，又以拟人手法化美为媚，传山水之神。章法错综变化，波澜起伏，前呼后应，首尾相衔。前八句五言写景，后十句七言抒情，借鉴民间歌谣重叠而略有变化的句式，有对偶句，有散句，三组四句一换韵，一组两句一换韵，韵脚平仄交错，使诗的音韵节奏在整齐中有变化，真是声情谐和，动心悦耳。纪昀说此诗“短峭而杂以曼声，使人怆然易感”(《纪评苏诗》卷九)，可谓会心知音。

饮湖上初晴后雨（二首选一）

水光潋滟晴方好，[1] 山色空濛雨亦奇。[2]
欲把西湖比西子，[3] 淡妆浓抹总相宜。

【注释】

①潋滟（liàn yàn）：水盛而波涛翻动貌。 ②空濛：迷茫，山色在细雨中若有若无的情态。 ③西子：春秋时越国美女西施。

【品评】

此诗作于熙宁六年（1073）。苏轼时在杭州。

西湖的别称“西子湖”是从苏轼这首诗而得名的。王文诰赞它“可谓前无古人，后无来者”（《苏文忠公诗编注集成》卷九）的名篇，主要就是因为苏轼对西湖风光作了富于诗情画意以及美学理趣的艺术概括。前二句说，阳光和煦时，其水波荡漾，明艳柔媚；微雨轻飘时，其山色迷濛，空灵婉约。无论晴也好，雨也好，西湖的风光总是那样美妙神奇。“潋滟”与“空濛”这两个叠韵形容词上下对映，兼有形、音、义之美，用得精妙无比。后二句把西湖比作古代越国美人西施，不管妆浓妆淡都惹人怜爱。这个比喻非常新颖、奇特、独创，活现出西湖的意态风情，又表明天然本色的美具有丰富多样的形式，是苏轼的神来之笔。清代查慎行《初白庵诗评》卷中云：“多少西湖诗被二语扫尽，何处着一毫脂粉颜色。”

近人陈衍也说:“后二句遂成为西湖定评。”(《宋诗精华录》卷二)这首诗被历代诗评家誉为吟咏西湖的千古绝唱。

於潜女

青裙缟袂於潜女,[①] 两足如霜不穿屦。[②]
觰沙鬓发丝穿柠,[③] 蓬沓障前走风雨。[④]
老濞宫妆传父祖,[⑤] 至今遗民悲故主。[⑥]
苕溪杨柳初飞絮,[⑦] 照溪画眉渡溪去。
逢郎樵归相媚妩,[⑧] 不信姬姜有齐鲁。[⑨]

【注释】

①缟:白色织品。袂:袖子,这里指衣服。　②足如霜:形容其足洁白如霜。李白《越女词五首》之一:“屐上足如霜,不著鸦头袜。”屦(jù):鞋子,汉以后称履。　③觰沙(zhā shā):两角翘张的样子。丝穿柠:头上横插大银栉(即蓬沓),好像黑丝穿过织杼。柠,应作“杼(zhù)”,织机上的梭子,穿行于经线中。　④障前:於潜女头插大银栉,遮住前额。走风雨:在风雨中迅速来去。⑤老濞(bì):汉初的吴王刘濞,这里借指五代的吴越王。　⑥故主:指吴越王。　⑦苕溪:源出天目山,分东苕溪和西苕溪,流至吴兴(今浙江湖州市)后汇合名霅(zhà)溪。东苕溪流经旧於潜县境。两岸多苕花,以花开如雪而得名。　⑧媚妩:娇美。　⑨姬姜有齐鲁:周初封太公姜尚于齐,周公(姬旦)之子伯禽于鲁。姬、姜

二姓是齐、鲁两国的贵族，妇女以豪华美貌著称，故用姬、姜代指贵族妇女。

【品评】

此诗作于熙宁六年(1073)，时苏轼巡视杭州属县於潜。於(wū)潜，旧县名，在杭州西，今已并入浙江临安市。

这是一幅以於潜女为主体的优美的农村风景画。诗中描写於潜农女健康美丽的形象，赞美其夫妇相谐之乐，以及他们在山水之间从事劳作的风尚。诗人从於潜女的衣饰装束、外貌，写到她们的行为、神情与内心活动，捕捉住一个个生动的细节场景，把她们刻画得纯朴可爱、栩栩如生，体现出东坡真醇健康的审美趣味，为中国古代诗歌的人物画廊增添了一个具有独特光彩的艺术形象。汪师韩《苏诗选评笺释》卷二评："村妆野景，写出翛然自得。练响选和，可入乐府。"指出此诗有乐府民歌古朴自然的情调和风格。

有美堂暴雨

游人脚底一声雷，① 满座顽云拨不开。②
天外黑风吹海立，③ 浙东飞雨过江来。
十分潋滟金樽凸，④ 千杖敲铿羯鼓催。⑤
唤起谪仙泉洒面，⑥ 倒倾鲛室泻琼瑰。⑦

【注释】

①脚底：因有美堂在吴山最高处，雷声响于低空，仿佛是从脚底传来。 ②顽云：浓云。 ③吹海立：风卷海水像墙壁一样立起，足见风势之强。杜甫《朝献太清宫赋》："九天之云下垂，四海之水皆立。" ④"十分"句：西湖自高处的有美堂看去，仿佛盛酒的金杯一样，湖水波涛翻滚，仿佛杯中酒要溢出。 ⑤羯(jié)鼓：古代来自西北羯族的一种鼓。 ⑥"唤起"句：典出《旧唐书·李白传》。唐玄宗召李白赋诗，时李白已醉，玄宗命人用清水洒在他脸上使他醒来。李白醒后挥笔即成《清平调》三章。这里想像天帝想唤起醉中李白，便洒下暴雨来。 ⑦鲛室：《述异记》说南海之外有鲛人室，鲛人之泪为珍珠。琼瑰：美玉。两句连在一起，指天帝欲使李白倾泻出他美玉一般的佳句来。这里作者隐含以李白自寓。

【品评】

此诗作于熙宁六年(1073)初秋。苏轼时任杭州通判。有美堂，在杭州城内吴山上。嘉祐二年杭州太守梅挚所建。宋仁宗赐诗，有"地有吴山美，东南第一州"句，故名曰"有美堂"。

苏轼在杭州时，与知州陈襄交好，这天两人一同到山上有美堂游览，恰逢暴雨，观雨后得此诗。诗前四句叙写云雷交作，风卷海立雨飞，奇气突兀，极有力度与紧张感。杭州在钱塘江西岸，其地夏秋暴风雨均从东南海面吹向西北，此联写景切时切地。风是"黑风"，雨是"飞雨"，有炫目之色，有飞动之势，营构出雄奇新警的意象。后四句妙用比喻与典故，描绘水势浩大如酒满金樽，雨点激切如羯鼓声催，又继之写泉洒谪仙，鲛室倒倾，想像瑰奇，吐属随意，极富浪漫情调与色彩。全诗节奏、音韵，也与所写对象狂雷、疾风、暴雨相合拍。此诗为苏诗清雄风格的代表之作。

八月十五日看潮五绝（五首选一）

江神河伯两醯鸡，　海若东来气吐霓。①
安得夫差水犀手，　三千强弩射潮低！②

【注释】

①“江神”二句：江、河在海面前显得微不足道。醯（xī）鸡：传说中酒醋上的白霉所生的一种小虫。《庄子·田子方》载，孔子对老聃说：“丘之于道也，其犹醯鸡与?”河伯（河神）本以自已为大，见到海若（海神）才知自己的渺小，事见《庄子·秋水》。霓：虹的一种。气吐霓：言海潮声势雄阔浩大。　②“安得”二句：苏轼自注：“吴越王尝以弓弩射潮头，与海神战，自尔水不近城。”水犀手：穿着水犀皮甲的战士。《国语·越语上》：“今夫差衣水犀之甲者亿有三千。”此以夫差喻五代吴越王钱镠。

【品评】

此诗作于熙宁六年(1073)中秋，苏轼时任杭州通判。

苏轼观潮之作不少，且多呈现其雄放之风。此诗描绘钱塘潮汹涌而来的壮丽景象和磅礴气势，纯用虚笔，即调动想像，凭虚构象。首句以江神河伯之渺小，反衬海神之巨大，借用《庄子》典故中“醯鸡”的意象来形容江河，新奇、巧妙、贴切。次句正面写海潮东来，吐气如虹，令人想像其惊心骇目的声色气势。三、四句活用典故，想像有甲士雄兵强弩射潮，气魄之大，表现得酣畅淋漓，从中折射出苏轼积极用世的思想和奋发进取的精神。可谓雄丽豪放，意气益然。

和文与可洋州园池（三十首选二）

湖　桥

朱栏画柱照湖明，　白葛乌纱曳履行。
桥下龟鱼晚无数，　识君拄杖过桥声。

南　园

不种夭桃与绿杨，　使君应欲候农桑。①
春畦雨过罗纨腻，　夏垄风来饼饵香。②

【注释】

①使君：唐宋时对太守的别称。候：占候，预测。　②饼饵：饼与饵，泛指饼类食物。

【品评】

此组诗作于熙宁九年(1076),时苏轼在杭州。文与可:名同,梓州永泰(今四川盐亭县东)人,苏轼表兄。他是画家,也是诗人。熙宁八年(1075)任洋州(今陕西洋县)知州。

文与可以五绝寄东坡,东坡全以七绝和之。前一首想像夏天的傍晚,身穿白葛乌纱的文同漫步在朱栏画柱的湖桥上,桥下无数龟鱼早已熟悉他拄杖过桥的脚步声,纷纷争相浮出水面,向诗人致意。洋州园池幽美的景色环境和活泼可爱的生物,同诗人如此亲密无间,从而表现出文同仁心爱物的情怀与潇洒闲逸的风度。全篇充满景趣、情趣和灵气。后一首写作为知州的文同关心农事,亲自在南园种麦栽桑。三、四句原为"桑畴"、"麦垄",东坡改定为"春畦"、"夏垄",用修辞上的借代格,使读者从"春"联想到"桑",从"夏"联想到"麦"。又用"罗纨腻"比喻雨后桑叶的华茂滋润,用"饼饵香"比喻南风中麦子的浓烈芳香。比喻贴切、优美。从全句看,东坡从"春畦雨过"联想到"罗纨腻",从"夏垄风来"联想到"饼饵香",实象与虚象并置,相互辉映,使诗境更加丰美迷人。宋释惠洪《冷斋夜话》卷五把这种艺术表现手法称为"举因知果"法。这种手法,东坡在诗中屡次运用,如《初到黄州》中的"长江绕郭知鱼美,好竹连山觉笋香"等。可见,这一联诗综合运用了多种修辞手法。

除夜大雪留潍州,元日早晴遂行,中途雪复作

除夜雪相留,　元日晴相送。

东风吹宿酒,① 瘦马兀残梦。②
葱昽晓光开,③ 旋转余花弄。④
下马成野酌,⑤ 佳哉谁与共!
须臾晚云合, 乱洒无缺空。⑥
鹅毛垂马鬃,⑦ 自怪骑白凤。
三年东方旱, 逃户连欹栋。⑧
老农释耒叹, 泪入饥肠痛。
春雪虽云晚, 春麦犹可种。
敢怨行役劳,⑨ 助尔歌饭瓮。⑩

【注释】

①宿酒:隔宿未醒之酒醉。 ②兀:昏沉貌,又有兀自、兀然之感。 ③葱昽(lóng):微明的阳光。 ④"旋转"句:言残雪飘飞,天已放晴。 ⑤野酌:指田野间饮酒。 ⑥"乱洒"句:指雪花乱飞。 ⑦鹅毛:雪片。鬃:马颈上的长毛。 ⑧欹(qī)栋:倾斜破败的房屋。 ⑨"敢怨"句:意谓下雪虽然为行旅带来困难,但利于农事,自己又岂敢抱怨行役之劳。 ⑩歌饭瓮:引用古代山东农谚:"雾淞重雾凇,穷汉置饭瓮。"意思是普降霜雪,预兆丰年。

【品评】

此诗作于熙宁十年(1077)元日,时苏轼奉诏离密州移知河中府赴任途中。潍州即今山东潍坊市,在密州西北约七十公里。

年节时分,大雪纷飞,东坡在旅途中。他没有抱怨行役的艰辛,倒更多地希望瑞雪预兆着丰年,使连年遭受蝗旱灾害的农民得到安乐。诗中写景，由雪到晴再到雪，诗人的情绪，也由欢欣到沉痛再到欢欣。情景对应，起伏跌宕。“老农”二句写农民的痛苦，语极惨切。东坡善于点化前人诗句。“瘦马”句出自唐代刘驾《早行》的“马上续残梦”，将“马上”换为“瘦马”，“续残梦”换为“兀残梦”，形象生动，表达出自己独特的感受。“鹅毛”形容雪，本是俚语，却接以“自怪骑白凤”，形容绝妙，饶有奇趣。“骑白凤”又点化了唐代曹唐《游仙诗》的“侍从皆骑白凤凰”句。至于“助尔歌饭瓮”句，不避俚俗，点化农谚，表现自己欢喜这雾淞来临，不禁帮助农民唱起“饭瓮”的歌谣。结得情味深长。通篇押去声“送”字韵，音韵斩截，用险韵而不失自然，显示出东坡的艺术功力。

和孔密州五绝（五首选一）

东栏梨花

梨花淡白柳深青，　柳絮飞时花满城。
惆怅东栏一株雪，① 人生看得几清明？②

【注释】

①一株雪：指梨花。　②“人生”句：化用杜牧《初冬夜饮》“砌下梨花一堆雪，明年谁此凭栏杆”诗意，借此感叹人生短暂。

【品评】

此诗作于熙宁十年(1077)四月,苏轼到徐州知州任后,孔宗翰以诗相寄,苏轼和作五首绝句,此为第三首。孔密州,即孔宗翰。熙宁九年(1076)冬,继苏轼任密州知州。

东坡因梨花盛开而感叹春光易逝,人生短暂。首句写梨花、柳叶之色,一"淡"一"深",一"白"一"青",句中对仗,色调对比明丽。次句写梨花盛开、柳絮纷飞之状,以重叠词语和回环句式加重了伤春的感情色彩。三、四句化用唐代杜牧《初冬夜饮》"砌下梨花一堆雪,明年谁此凭栏杆"诗意,但变原句所抒物是人非之感为人生易老之慨,情更浓郁深沉。以"一株"形容"雪",比喻梨花,意象比"一堆雪"新奇、有创造性。全篇触景发兴,状物精美,唱叹有致,浑然天成,饶有唐人绝句风韵。陆游《老学庵笔记》卷一〇说:"绍兴中,予在福州,见何晋之大著,自言尝从张文潜游,每见文潜哦此诗,以为不可及。"清弘历《唐宋诗醇》卷三五评云:"浓至之情,偶于所见发露,绝句中几与刘梦得争衡。"洵非过誉。

韩幹马十四匹

二马并驱攒八蹄,[①] 二马宛颈鬃尾齐。[②]
一马任前双举后,[③] 一马却避长鸣嘶。[④]
老髯奚官骑且顾,[⑤] 前身作马通马语。[⑥]
后有八匹饮且行, 微流赴吻若有声。[⑦]
前者既济出林鹤,[⑧] 后者欲涉鹤俯啄。[⑨]

最后一匹马中龙，　不嘶不动尾摇风。[10]
韩生画马真是马，　苏子作诗如见画。
世无伯乐亦无韩，[11]　此诗此画谁当看？

【注释】

①攒(cuán)八蹄：形容二马疾驰、八蹄并举之状。攒，并接。 ②宛：屈曲。 ③任前双举后：写马怒踢的动作。任前，着力在前两蹄。举后，举起后蹄去踢。 ④却避：退让。 ⑤奚官：马倌。 ⑥“前身”句：孙光宪《北梦琐言》载，浙西刘三复自云前身曾为马。王充《论衡》谓广汉杨翁伟能解马语。 ⑦“微流”句：写画中的马边走边饮水，仿佛令人听见水流被马吸入嘴唇而发出的声响。 ⑧济：渡过。 ⑨鹤俯啄：形容正在涉水的马形态好像俯啄的鹤。 ⑩“不嘶”句：描写良马的风度。 ⑪伯乐：春秋时善于识别千里马的人。

【品评】

此诗作于熙宁十年(1077)，时苏轼在徐州。韩幹，唐玄宗时著名画家，蓝田(今属陕西)人，善画人物，尤工画马。初师曹霸，后被玄宗召入宫廷，便以内厩名马为师，所作形象雄俊，独步当时。

东坡写过不少题画诗。这首诗生动地表现了韩幹笔下十四匹骏马的意态，精辟地揭示诗歌与绘画创作的共同艺术规律，又意味深长地寄寓“世无伯乐”的人生感慨。全篇白描、用典、比喻、比拟交织穿插，叙述、描写、抒情、议论融合紧密，重在捕捉每匹马的动态特征，绘声绘态，描形传神。东坡学习、借鉴了韩愈的散文《画记》和杜甫的诗《韦讽录事宅观曹将军画马歌》，以诗歌与散文结合的灵动笔调描写十四匹马，有分有合，有明有暗，有连有断，有重点有一般；中间又插入“老髯”二句，写马倌骑马的神情，使全篇章法如云出山岫，变幻莫测，毫不板滞。妙言奇趣，触绪横生；移步换韵，声情兼美；弦外之音，耐人寻味。

续丽人行

李仲谋家有周昉画背面欠伸内人，极精，戏作此诗。

深宫无人春日长，沉香亭北百花香。[①]
美人睡起薄梳洗，[②]燕舞莺啼空断肠。
画工欲画无穷意，背立东风初破睡。[③]
若教回首却嫣然，阳城下蔡俱风靡。[④]
杜陵饥客眼长寒，[⑤]蹇驴破帽随金鞍。
隔花临水时一见，只许腰肢背后看。[⑥]
心醉归来茅屋底，方信人间有西子。[⑦]
君不见孟光举案与眉齐，[⑧]何曾背面伤春啼！

【注释】

①沉香亭：在唐兴庆宫内，玄宗用进贡的沉香木所建。玄宗曾与杨贵妃在此赏花，召李白赋诗。　②薄梳洗：即薄施脂粉的

淡妆。 ③初破睡：刚刚睡醒。 ④"阳城"句：宋玉《登徒子好色赋》谓其东邻女"嫣然一笑，惑阳城，迷下蔡"。阳城、下蔡，皆楚国城市名。 ⑤杜陵饥客：这里指杜甫。杜甫《奉赠韦左丞丈二十二韵》："骑驴十三载，旅食京华春。朝扣富儿门，暮随肥马尘。残杯与冷炙，到处潜悲辛。" ⑥"隔花"二句：杜甫《丽人行》："三月三日天气新，长安水边多丽人。……背后何所见？珠压腰衱稳称身。"杜甫诗原写杨氏姐妹，这里移用以表现杜甫之贫困，只能偶然一见宫女的背影，而由背影又将周昉画与杜甫诗自然绾合。
⑦西子：即西施。 ⑧孟光：《后汉书·梁鸿传》说，梁鸿每次归家，妻子孟光给他送茶端饭，"举案齐眉"。这两句以普通人家夫妻相敬如宾，反衬宫女生活的孤寂苦闷。

【品评】

此诗作于元丰元年(1078)，时苏轼在徐州。李仲谋，不详。周昉，字景玄(一说字仲朗)，京兆(今陕西西安)人，唐代中期名画家，善画贵族妇女。内人，宫人。《丽人行》，杜甫所作，写杨国忠兄妹及其他贵妇人曲江郊游情景。

杜甫作《丽人行》，描写当时贵族妇女在曲江游玩的情景。在此诗中，东坡故意把周昉画中的"背面欠伸内人"设想为杜诗中的人物，作"续"诗，并且语多幽默调侃，所以称为"戏作"。但这样写，就使这首题画诗立意构思独出心裁，别开生面。东坡认为画家绘背面美人，诱人想像，有无穷意味，这是一个精辟的美学见解。然而"背面欠伸"的形象对于未见原画的诗读者来说，未免空虚一些。因此东坡在描绘了美人"背立东风初破睡"的意态后，又展现她“回首却嫣然”的镜头，让读者更生动具体地想见其神情。这富于创造性的一笔，发挥了诗歌的艺术特长，将相对静止的画面形象化作动态的形象，而且“化美为媚”，又与随后想像杜甫在写《丽人行》时隔花临水偶见宫女背影的情景一起，照应题序所谓“背面欠伸内人”的画面。诗四句一换韵，韵脚平仄交替，音韵有抑扬起伏之妙。诗风俊逸清丽，趣味盎然。

百步洪(二首选一)

王定国访余于彭城。一日，棹小舟与颜长道携盼、英、卿三子游泗水，北上圣女山，南下百步洪，吹笛饮酒，乘月而归。余时以事不得往，夜著羽衣，伫立于黄楼上，相视而笑，以为李太白死，世间无此乐三百余年矣。定国既去，逾月，复与参寥师放舟洪下，追怀曩游，已为陈迹，喟然而叹。故作二诗，一以遗参寥，一以寄定国，且示颜长道、舒尧文，邀同赋云。

长洪斗落生跳波，[①] 轻舟南下如投梭。
水师绝叫凫雁起，[②] 乱石一线争磋磨。[③]
有如兔走鹰隼落， 骏马下注千丈坡。
断弦离柱箭脱手， 飞电过隙珠翻荷。[④]
四山眩转风掠耳， 但见流沫生千涡。

崄中得乐虽一快，[5] 何异水伯夸秋河。[6]
我生乘化日夜逝，[7] 坐觉一念逾新罗。[8]
纷纷争夺醉梦里， 岂信荆棘埋铜驼。[9]
觉来俯仰失千劫，[10] 回视此水殊委蛇。[11]
君看岸边苍石上， 古来篙眼如蜂窠。
但应此心无所住， 造物虽驶如吾何！
回船上马各归去， 多言譊譊师所呵。[12]

【注释】

①斗落：陡落。 ②水师：船工。绝叫：大声呼喊。 ③“乱石”句：两岸乱石壁立，只留下一条如线般狭长的水道可供穿梭，船只行进过程中与石相碰撞摩擦。 ④“有如”四句：连用七个比喻，写百步洪的惊险迅疾。修辞上叫博喻。这是苏轼用博喻的名句。隼(sǔn)：似鹰的猛禽。 ⑤崄(xiǎn)：险。 ⑥“何异”句：《庄子·秋水》说，秋天的洪水灌满河床，河面之宽也仅仅是两岸之间看不清牛马，然而河神却自夸天下之美尽在自己这里了。⑦乘化：顺应自然变化。陶渊明《归去来兮辞》中有句：“聊乘化以归尽，乐夫天命复奚疑。” ⑧“坐觉”句：用佛家语，说观念可以任意驰骋。《传灯录》卷二三：“新罗在国外，一念已逾。”新罗：古国名，今朝鲜一部分。 ⑨荆棘埋铜驼：《晋书·索靖传》说，索靖有远见，知道天下将乱，指着洛阳宫门的铜驼说：“我一定会看到你在荆棘中。”后来就以“荆棘铜驼”比喻世事的急遽变化。 ⑩劫：佛家谓天地成毁之一个周期为一劫。千劫，极言时间久长。⑪委蛇(yí)：即逶迤，宛曲，从容舒缓的样子。 ⑫譊譊(náo)：争

论不休，喧闹，啰嗦。师：指道潜。

【品评】

此诗作于元丰元年（1078）冬。苏轼时在徐州任上。百步洪，在江苏徐州市东南二里，悬流迅疾，乱石激涛，今已不存。据作者自序说，这两首诗，分别送给僧道潜（字参寥）和王定国。这里选的第一首，即送给道潜的。

东坡此诗写他放舟洪下，险中作乐，并从中领悟须以委化顺势、通脱旷达的态度对待变幻的世事与短暂的人生，故诗富于禅意理趣。而善用博喻，则是此诗最突出的艺术特色。赵翼在《瓯北诗话》卷五评曰："形容水流迅疾，连用七喻，实古所未有。"这是在诗的前半，连用七种形象比喻洪波冲激、一泻千里、轻舟飞驰之疾，笔墨飞动跳跃，错综利落，喻象新鲜活泼，奇逸有气势。可见出苏轼艺术独创的气概来。清查慎行说："连用比拟，局陈开拓。"（《初白庵诗评》卷中）纪昀评云："只用一'有如'贯下，便脱去连比之调；一句两比，尤为创格。"（《纪评苏诗》卷一七）钱锺书先生更有生动的论述："一连串把五花八门的形象来表达一件事物的一个方面或一种状态。这种描写和衬托的方法仿佛是采用了旧小说里讲的'车轮战法'，连一接二的搞得那件事物应接不暇，本相毕现，降伏在诗人的笔下。"（《宋诗选注·苏轼小传》）博喻的妙用，确使此诗意象迭出，雄放奇纵，淋漓恣肆，堪称诗史上的奇观。

李思训画长江绝岛图

山苍苍，水茫茫，　大孤小孤江中央。[1]
崖崩路绝猿鸟去，　惟有乔木搀天长。[2]
客舟何处来？　　　棹歌中流声抑扬。
沙平风软望不到，　孤山久与船低昂。
峨峨两烟鬟，　　　晓镜开新妆。
舟中贾客莫漫狂，[3]　小姑前年嫁彭郎。[4]

【注释】

①大孤小孤：均为山名，大孤山在今江西九江市东南鄱阳湖中，一峰独峙；小孤山在江西彭泽县北、安徽宿松县东南，屹立江中，与大孤山遥遥相对。　②搀：刺，直刺。　③贾（gǔ）客：商人。④小姑：指小孤山。彭郎：指彭浪矶，在小孤山对面。当时民间以山拟人，有彭郎是小姑之夫的传说。

【品评】

此首作于元丰元年（1078），时苏轼在徐州。李思训，唐代著名的山水画家，是中国古代山水画“北宗”之祖。开元时，官至左武卫大将军，也称李将军。

此首题画诗热烈赞美李思训的山水画艺和如画江山。诗中既生动地描绘出画中实景，又发挥诗的想像，使画中山水更奇丽动人。“沙平”、“孤山”二句，写船与孤山在波浪上长久地高低起伏的动景，乃画笔所不能到。“峨峨”四句先以女子的发髻比喻大小孤山的峰峦，又以晓镜比喻江面和湖面，再现出画中青绿澄澈的山水意境；接着又用民间传说，以谐音双关的手法，把比喻再加引申，写小姑嫁彭郎，使诗境增添了地方生活的色彩，又谐趣盎然。全篇句式长短错落，节奏悠扬，音韵优美。清方东树赞此诗：“神完气足，遒转空妙。”（《昭昧詹言》卷一二）纪昀却贬抑末二句：“佻而无味，遂似市井恶少语，殊非大雅所宜。”（《纪评苏诗》卷一七）实则是他狭隘的审美趣味的显露。

送参寥师

上人学苦空，[①] 百念已灰冷，
剑头惟一吷，[②] 焦谷无新颖。[③]
胡为逐吾辈， 文字争蔚炳？[④]
新诗如玉屑，[⑤] 出语便清警。
退之论草书， 万事未尝屏，
忧愁不平气， 一寓笔所骋；[⑥]
颇怪浮屠人， 视身如丘井，
颓然寄淡泊， 谁与发豪猛？[⑦]
细思乃不然， 真巧非幻影，[⑧]
欲令诗语妙， 无厌空且静。

静故了群动，空故纳万境。
阅世走人间，观身卧云岭。
咸酸杂众好，中有至味永。⑨
诗法不相妨，⑩此语当更请。⑪

【注释】

①苦空：佛教基本教义。以人生为苦，又以一切皆虚无，并非实体。②剑头：指剑环头，只有小孔。吷(xuè)：象声词，如风过之声。这句引用《庄子·则阳》载惠子说：吹管还有管声，吹剑头，就只有风过之声了。③焦谷：用《维摩诘所说经》卷中《观众生品第七》"色如焦谷芽"语意。色，佛教把有形质、能使人感触到的东西称色，与心相对，包括语言、文字。④"胡为"二句：意谓佛教禅宗主张不立文字，见性成佛，为什么参寥却跟随我们这些人写出文字瑰丽的诗呢？⑤玉屑：喻文字之美。晋人王澄《与人书》有"彦国吐嘉言，如玉屑霏霏不绝"句。⑥"退之"四句：引用韩愈《送高闲上人序》中对张旭草书的评价。⑦"颇怪"四句：继续引用韩文论高闲上人草书能淡泊而不能发为"豪猛"。浮屠：佛塔。浮屠人，即僧人。视身：引用《维摩诘所说经》卷上《方便品第二》："是身如邱井，为老所逼。"⑧幻影：《金刚般若波罗蜜经·应化非真分第三十二》："一切有为法，如梦幻泡影。"⑨"咸酸"二句：意谓咸酸甘苦之于食，各不胜其味，要者在于能分别"中边"，得其至味。中边，佛教名词，谓中道（指不离两边，不即两边之中正绝对之理）和边见（偏于一边之见，妄见）。⑩"诗法"句：指诗歌与佛法并不相妨。⑪请：请教，这里作商定讲。

【品评】

此诗作于元丰元年(1078)。苏轼时在徐州。

参寥是苏轼以道相交的朋友,苏轼常称赞他的为人与诗文。在这首赠诗里,苏轼以禅解诗,提出了诗歌、书法创作上的一系列重要的美学见解。他认为好诗应如玉屑,出语清警;诗人作诗,应有空静心态,才能明察群动,容纳万境;诗歌与禅法并不相妨;诗歌与书法的最高妙境是淡泊、至味等。此诗开了以禅喻诗与论诗的风气。通篇虽直涉理路,但有真情,有生动的喻象与典象,有意蕴精辟、语言平易的警句,笔法挥洒自如,故仍属论诗诗,而非诗学理论的押韵讲义。纪昀评此诗:"禅与诗并而为一,演成妙谛。"(《纪评苏诗》卷一七)

月夜与客饮杏花下

杏花飞帘散余春,　明月入户寻幽人。①
褰衣步月踏花影,②　炯如流水涵青蘋。③
花间置酒清香发,　争挽长条落香雪。④
山城酒薄不堪饮,⑤　劝君且吸杯中月。⑥
洞箫声断月明中,⑦　惟忧月落酒杯空。
明朝卷地春风恶,　但见绿叶栖残红。⑧

【注释】

①幽人:幽怀之人,东坡自指。　②褰(qiān)衣:提起衣襟。

③炯：光明的样子。涵：包容。 ④挽：拉，牵。香雪：指白色的杏花。 ⑤山城：指徐州。 ⑥杯中月：映在杯中的月的影子。 ⑦声断：声音歇止。 ⑧残红：落花。

【品评】

此诗作于元丰二年(1079)春，苏轼时在徐州。

此诗写景别饶清致，与《记承天寺夜游》同出一手笔。一派清景，雅人情致，宛然目前。诗先写月下杏花，接写花间饮酒，写到“劝君”句，极豪宕逸乐；陡然一转，抒花落之悲思，流露出苏轼对于政治风云变幻的忧患感。诗中写月光如水，花影闪动，香雪纷落，洞箫声断，调动多种感觉，笔墨空灵奇逸，意象新鲜优美，意境明净澄澈。王十朋注本引赵次公云：“此篇不使事，语亦新造，古所未有，殆涪翁所谓不食烟火食人之语也。”

舟中夜起

微风萧萧吹菰蒲，[①] 开门看雨月满湖。
舟人水鸟两同梦，[②] 大鱼惊窜如奔狐。
夜深人物不相管，[③] 我独形影相嬉娱。
暗潮生渚吊寒蚓， 落月挂柳看悬蛛。[④]
此生忽忽忧患里，[⑤] 清境过眼能须臾。
鸡鸣钟动百鸟散，[⑥] 船头击鼓还相呼。

【注释】

①菰:茭白。蒲:蒲草。皆为浅水植物。 ②“舟人”句:意谓人鸟相忘,同为一梦。 ③人物:指人和物。 ④“暗潮”二句:前句谓水声和蚯蚓声相互悲悯;后句言细长的柳条如同蛛丝,落月则似悬在丝端的蜘蛛。写月将落时的景象。吊:悲伤,怜悯。寒蚓:即蚯蚓。晋代崔豹《古今注·鱼虫》:“蚯蚓,一名蜿蟺,一名曲蟮,善长吟于地中。江东谓之歌女,或谓之吟砌。” ⑤忽忽:倏忽,形容时间过得很快。屈原《离骚》:“欲少留此灵琐兮,日忽忽其将暮。” ⑥“鸡鸣”句:从韩愈《谒衡岳庙,遂宿岳寺,题门楼》“猿鸣钟动不知曙”化出。鸡鸣、钟动:指拂晓。

【品评】

此诗作于元丰二年(1079)苏轼赴湖州途中。

诗中写舟中夜景,从静中逐层显现了极奇极幻极远极近的境界。第四联上句写潮水暗涨,其声低咽,恰似寒蚓蠕动之音;下句写落月挂在柳条之下,犹如悬在丝端的蜘蛛。比喻新奇,体物微妙,营造出凄寒、诡异的意境氛围,从而透露东坡在静夜中紊乱不宁、忧惧重重的心绪。诗中化用前人诗句也自然无痕。如起首二句写初听风声,疑其是雨;开门视之,月乃满湖,从唐代释无可《秋寄从兄岛》“听雨寒更尽,开门落叶深”化出,但所描绘的情景更具体、真切、丰富、曲折。又如“舟人水鸟两同梦,大鱼惊窜如奔狐”一联,既写出奇妙之景,又蕴含妙悟禅理。清代方东树《昭昧詹言》卷一二赞叹此诗:“空旷奇逸,仙品也。”

大风留金山两日

塔上一铃独自语：[1] “明日颠风当断渡。”[2]
朝来白浪打苍崖， 倒射轩窗作飞雨。
龙骧万斛不敢过，[3] 渔舟一叶从掀舞。[4]
细思城市有底忙，[5] 却笑蛟龙为谁怒？
无事久留童仆怪， 此风聊得妻孥许。[6]
潜山道人独何事，[7] 夜半不眠听粥鼓。[8]

【注释】

①“塔上”句：《晋书·佛图澄传》：“(石)勒死之年，天静无风，而塔上铃独鸣。澄谓众曰：‘铃音云：国有大丧，不出今年矣。’”这里借古事写金山寺塔铃响动。 ②颠风：狂风。断渡：不能行船。③龙骧：大船。万斛：形容船载重量之大。 ④从：任凭。 ⑤有底忙：有什么可忙的。底，何。韩愈《同水部张员外籍曲江春游寄白二十二舍人》：“曲江水满花千树，有底忙时不肯来？” ⑥“无事”二句：意谓僮仆喜动而怪久留，妻儿则欲借机休整而乐暂住。⑦潜山道人：即僧道潜，字参寥，当时与苏轼同行。 ⑧粥鼓：黎明时僧寺集众食粥的鼓声。

【品评】

此诗作于元丰二年(1079)，为苏轼赴湖州过金山时。

东坡罢徐州任赴湖州，心情本也复杂，路过金山时，又大风阻舟，遂有感而发。诗写他遇到狂风巨浪，却从容谈笑，乐观旷达。“渔舟”句在状物写景中有象征寓意，耐人寻味。起笔陡峭突兀，暗用典故，用拟人手法写塔铃独语，新奇有趣。次句写塔铃之语，句中妙用“颠”、“当”、“断”、“渡”这几个字音来摹拟“丁零当啷”的铃声，可谓声情契合。次联写浪打苍崖，倒射轩窗，有如暴雨飞洒，笔力恣肆，富于动态和气势。前六句写大风之景，开阖抑扬，波澜顿挫，真能状丹青所莫能状。中间三联都用了对仗，对得工整又自然，尤其是“龙骧”一联，以“龙骧万斛”、“渔舟一叶”这两个“大小气焰不等”（《冷斋夜话》卷四）的意象相对，有意打破上下句意的平衡，造成一种新奇感与参差之美。后四句写童仆、妻儿、道人面对风浪的不同心态行为，富哲理于其中，富于机趣。

予以事系御史台狱，狱吏稍见侵，自度不能堪，死狱中，不得一别子由，故作二诗，授狱卒梁成以遗子由

圣主如天万物春，　小臣愚暗自亡身。①
百年未满先偿债，②　十口无归更累人。③
是处青山可埋骨，④　他时夜雨独伤神。⑤
与君今世为兄弟，　又结来生未了因。⑥

柏台霜气夜凄凄，⑦　风动琅珰月向低。⑧

梦绕云山心似鹿，魂惊汤火命如鸡。⑨
眼中犀角真吾子，⑩身后牛衣愧老妻。⑪
百岁神游定何处？桐乡知葬浙江西。⑫

【注释】

①愚暗：指自己不善于打算，不识时务，与圣主的恩德无关。②百年未满：指人生天年未满。时苏轼四十四岁。偿债：还债，人生到世间是为了还上世欠下的债，指被杀死。 ③"十口"句：苏轼入狱，其家属十口安置在南都，由弟弟苏辙照顾。 ④是处：到处。 ⑤"他时"句：设想自己死后，弟弟苏辙在夜雨萧瑟时候只能一个人黯然神伤了。"夜雨联床"是苏轼兄弟相聚的特殊话头，苏轼自叙早年读韦苏州诗至"安知风雨夜，复此对床眠"，恻然感慨，与苏辙相约早点退出官场回家乡闲居。苏轼在留别苏辙的诗中曾有"夜雨何时听萧瑟"之语。 ⑥"与君"二句：因为兄弟情厚，很想世世与苏辙为兄弟。今生已经无望，只有再结来生缘了。⑦柏台：御史台。汉代时候御史台多种植柏树，所以后世称为柏台。 ⑧琅珰：即锒铛，大锁。 ⑨"梦绕"二句：写死前的感受。梦魂萦绕故乡却不能回去，心里感慨起伏，如小鹿撞击胸口；而想像自己就像待宰的鸡鸭，看到烧滚的沸水时心惊胆战。苏轼《书南史卢度传》："亲经患难，不异鸡鸭之在庖厨。"重述了当时的心里感受。 ⑩"眼中"句：指儿子苏迨仪表出众。苏轼《赠辩才》："我有长头儿，角颊峙犀玉。"犀角：这里是指隆起的额角骨。⑪"身后"句：写对妻子的愧疚之情。《汉书·王章传》载，王章就学长安时，既贫且病，卧牛衣中涕泣。其妻激励他。后来为京兆

尹，欲上封事，妻子劝他善自保全：“独不念牛衣中涕泣时耶？”章不听劝阻，后果然下狱而死，妻子徙合浦。苏轼借此事说自己不听劝阻，这一死，对不起妻子。牛衣，盖在牛背上为牛御寒的草帘、蓑衣之类。 ⑫“百岁”二句：苏轼自注云：“狱中闻湖杭民为余作解厄斋经月，所以有此句也。”“桐乡知葬”事见《汉书》朱邑传，说他因病将死的时候，嘱咐儿子道：“我故为桐乡（安徽桐城）吏，其民爱我，必葬我桐乡。”苏轼借此典故说明自己也像朱邑那样，感激湖杭人民的爱戴，所以要葬在浙西。

【品评】

此诗作于元丰二年（1079）十一月中。苏轼因所作诗文，被诬诽谤当朝，在湖州任上被捕系狱，八月入御史台狱，史称“乌台诗案”。苏轼自度将死，写就授狱卒，望其转交弟苏辙。故为绝命诗。

人在将死时候，至情发于衷肠，最能撼动人心。纪昀评苏轼这两首绝命诗：“情至语不以工拙论也。”（《纪评苏诗》卷一九）可以说，苏轼这两首诗，全以血泪凝成。狱中的凄苦、对生死系于一线的悲哀以及对亲人的怀念、对所任之地老百姓的眷恋，都和盘托出，不假雕琢，真情贯注，因而感人肺腑。第一首着重写他与苏辙的兄弟情深。想到“夜雨联床”之约落空，不禁为形单影只的弟弟而愁肠百结，唏嘘怅叹。写得真切，也写得沉痛。第二首着重写对死的感受和对有关人的牵挂眷念，这些人包括儿子、妻子和任所的百姓。由此可见苏轼胸怀之大，因为到了这时候，他除了至亲之外，还不忘作为地方官对人民的感情。也是在这种生死之际，对比朝中几乎无人援手的境况，他感到百姓爱他的感情弥足珍贵。他多少次梦回归故乡，但这时候他愿意选择浙西作为安葬处，袒露出对当地百姓的深切感激之情。

十二月二十八日，蒙恩责授检校水部员外郎黄州团练副使，复用前韵二首

百日归期恰及春，① 余年乐事最关身。②
出门便旋风吹面，③ 走马联翩鹊啅人。④
却对酒杯浑似梦，⑤ 试拈诗笔已如神。
此灾何必深追咎， 窃禄从来岂有因。⑥

平生文字为吾累， 此去声名不厌低。
塞上纵归他日马，⑦ 城东不斗少年鸡。⑧
休官彭泽贫无酒，⑨ 隐几维摩病有妻。⑩
堪笑睢阳老从事， 为余投檄向江西。⑪

【注释】

①百日：苏轼这年八月十八日入狱，至此时为一百三十日。百日举其成数。 ②关身：切己。 ③便(pián)旋：轻捷的样子。 ④联翩：本指鸟飞前后相接，这里形容马跑得很快。啅(zhào)人：朝着人啼叫。民间认为是喜兆。 ⑤浑：简直。 ⑥窃禄：窃据高位，无功食禄。做官的谦称。 ⑦"塞上"句：取《淮南子·人间

训》塞翁失马的典故，意指出狱是福，但焉知有没有后患呢？⑧“城东”句：唐代陈鸿《东城父老传》载，玄宗好斗鸡之戏，长安斗鸡少年贾昌因善斗鸡得宠。这里苏轼借以说明自己不会邀宠阿世。或谓此句兼用王勃为沛王府修撰时，曾因起草代沛王鸡向英王鸡挑战的檄文而得罪之事，意谓此后不再舞文弄墨，重获罪愆。⑨“休官”句：东晋诗人陶渊明辞去彭泽令，但家贫无酒。这里反用此典，谓家贫不敢休官。 ⑩“隐几”句：维摩诘是佛教居士。他常以称病为由，向问病者说法。曾说过“法喜以为妻”，即闻佛法而生喜，犹世人以妻色为悦。这里正用此典，谓自己将以佛法自求解脱。 ⑪“堪笑”二句：苏轼自注：“子由闻予下狱，乞以官职赎予罪。贬筠州监酒。”睢阳老从事：指苏辙，他时任著作郎、签书应天府（今河南商丘）判官。应天府在秦时为睢阳县，唐时为睢阳郡。江西：指筠州，今江西高安，时属江南西路。

【品评】

此诗作于元丰二年（1079）十二月。苏轼获释，责赴黄州安置。这两首诗是出狱时作。检校，正官之外的加官，其官位高于正官，属定员以外的散官。黄州，在今湖北黄冈。

苏轼获特赦以后，用前面绝命诗的韵写下了这两首快诗。诗中抒写自己脱身囹圄重获自由的喜悦。诗人内心的那种快乐可从轻捷的音节感知出来。此外，诗押前韵，也可见苏轼内心的复杂难言之感。第一首重在写大难不死后自己对人生处以旷达的态度。遭牢狱之苦，而重见天日，严冬过后再逢春光，一切恍若梦中。然“诗狱甫解，又矜诗笔如神，殆是豪气未尽除”（汪师韩《苏诗选评笺释》卷三)。第二首多用典故,重在写吸取教训。然而作者经历生死考验后,并未颓然困窘,仍是一派坦荡热忱、潇洒真率的风格。苏轼擅长运用典故营造诗味丰厚的意象,此诗典故似是信手拈来,左右逢源;语言爽朗流利,具有清旷豪健的东坡本色。

梅花二首

春来幽谷水潺潺,① 的皪梅花草棘间。②
一夜东风吹石裂,③ 半随飞雪度关山。④

何人把酒慰深幽,⑤ 开自无聊落更愁。
幸有清溪三百曲,⑥ 不辞相送到黄州。

【注释】

①幽谷:杜甫《佳人》:"绝代有佳人,幽居在空谷。"指梅花生长的地方。 ②的皪(lì):鲜明貌。 ③吹石裂:形容大风寒冷,强劲。欧阳修《山斋绝句》有"正当年少惜花时,日日东风吹石裂"之句。 ④飞雪:比喻飞花如雪。高适《和王七玉门关吹笛》:"借问落梅凡几曲,从风一夜满关山。"这里化用其意,实写落梅。 ⑤深幽:深山幽谷。以环境代梅花,写其清幽孤怀。 ⑥三百曲:极言溪水蜿蜒曲折。

【品评】

此诗作于元丰三年(1080)正月,时苏轼赴黄州贬所途中。

东坡从死地回归人间,心情复杂难言。在赴贬所的路途中,看见幽谷寂寞开落的梅花,触动情怀,写下这二首七绝。东坡以幽独的梅花自况,既赞美梅花“的皪”“草棘间”的明洁鲜妍之貌,又感叹它“半随飞雪度关山”、“开自无聊落更愁”,显然寄托了自己的感情、个性和遭遇。其咏梅花,不即不离,亦实亦虚,托意在似有似无之间,运笔空灵而深沉。第二首后两句从“落”字生情,写只有三百曲清清溪流不辞辛苦,直送落梅到黄州,实际是暗寓了自己的身世之悲。人情之炎凉,反使原本无心的自然之物在孤寂的诗人看来,眷恋怀感,一往情深。东坡在后来屡次提到这两首咏梅诗,可见得他写作时是极有所感而有所寓怀的。其深情绵邈,奇幻非凡,令人百读不厌。

初到黄州

自笑平生为口忙,① 老来事业转荒唐。②
长江绕郭知鱼美, 好竹连山觉笋香。
逐客不妨员外置,③ 诗人例作水曹郎。④
只惭无补丝毫事, 尚费官家压酒囊。⑤

【注释】

①为口忙:口在这里有两个意思:一是口腹之欲的口,一是祸

从口出的口。　②“老来”句：自嘲语，笑自己越老越不行。转荒唐：反而荒唐。　③逐客：被贬谪的人。诗人自指。员外：定编之外的人，不是正职。　④“诗人”句：梁何逊、唐张籍、宋孟宾于都是诗人，都做过水部郎官。苏轼又挂此衔，颇为感慨，所以这里自嘲。　⑤“尚费”句：苏轼自注：“检校官例折支，多得退酒袋。”宋时文官俸钱，大抵一分现钱，二分折支（以他物折抵）。折抵物出售，价低于折算额。检校官全给折支。压酒：酒酿熟时，放在酒槽床上压榨取酒，用皮囊盛酒，压酒囊即指此。酒售出后，皮囊退回，就叫作“退酒袋”。

【品评】

此诗作于元丰三年（1080）二月，苏轼抵黄州贬所。

东坡常以诙谐自嘲的语气写出随缘自适的生活态度。此诗表面上说自己为谋生糊口而得罪，暗指因言事和作诗而获罪，又自嘲被贬闲置，跟历史上许多著名诗人一样做了水曹郎，于是让官家花费不少折抵俸钱的退酒袋。满腹牢骚怨愤，却以诙谐的诗句化解，而在幽默风趣中，仍能感觉到诗人内心兀傲不平之气。“长江”一联写由长江联想到鱼美，由竹山联想到笋香，举因知果，联想活跃，将视觉意象迅即化为味觉、嗅觉意象，描绘江城的山水美景和富饶物产。意象灵动，奇趣横生。鱼笋的香美照应首联，使全篇章法严谨、浑然一体。这十四字犹如脱口而出，对仗精工又自然流利，文词优美见乐观情怀，是苏诗的名句。

寓居定惠院之东，杂花满山，有海棠一株，土人不知贵也

江城地瘴蕃草木，① 只有名花苦幽独。②
嫣然一笑竹篱间，桃李漫山总粗俗。
也知造物有深意，故遣佳人在空谷。③
自然富贵出天姿，不待金盘荐华屋。④
朱唇得酒晕生脸，翠袖卷纱红映肉。
林深雾暗晓光迟，日暖风轻春睡足。⑤
雨中有泪亦凄怆，月下无人更清淑。
先生食饱无一事，⑥ 散步逍遥自扪腹。
不问人家与僧舍，拄杖敲门看修竹。
忽逢绝艳照衰朽，叹息无言揩病目。
陋邦何处得此花，无乃好事移西蜀？⑦
寸根千里不易致，衔子飞来定鸿鹄。⑧
天涯流落俱可念，⑨ 为饮一樽歌此曲。
明朝酒醒还独来，雪落纷纷那忍触！⑩

【注释】

①瘴：南方山林间湿热蒸郁之气。蕃：旺盛生长。　②苦：甚。　③“故遣”句：化用杜甫《佳人》诗：“绝代有佳人，幽居在空

谷。” ④荐:献,进。 ⑤“日暖”句:《明皇杂录》载,唐玄宗曾把醉中的杨贵妃比作“海棠睡未足”。这里反用其意。 ⑥先生:苏轼自指。 ⑦西蜀:蜀地多植海棠,有“香海棠国”之称。 ⑧子:种子。 ⑨“天涯”句:用白居易《琵琶行》“同是天涯沦落人”句意。 ⑩雪落:海棠花瓣飘零。

【品评】

此诗作于元丰三年(1080)春末。时苏轼寓居黄州定惠院。

咏物诗常自寓身世,物与人合一,以此抒情议论。东坡在此诗中,赞美一株西蜀海棠幽独清淑的品节,悲叹它飘零陋邦,与杂花草莽为伍,其中寄托了自己的情愫和身世之悲。东坡妙用拟人手法描绘海棠,把它写成一位风姿高秀的绝代佳人:“朱唇”二句,状其衣着、容貌、肤色之美,“日暖”句摹其春睡之态,“嫣然”句摄其动人笑靥,“雨中”句传其孤苦凄怆之情。或用工笔或用写意,无不惟妙惟肖,形神俱活。至于兴象之深微,词格之超逸,更是东坡戛戛独造。清查慎行誉之为“千古绝作”(《初白庵诗评》卷中)。纪昀赞曰:“此种真非东坡不能,东坡非一时兴到亦不能。”(《纪评苏诗》卷二〇)东坡也自以为是“平生得意诗”。据宋朱弁《风月堂诗话》卷下载,东坡对人吟诵到“雨中”、“月下”一联时,曾说:“此两句乃吾向造化窟中夺将来也。”

正月二十日往岐亭，郡人潘、古、郭三人送余于女王城东禅庄院

十日春寒不出门，　不知江柳已摇村。
稍闻决决流冰谷，[①]　尽放青青没烧痕。[②]
数亩荒园留我住，[③]　半瓶浊酒待君温。[④]
去年今日关山路，　细雨梅花正断魂。[⑤]

【注释】

①决决：水流声。　②烧（shào）：作名词用。　③数亩荒园：指东禅庄院。　④君：送行至此的黄州三友人。　⑤“去年”二句：苏轼在去年来黄州途中作《梅花二首》，有“何人把酒慰深幽，开自无聊落更愁”之句。

【品评】

此诗作于元丰四年（1081）正月。时苏轼在黄州贬所。岐亭，今湖北麻城县西北。潘、古、郭，指潘丙、古耕道、郭遘，三人是苏轼到黄州后结识的朋友。女王城，在黄州城东十五里，又称永安城。

转眼间，东坡在黄州这个偏僻之地已过了一年。去年黯然神伤、对落梅悲怀的情景犹在目前。现在呢，从黄州往岐亭访友（至交陈季常），新结识的三位良伴情意殷殷地送他一程，路途中见早

春美好风光，又感怀友人真挚情意，抚今思昔，顿使诗境深沉。诗的前四句，写途中所见。“摇”字后接以“村”字，活画出春风荡漾、满村江柳起舞的情景。“稍闻”状早春溪流之细，“尽放”渲染新生野草的蓬勃气势；“决决”摹声，“青青”绘色；看似信笔挥洒，实则观察锐敏，表现精妙。五、六句饯别，留住和温酒，抒写出朋友朴实温馨的情谊。尾联回忆去年今日的凄苦、孤寂，反衬一笔，又用唐人“清明时节雨纷纷，路上行人欲断魂”诗意，暗写今年今日亦是“路上行人欲断魂”，寄慨悠远。读此诗，可见东坡七律往往一笔写出、一气呵成、活泼流动、情思婉转的特色。

琴　诗①

若言琴上有琴声，　放在匣中何不鸣？
若言声在指头上，　何不于君指上听？

【注释】

①此诗作于元丰五年(1082)，苏轼时在黄州贬所。诗前有自序云：“武昌主簿吴亮君采，携其友人沈君十二琴之说，与高斋先生空同子之文、太平之颂以示予。予不识沈君，而读其书如见其人，如闻十二琴之声。予昔从高斋先生游，尝见其宝一琴，无铭无识，不知其何代物也。请以告二子：使从先生求观之。此十二琴者，待其琴而后和。元丰五年闰六月。”吴君、沈君：事迹不详。高斋先生：赵抃，字阅道，曾任参知政事。卒谥清献。无铭无识：没

有铭文和款识。此序似与此诗关系不大。

【品评】

东坡在《与彦正判官书》中谈到此诗是他听人弹琴后有感而作，并自认此诗为“偈”，即类似佛经的颂词。佛经《楞严经》云：“譬如琴瑟、箜篌、琵琶，虽有妙音，若无妙指，终不能发，汝与众生亦复如是。”唐代诗人韦应物《听嘉陵江水声寄深上人》诗云：“水性本云静，石中固无声。如何两相激，雷转空山惊。”东坡此诗的意蕴与写法，可能受到上引佛经与韦诗的启发。诗以佛偈形式写出，前后二句都是一假设一反问，寓答于问，说明要奏出悦耳动听的曲调，仅有琴或妙指即高明的弹奏技巧是不成的。这就启迪人们：任何事业的成功，都是客观条件和主观能动性结合的结果。此诗表现出东坡探究事物真谛的浓厚兴趣，也显出他朴素的辨证思想，写得天真活泼，机趣横生。陈迩冬先生说此诗“写出了哲理，有禅偈的机锋，似儿歌的天籁”（《苏轼诗选》），很精当。

南　堂（五首选一）

扫地焚香闭阁眠，　簟纹如水帐如烟。①
客来梦觉知何处？② 挂起西窗浪接天。

【注释】

①“簟(diàn)纹”句：竹席子的纹理光润像波纹一样，纱帐轻

细薄透如烟如雾。 ②“客来”句：因有客人来访，骤然从睡梦中惊醒，一时间恍惚不知自己身在何处，挂起帘子，只见窗外江浪连天。

【品评】

此组诗作于元丰六年(1083)，苏轼时在黄州贬所。五首从不同角度描绘南堂风光，这里选其五。南堂在黄州城南江边驿站的临皋亭旁。苏轼受转运使蔡景繁的关照，在临皋亭旁增修房屋三间，取名南堂。其书札《与蔡景繁十四首》其九云：“临皋南畔，竟添却屋三间，极虚敞便夏，蒙赐不浅。”其十一云：“近葺小屋，强名南堂，暑月稍舒，蒙德殊厚。小诗五绝，乞不示人。”

南堂四面临水，水天相接。诗写夏日在南堂焚香静坐，安适而眠。忽然因客来打破梦境，恍惚醒来，不知此身何在。那种闲适、安静、与天地自然气息相接的生活状态，俱现于纸上。诗写得声情俱美，兴象自然，意在象外。尤其结句，挂起西窗，从阁内打通到阁外，拓出一派江浪连天的阔远境界。诗人此诗写于贬谪时期，仍能够从容安闲、悠然自得，可见他的真性情、真胸襟。清汪师韩《苏诗选评笺释》卷三评云：“境在耳目前，味出酸咸外。”后来谪居惠州时所作《纵笔》，与此篇前后相映，态度一致，足以见出东坡的“真”来。

东　坡

雨洗东坡月色清，　市人行尽野人行。①
莫嫌荦确坡头路，②　自爱铿然曳杖声。③

【注释】

①市人：城市中的人。野人：乡间田野之人。这里指自己。②荦（luò）确：险峻不平的山石。韩愈《山石》诗："山石荦确行径微。" ③铿（kēng）然：响亮有力的声音。

【品评】

此诗作于元丰六年(1083)，时苏轼在黄州贬所。东坡，地名，在黄州东门外。苏轼效仿白居易的忠州东坡之名，谓之东坡，并作为自己的别号。

世人爱苏轼，都亲切地以其号"东坡"称谓他。"东坡"之名原来自于他躬耕之地。其中隐含了他归田的志愿，他对白居易的景慕之情，还有他自得自在的意态。此诗写他月下独行于东坡的感受。诗虽只四句，却简洁传神，淡笔勾画出雨后清新月色、幽静夜景，以及诗人在嶙峋山石路上独行的萧散形象，使读者听到他的铿然曳杖之声，并感受了他不畏坎坷，视险如夷乃至以险为乐的情怀。意境清远，耐人寻味。纪昀评此诗"风致不凡"(《纪评苏诗》卷二二)，信然。

和秦太虚梅花

西湖处士骨应槁，① 只有此诗君压倒。②
东坡先生心已灰， 为爱君诗被花恼。
多情立马待黄昏， 残雪消迟月出早。③

江头千树春欲暗，　竹外一枝斜更好。
孤山山下醉眠处，　点缀裙腰纷不扫。④
万里春随逐客来，　十年花送佳人老。⑤
去年花开我已病，　今年对花还草草。
不如风雨卷春归，　收拾余香还畀昊。⑥

【注释】

①西湖处士：指林逋，字君复，北宋诗人，隐居西湖孤山，酷爱梅花。他的《山园小梅》"疏影横斜水清浅，暗香浮动月黄昏"传为名句。骨应槁：指林逋已经去世很久。　②"只有"句：言秦观的梅花诗胜过林逋的名作。此语有过誉之嫌。　③"多情"二句：指等待观赏梅花的最佳时间与环境，黄昏与月早则暗合林诗的意境。　④裙腰：指长着碧草的山腰。语出白居易《杭州春望》："谁开湖寺西南路，草绿裙腰一道斜。"　⑤"万里"二句：苏轼离杭在熙宁七年(1074)秋，至写作此诗的元丰七年(1084)春，恰好十年。⑥余香：指残花。畀(bì)：给予。昊(hào)：广大的天。语出《诗经·小雅·巷伯》："投畀有昊。"

【品评】

此诗作于元丰七年(1084)，时苏轼在黄州。秦太虚，即秦观，字太虚，有《和黄法曹忆建溪梅花》诗，苏轼此篇即为和作。

此诗步秦观梅花诗的原韵。秦观诗回忆梅花，东坡也从忆梅归结到贬谪黄州的感慨。诗中说他因爱林逋和秦观的梅花诗而更爱梅花，但自己穷愁潦倒，有负大好春光，还不如让风雨送春归去算了。东坡不粘滞于咏梅，而能寓感慨于言外，寄托深远。全篇押“槁”字仄韵，诗句骈散交错，音韵流美。诗中描绘梅花，正面描绘仅“江头”、“竹外”一联，不著色相，点染生动，传神微妙，造语新鲜自然。《诗人玉屑》卷一七引范正敏《遁斋闲览》评云：“语虽平易，然颇得梅之幽独闲静之趣。”还有人认为并不比林逋的“疏影”、“暗香”二句逊色。

海　棠

东风袅袅泛崇光，① 香雾空濛月转廊。②
只恐夜深花睡去， 故烧高烛照红妆。③

【注释】

①袅袅：形容微风吹拂。泛：摇动貌。崇光：此指海棠光泽。②香雾空濛：月下海棠梦幻的姿态和气息。 ③“只恐”二句：化用唐李商隐《花下醉》“客散酒醒深夜后，更持红烛赏残花”句意。

【品评】

此诗作于元丰七年（1084），东坡时在黄州贬所。

东坡对海棠的颂美，其实暗含了此时他的身世之感，有“同是天涯沦落人”的相惜情意。他以人拟花，写出惜花爱花的深情。诗的构思巧妙，前二句兼用正面描写与侧面渲染，创构出一个空濛迷幻的境界。后二句生发奇想，反用《明皇杂录》中载明皇以

“海棠睡未足”比喻杨贵妃醉态的典故，为海棠传神尽态，风韵十足，情意绵长。

题西林壁

横看成岭侧成峰， 远近高低各不同。①
不识庐山真面目， 只缘身在此山中。②

【注释】

①“横看”二句：从全方位各个角度概写庐山面貌。 ②缘：因为。

【品评】

此诗作于元丰七年(1084)四月，苏轼本年三月接到朝廷诰命，移置汝州(今河南汝州市)，四月离开黄州，途中顺道游庐山而作。西林，佛寺名，在庐山西麓。

庄子思想中有一个基本的命题，就是“小知不及大知”，人往往受自己具体的处境局限，而对事物的认识偏于一隅，得出不全面的结论。苏轼对庄子心有戚戚然，常在日常生活中触发一些哲学思考和体悟。即如此篇，实则就是一个小大之辨的实证。这首诗倒过去读亦顺理成章：因为身陷山中，所以不能见庐山之真(之全)，只是见到远近、高低、横纵所呈现的各个不同的面貌。苏轼的意思是既要入乎其内，又须出乎其外，才有可能真实、全面地认识事物。近人陈衍《宋诗精华录》卷二评："此诗有新思想，似未经人道过。"全篇融景物、诗情和哲理于一体，深刻隽永，成为流传广泛、影响深远的佳作。

郭祥正家，醉画竹石壁上，郭作诗为谢，且遗二古铜剑

空肠得酒芒角出，[1] 肝肺槎牙生竹石。[2]
森然欲作不可回，[3] 吐向君家雪色壁。
平生好诗仍好画， 书墙涴壁长遭骂。[4]
不瞋不骂喜有余， 世间谁复如君者！
一双铜剑秋水光，[5] 两首新诗争剑铓。[6]
剑在床头诗在手， 不知谁作蛟龙吼？[7]

【注释】

①芒角：原指植物初生的尖叶，引申为锋芒。 ②槎牙：同"杈枒"，杂乱生长貌。 ③森然：郁茂的样子。作：兴，生起。④涴（wò）：泥污。 ⑤秋水光：形容古剑的光芒。 ⑥两首新诗：今郭祥正《青山集》已佚此二诗。争剑铓：指诗与剑皆放出光芒，仿佛相争。 ⑦蛟龙吼：比喻郭祥正所作诗锋芒毕露。用杜甫《相从行》"酒酣击剑蛟龙吼"句意。

【品评】

此诗作于元丰七年(1084)七月,为苏轼过当涂时所作。郭祥正,字功父,安徽当涂人。北宋诗人。元丰七年三月,他以汀洲通判、奉议郎停职家居。七月,苏轼过当涂为他作画,并写此诗。

东坡写诗作画都是为了宣泄胸中块垒,因而笔墨淋漓,锋芒毕露,豪气喷薄。黄庭坚《题子瞻画竹石》云:"东坡老人翰林公,醉时吐出胸中墨。"又《题子瞻枯木》云:"胸中元自有丘壑,故作老木蟠风霜。"宋代画论家邓椿《画继》卷三也说:"(苏轼)所作枯木,枝干虬屈无端倪,石皴亦奇怪,如其胸中盘郁也。"而此诗前四句写他醉画竹石情状,正如其画风一致。正如查慎行《初白庵诗评》卷中所评:"棱角四射。"亦如纪昀《纪评苏诗》卷二三所评:"奇气纵横,不可控制。"在此诗中,东坡的豪放性格与被称为"小李白"的浪漫诗人郭祥正的性格相互映照,都活现纸上。诗中想落天外,意象奇崛,音节峭硬,节奏急促,转韵灵活,正是以醉诗题醉画。清人汪师韩《苏诗选评笺释》卷三评此诗:"画从醉出,诗特为洗剔精神。读起四句,森然动魄也。句句巉绝,在集中另辟一格。"读此诗,确实令人"森然动魄"。

次荆公韵四绝(四首选一)

骑驴渺渺入荒陂, 想见先生未病时。①
劝我试求三亩宅, 从公已觉十年迟。②

【注释】

①“骑驴”二句：这里是想像王安石未病前时常骑驴闲游的形貌。王巩《闻见近录》：“王荆公领观使，归金陵，居钟山下，出即乘驴。”渺渺：悠远貌。陂（bēi）：山坡。　②“劝我”二句：言王安石曾约作者在钟山买田卜邻，相从林下。苏轼《上荆公书》云：“某始欲买田金陵，庶几得陪杖屦，老于钟山之下。”十年：指从熙宁七年到元丰七年，王安石已退隐十年。

【品评】

此诗作于元丰七年（1084）八月，时苏轼由黄州移汝州，道出金陵（今江苏南京市），七八月间与王安石多次相见。荆公即王安石，于元丰三年（1080）封荆国公，时罢相退居金陵。

苏东坡与王安石政治见解不同，但都襟怀高绝，两人仕路迥别，各有所恃，却始终没有私人恩怨。甚至在品格、学养和为人上，两人还互相推重。这首诗写在金陵，此时东坡由黄州之贬后量移汝州，王安石则退居十年，两人对政治的理解和各自心态都较早年有很大的变化。听说东坡途经自己所居之地，安石骑驴亲候于路边，两人相见欢畅。东坡由此深厚的情意，道出了自己归隐的意愿。此为东坡和王安石之作，推崇安石的淡泊，表达自己的崇敬之情和未能杖屦追陪之憾，相约日后同隐山林。从东坡诗中，见出二人亲厚无间，高襟淡怀，超然出尘的气度。

次韵蒋颖叔

月明惊鹊未安枝，[①] 一棹飘然影自随。
江上秋风无限浪，[②] 枕中春梦不多时。[③]
琼林花草闻前语，[④] 罨画溪山指后期。[⑤]
岂敢便为鸡黍约，[⑥] 玉堂金殿要论思。[⑦]

【注释】

①“月明”句：曹操《短歌行》有“月明星稀，乌鹊南飞。绕树三匝，何枝可依”句，这里是比喻自己赴官汝州尚无住宅可居。②“江上”句：以旅途中所见景色暗喻自己的身世遭际。白居易《江南遇天宝乐叟》：“秋风江上浪无限，暮雨舟中酒一樽。”③“枕中”句：谓人生短暂，如春梦一场，转瞬即逝。唐代沈既济《枕中记》有“黄粱一梦”之典故，白居易《花非花》亦有“来如春梦几多时”句。 ④“琼林”句：言蒋之奇诗中提及昔年同榜登第时在琼林苑宴上的交谈。琼林，即琼林苑，在汴京（今河南省开封市）城西。宋政和二年（1112）前，曾在此赐宴新进士。 ⑤“罨（yǎn）画”句：苏轼自注：“蒋诗记及第时琼林宴坐中所言，且约同卜居阳羡。”罨画，宜兴县有圻溪，俗称罨画溪。阳羡，秦汉时阳羡县，隋改称义兴县，宋时避讳，改宜兴县，即今江苏宜兴市。⑥鸡黍约：东汉范式在他乡与其至友张劭约定，两年后当赴劭家相会。劭归告其母，请届时设酒食候之。母曰：“二年之别，千里

结言，尔何相信之审耶？”劭谓式信士，必不乖违。至其日，式果至。二人对饮，尽欢而别。事见《后汉书·独行传·范式》。后以“鸡黍约”为友谊深长、聚会守信之典。 ⑦“玉堂”句：谓蒋之奇将来会更加显贵，自己未敢与之相约归田。玉堂：官署名，汉侍中有玉堂署，宋以后翰林院亦称玉堂。论思：议论、思考，特指皇帝与学士、臣子讨论学问。

【品评】

此诗作于元丰七年(1084)秋，时苏轼离开金陵后，途经真州(今江苏仪征市)所作。蒋颖叔，名之奇，宜兴人。嘉祐二年(1057)与苏轼同登进士第。此时任江淮等路发运副使，居官真州。

这时候的东坡，归田的愿望是那么强烈。当他在路途中碰到早年同登进士的旧友时，心中不免感慨万分。“惊鹊”是自指，“一棹”亦自指。多年流宕江海，无所归依，所以是不能安枝的惊鹊，所以是惟有影随的孤舟。这二句极写东坡对于世事和漂泊生活的倦意，反衬对归田定居的期待。颔联以风浪无限，表飘零未休；借枕中春梦，喻人生倏忽，仍把情意寓于景象与事象之中，含而不露。颈联回忆当年与蒋氏的交谈相约，笔墨简洁，语调自然亲切。尾联既有对自己日后生活的交待，又有对友人的恳切祝愿。所谓酬和的厚情，也呈现在末一联中了。赵翼《瓯北诗话》卷五说东坡诗“其妙处在乎心地空明，自然流出，一似全不著力而自然沁人心脾”，又赞此诗颔联“乃是称心而出，不假雕饰，自然意味悠长”。

寄吴德仁兼简陈季常

东坡先生无一钱，　十年家火烧凡铅。①
黄金可成河可塞，　只有霜鬓无由玄。②
龙丘居士亦可怜，③ 谈空说有夜不眠。④
忽闻河东狮子吼，　拄杖落手心茫然。⑤
谁似濮阳公子贤，⑥ 饮酒食肉自得仙？⑦
平生寓物不留物，⑧ 在家学得忘家禅。⑨
门前罢亚十顷田，⑩ 清溪绕屋花连天。
溪堂醉卧呼不醒，　落花如雪春风颠。
我游兰溪访清泉，　已办布袜青行缠。⑪
稽山不是无贺老，　我自兴尽回酒船。⑫
恨君不识颜平原，⑬ 恨我不识元鲁山。⑭
铜驼陌上会相见，⑮ 握手一笑三千年。⑯

【注释】

①"十年"句：十年炼丹而没有成功。家火：家中炉灶之火。凡铅：道家炼丹用的材料。　②"黄金"二句：炼丹本可以使人成仙，而自己炼丹不成功，未能使白发转黑，未能超凡入仙。用《史记·封禅书》所载汉方士语："黄金可成，而河决可塞，不死之药可得，仙人可致也。"　③龙丘居士：陈慥的号。　④谈空说有：讲论

佛学。 ⑤“忽闻”二句：苏轼善意地嘲笑陈慥学佛未领会其真义。河东：柳姓。杜甫《可叹》中有“河东女儿身姓柳”句。陈慥之妻姓柳。狮子吼：佛教传释迦牟尼初生时“分手指天地，作师子吼声”（《景德传灯录》卷一）。另，佛藏中有《佛说长者女庵提遮师子吼了义经》。苏轼用此两个典故，戏言陈慥与妻子都学佛，却没妻子领悟得精深。这里并没有讽刺陈慥惧内的意思，后世相沿成说，与苏轼原意无关。 ⑥濮阳公子：指吴德仁。 ⑦“饮酒”句：吴德仁不似苏轼学道陈慥学佛，却自然达到高境界。 ⑧寓物不留物：欣赏外物，但不贪恋外物和被外物所役。苏轼《宝绘堂记》：“君子可以寓意于物而不可以留意于物。寓意于物，虽微物足以为乐，虽尤物不足以为病；留意于物，虽微物足以为病，虽尤物不足以为乐。” ⑨忘家禅：即在家修炼如出家。 ⑩罢亚：稻穗实多而摇动的样子。 ⑪行缠：裹腿。与布袜均为行路的轻便装束。 ⑫“稽山”二句：当年曾去蕲州，未见到吴德仁。贺老：贺知章，东坡以归居会稽的贺知章自比。李白《重忆一首》：“欲问江东去，定将谁举杯？稽山无贺老，却棹酒船回。”兴尽：典出《世说新语·任诞》：“王子猷居山阴，夜大雪，眠觉……忽忆戴安道。时戴在剡，即便夜乘小船就之。经宿方至，造门不前而返。人问其故，王曰：‘吾本乘兴而行，兴尽而返，何必见戴？’” ⑬颜平原：颜真卿。唐时人，曾为平原太守，为人正直耿介，率军作战勇猛，亦用心仙佛。这里用颜真卿比陈季常。 ⑭元鲁山：元德秀。字紫芝，曾为鲁山令。《新唐书·元德秀传》：“苏源明常语人曰：‘吾不幸生衰俗，所不耻者识元紫芝也。’”这里以元德秀比吴德仁。
⑮“铜驼”句：开玩笑地说世事变化急速，以后与吴德仁定当相

遇。铜驼，典出陆机《洛阳记》：“铜驼街在洛阳宫南，金马门外，人物繁盛。俗语云：‘金马门外聚群贤，铜驼街上集少年。’”又见《晋书·索靖传》，索靖指洛阳宫门铜驼叹曰：“会见汝在荆棘中耳。” ⑯握手：典出《后汉书·蓟子训传》：“后人复于长安东霸城见之（蓟子训），与一老公共摩挲铜人，相谓曰：‘适见铸此，已近五百岁矣！’”

【品评】

此诗作于元丰八年(1085)。陈季常，陈慥，苏轼为他作《方山子传》。吴德仁，吴瑛，字德仁，蕲州蕲春人。其父为仁宗朝名吏。德仁四十六岁上书请致仕。

东坡善诙谐，诗中亦可略见一斑。自嘲己之烧丹无功，好友陈慥学禅不得真义。谈到陈慥与妻子的学禅情形，既生动诙谐，又表达了对老友宽厚亲切的感情。“河东狮吼”之语由此而来（本意并非后世所传）。诗中的诙谐实有两方面，一面是对自己和好友的戏笑，充满生活本真的趣味；另一面却又是沉痛的。惟伤心人方能豁达，在这充满机趣的嬉笑里面，深隐着他对人间如梦的体会，也蕴含着他在参禅学道中悟得的哲理。诗人写吴德仁为主，写陈季常和自我为辅，结尾又自然将三人绾合。叙事挥洒自如，在叙事中插入景物描写，用典精切浑化，通篇兴会淋漓。近人高步瀛《唐宋诗举要》卷三引吴汝纶评云：“音节琅然，可歌可诵。机趣横生，而风采复极华妙。”颇中肯。

归宜兴留题竹西寺三首

十年归梦寄西风， 此去真为田舍翁。①
剩觅蜀冈新井水，② 要携乡味过江东。③

道人劝饮鸡苏水，④ 童子能煎莺粟汤。⑤
暂借藤床与瓦枕，⑥ 莫教辜负竹风凉。⑦

此生已觉都无事， 今岁仍逢大有年。⑧
山寺归来闻好语， 野花啼鸟亦欣然。⑨

【注释】

①田舍翁：年老的庄稼汉。 ②剩觅：更觅。蜀冈：丘名，在扬州。其上有井，水味如蜀江，名曰蜀冈。相传与岷江相通，唐代陆羽评之为天下第五泉。 ③乡味：指家乡特有的食物。苏轼为蜀人，故称蜀冈水为“乡味”。江东：指常州。 ④鸡苏：草名，即水苏。其叶辛香，可以烹鸡，故名。 ⑤莺粟：即罂粟。苏辙《种罂粟》二章云：“罂小如罂，粟细如粟。与麦皆种，与穄皆熟。苗堪春菜，实比秋谷。”三章云：“柳槌石钵，煎以蜜水，便口利喉，调养肺胃。” ⑥瓦枕：陶制的枕头。 ⑦竹风：竹间之风。此处暗涉竹西寺。 ⑧大有年：大丰年。 ⑨“山寺”二句：意谓听到百姓赞美哲宗之语，心中欣然，因而觉得连花草亦同此喜。

【品评】

此诗作于元丰八年(1085)五月一日,为苏轼由南都(今河南商丘)东下,回常州宜兴,途经扬州时所作。竹西寺,一名山光寺,在扬州。

这一年,东坡自请归耕常州,得到朝廷应允。遂自南都辗转至常州。路途经扬州,见沿途风光旖旎,生活情韵浓厚,颇受感染,想到自己终于可以结束飘荡的生活,而定居常州,那长期因贬谪而压抑晦暗的情绪,也似乎随之荡涤一空。在这样欢愉的心境里,欣然题诗竹西寺的壁上,表现出洒脱自在、情趣盎然的意态。诗第一首写对于归田的期待和梦想将成现实的快慰。东坡不慕功利,尤其经过长期政治斗争的磨折之后,其淡然出世之情更为真切。在“梦”与“真”的对比中,可见其情怀和感慨。第二首,“鸡苏水”、“莺粟汤”、“藤床”、“瓦枕”、“竹风凉”,都写出乡间生活的风味来。那是清淡而令人留恋不已的生活,恰合乎东坡“清真”的审美理想。第三首,写与父老乡亲一起游览寺庙的喜悦心情。这本是一组极自然清美的风光人情诗,然而,就是这组诗,其后成为东坡被政敌罗织罪名的一个缘由。在末一首诗中,“好语”、“欣然”等语,被曲解成对于刚刚去世的神宗皇帝的大不敬——“诽谤先帝,无人臣礼”。对此,东坡曾有辩白。我们今天拨开那些是非的瘴雾,客观地评价这首诗,发现它与其他的田园风情诗并无二致,其情韵清美,点染自如,是东坡本色当行的代表作品。

惠崇春江晓景二首

竹外桃花三两枝, 春江水暖鸭先知。

蒌蒿满地芦芽短，[①] 正是河豚欲上时。[②]

两两归鸿欲破群， 依依还似北归人。[③]
遥知朔漠多风雪，[④] 更待江南半月春。

【注释】

①蒌蒿：水草名，也称蔏蒌、白蒿。芦芽：芦笋。 ②河豚：鱼名，此鱼产于海，春江水发，始沿江上行，食蒌蒿则肥，其肉味极为鲜美。 ③依依：恋恋不舍。 ④朔漠：北方沙漠地带。

【品评】

此诗作于元丰八年(1085)，时苏轼在汴京。惠崇，淮南(一作建阳)人，宋初“九僧”之一，能诗善画，尤工绘鹅雁鹭鸶和寒汀远渚小景。诗题“晓景”，一作“晚景”。

诗中有画，画中有诗。从诗中所写之景看，惠崇画的两幅画，一为鸭戏图，一为雁归图。东坡以诗笔再现画境，寥寥几笔，勾勒了一幅生机勃勃的早春图，表现出自然景物在季节转换时的特征，抒发对早春的喜悦和礼赞之情。如第一首次句最妙，诗人发挥了诗歌的想像和联想，写出凭触觉才能感知的水之“暖”意，并移情移知觉于鸭，让它感知水暖，正是东坡的灵心妙笔。结句写河豚欲上的动态，也是东坡从画面上的蒌蒿、芦芽等景物引起的联想，补充、丰富了画意，深化了画境诗情。宋人晁补之说过：“诗传画外意，贵有画中态。”此题画诗在这两方面都获得了成功。纪昀《纪评苏诗》卷二六赞第一首：“此是名篇，兴象实为深妙。”又评第二首："亦有情韵。"赵克宜《角山楼苏诗评注汇钞》卷一二云："二诗皆善于虚处设想。此首(指第二首)设想尤曲。指点境象，饶有余味……若实赋则味减。"

送戴蒙赴成都玉局观，将老焉

拾遗被酒行歌处，① 野梅官柳西郊路。
闻道华阳版籍中，② 至今尚有城南杜。③
我欲归寻万里桥，④ 水花风叶暮萧萧。⑤
芋魁径尺谁能尽？⑥ 桤木三年已足烧。⑦
百岁风狂定何有，⑧ 羡君已作峨眉叟。⑨
纵未家生执戟郎，⑩ 也应世出埋轮守。⑪
莫欺老病未归身，玉局他年第几人？
会待子猷清兴发，还须雪夜去寻君。⑫

【注释】

①拾遗：指杜甫。唐肃宗至德二年(757)，杜甫从肃宗于凤翔，拜左拾遗。被酒：为酒所醉，犹中酒。行歌：边行走边歌唱，借以发抒感情，表示意愿、意向等。　②华阳：唐宋时成都府城区分为两县，西、北、东北为成都县，东、南、西南为华阳县。版籍：户口册。　③城南杜：杜氏祖上封于杜城(唐时为京兆杜陵县)而得姓，后世子孙便以杜陵为宗族原居地。这句是说杜甫的后裔在宋代尚有居于成都者。　④万里桥：桥名，在成都市南锦江上。

⑤水花：荷花的别名。萧萧：形容凄清、寒冷。 ⑥芋魁：大芋头。径尺：直径一尺。 ⑦桤(qī)木：桦木科落叶乔木。叶长椭圆形，易于成林，木质较软。 ⑧“百岁”句：形容人生短促，如狂风般瞬间消逝。 ⑨峨眉叟：指隐居峨眉山的老人。 ⑩执戟郎：指西汉著名学者、辞赋家扬雄。他是蜀郡成都人，曾为郎。《文选》李善注：“《汉书》曰：扬雄奏《羽猎赋》为郎，然郎皆执戟而侍也。” ⑪埋轮守：指东汉张纲。东汉顺帝时，大将军梁冀专权，朝政腐败。汉安元年(142)选派张纲等八人巡视全国，纠察吏治，余人皆受命之部，而纲独埋其车轮于洛阳都亭，曰：“豺狼当路，安问狐狸！”遂上书弹劾梁冀，揭露其罪恶，京都为之震动。事见《后汉书·张纲传》。后以“埋轮”为不畏权贵，直言正谏之典。 ⑫“会待”二句：用《世说新语·任诞》中王子猷雪夜乘舟访戴安道事：“王子猷居山阴，夜大雪……忽忆戴安道。时戴在剡，即便夜乘小船就之。经宿方至，造门不前而返。人问其故，王曰：‘吾本乘兴而行，兴尽而返，何必见戴？’”

【品评】

此诗作于元丰八年(1085)，苏轼在汴京。戴蒙，字正仲，号无知子，杜陵(在今陕西长安县)人。元丰元年以尚书都官郎中知绵州。赴成都玉局观，即赴任来为提举成都玉局观之职。这种“宫观使”，只领俸禄而无实事可做，实际上是优待臣僚的一种方法。玉局观为宋代著名的道观，在今四川成都市北。

友人返故里为官，东坡来送别，想到自己飘零江湖已久，思念故园却无由亲近，这时候的心情，是复杂难言的。诗的前四句以杜甫的行迹与诗歌点染，写出怀恋中蜀国的风貌。因为戴蒙是杜陵人，今赴成都为官，于是东坡便借杜甫入蜀取譬生情，起有笔势，用典精妙。“我欲”二句，写出了东坡欲归故里的强烈感情，景色情调却是清远萧疏的。“芋魁”、“桤木”二句，进一步具体怀恋故乡的风物，抒情更见亲近、迫切。“百岁”句是感叹人生短暂寥落，不免让人感到归乡愿望无由达成的遗憾，先作一跌宕，“羡君”句则直抒胸臆，感情达到极致。诗的后半段，既写对友人到成都之后生活的美好祝愿，又自慰慰人地表达总有一天会退归故乡的愿望。全诗情真景真，清健处撼动人心，缠绵处又不失其旷达。

虢国夫人夜游图

佳人自鞚玉花骢，① 翩如惊燕踏飞龙。②
金鞭争道宝钗落，③ 何人先入明光宫？④
宫中羯鼓催花柳，⑤ 玉奴弦索花奴手。⑥
坐中八姨真贵人，⑦ 走马来看不动尘。⑧
明眸皓齿谁复见，⑨ 只有丹青余泪痕。⑩
人间俯仰成今古，⑪ 吴公台下雷塘路。⑫
当时亦笑张丽华， 不知门外韩擒虎！⑬

【注释】

①“佳人”句：郑处诲《明皇杂录》卷下载：“虢国每入禁中，常乘骢马，使小黄门御。紫骢之俊健，黄门之端秀，皆冠绝一时。”

鞚(kòng):谓控制、驾驭马匹。玉花骢:唐玄宗所乘骏马名。②惊燕:比喻美人骑在马上的神态。踏:踩,践踏。这里作骑。飞龙:指骏马。 ③“金鞭”句:谓催马争道,使得宝钗掉落。《旧唐书·杨贵妃传》:“(天宝)十载正月望夜,杨家五宅夜游,与广平公主骑从争西市门,杨氏奴挥鞭及公主衣,公主堕马。” ④明光宫:汉代宫殿名。后亦泛指朝廷宫殿。 ⑤羯鼓:古代打击乐器的一种。起源于印度,从西域传入,盛行于唐开元、天宝年间。催花:唐代南卓《羯鼓录》载,唐玄宗当二月雨后初晴,柳杏将吐,“睹而叹曰:‘对此景物,岂得不为他判断之乎?’左右相目,将命备酒,独高力士遣取羯鼓。上旋命之临轩纵击一曲,曲名《春光好》。神思自得,及顾柳杏,皆已发拆。”后因有“催花鼓”之语。 ⑥玉奴:杨贵妃小名。弦索:指弦乐器。花奴:唐玄宗时汝南王李琎的小名,琎善击羯鼓。 ⑦八姨:杨贵妃的八姐,封秦国夫人。 ⑧“走马”句:形容秦国夫人骑马时的闲逸从容之态。 ⑨“明眸”句:感叹当日杨家姐妹的奢华安逸生活已然过去。化用杜甫《哀江头》“明眸皓齿今何在”语意。 ⑩丹青:指画像,图画。 ⑪俯仰:低头和抬头,比喻时间短暂。 ⑫吴公台:古台名,在今江苏扬州市北。原为南朝宋沈庆之攻竟陵王诞时所筑之弩台,后陈将吴明彻围攻北齐敬子猷,增筑以射城内,故名。隋炀帝死后初埋此处。雷塘:在江苏扬州城北,隋唐时为风景胜地,隋炀帝后改葬于此。⑬“当时“二句:化用杜牧《台城曲二首》其一“门外韩擒虎,楼头张丽华”句意。意谓当时隋炀帝曾斥责陈后主佚乐亡国,自己却又重蹈覆辙。颜师古《大业拾遗记》载,隋炀帝曾梦见陈后主,后主谈及当初亡国时方与贵妃张丽华游于临春阁,隋将韩擒虎大军攻入之事。后主反问隋炀帝："龙舟之游乐乎？始谓殿下致治在尧舜之上，今日复此逸游，大抵人生各图快乐，曩时何见罪之深邪？"

【品评】

此诗作于元祐元年(1086)十二月，时苏轼在京师任翰林学士知制诰。虢国夫人，唐杨贵妃姊，行三，嫁裴氏。天宝七载封为虢国夫人，得宠遇。天宝十五载安禄山陷长安，随玄宗、贵妃西行，途中为陈仓令薛景仙所杀。此图为张萱所画，宋内府藏。后为内侍刘有方所得。元祐元年十二月，苏轼奉命为辽使馆伴，应刘有方之请题此诗。

此诗是为画作的题跋，因此所叙之事例应合乎画境，同时有关乎史事。只是诗人手笔，夸张想像成分不嫌其多，不必全部与史实相符。诗以明艳妖冶的虢国夫人骑马入宫起句，一上来就夺人心魄。"宫中"四句，描绘宫中夜宴的具体场景，奢侈华丽，声色飞动。诗虽以虢国夫人冠名，描写的却是炙手可热的整个杨氏家族奢华生活情状，而与之相关的，则是对唐玄宗不思朝政、沉溺声色的暗讽。"明眸"以下数句，是对王朝兴亡的思考和反省，警戒当今朝廷莫要重蹈前车之覆。纪昀评云："收得淡宕，妙于不黏唐事，弥觉千古一辙之慨。""直以庄论作收，而唱叹有神，此为诗人之言，异乎道学之史论。"(《纪评苏诗》卷二七)

杜介送鱼

新年已赐黄封酒，[①] 旧友仍分赪尾鱼。[②]

陋巷关门负朝日，　小园除雪得春蔬。
病妻起斫银丝鲙，[3]　稚子欢寻尺素书。[4]
醉眼朦胧觅归路，　松江烟雨晚疏疏。[5]

【注释】

①黄封酒：皇帝所赐酒，以黄色封条封坛子。　②赪（chēng）尾鱼：红鲤鱼。赪，红色。　③斫（zhuó）：砍。　④尺素书：古诗《饮马长城窟行》："呼儿剖鲤鱼，中有尺素书。"　⑤松江：吴淞江，古称笠泽，太湖支流三江之一，以产鲈鱼著名。

【品评】

此诗作于元祐二年（1087）。杜介，时与苏轼同在汴京做官。

家常风味，最见诗人性情。此诗写官居汴京的家庭生活。新年将至，朝廷恩赐官酿美酒，老友又送来红鲤鱼，给地处陋巷终日闭门的苏轼一家带来了节日的喜庆气氛。他到小园中拨开积雪，采摘春蔬；病妻也从床上起来，剖开鲤鱼；幼子一见剖鲤鱼，就想到古诗上的话而欢快地找寻鱼腹中的书信。新年的喜悦，故人的情谊，妻子的贤惠能干，孩子的天真活泼，笔笔生动，跃然纸上。作者于酒饭之余，醉眼蒙眬，好像回到了盛产鲈鱼的吴淞江畔，在烟雨迷离中寻觅归隐安居的路。此诗可与杜甫在草堂生活期间所作《江村》等七律对读。

书晁补之所藏与可画竹（三首选一）

与可画竹时，　见竹不见人。[1]

岂独不见人，　嗒然遗其身。[②]
其身与竹化，　无穷出清新。
庄周世无有，　谁知此疑神。[③]

【注释】

①“与可”二句：指与可画竹时完全沉浸在“竹”中，忘掉了周围的一切。　②嗒然：《庄子·齐物论》写南郭子綦的精神状态有“嗒然似丧其偶”之语。嗒然，形容心境虚静物我两忘的样子。③疑神：语出《庄子·达生》“用志不分，乃疑于神”，犹言简直达到神妙境界。一作凝神，意为专一集中达到神化。

【品评】

此诗作于元祐二年(1087)秋，时苏轼在京任翰林学士知制诰。晁补之，字无咎，济州巨野(今属山东)人，少以文章受知于苏轼，为“苏门四学士”之一。与可，即文同，字与可，宋代画家兼诗人，善画竹。他是苏轼的表兄。

这组题画诗，可以与《文与可画筼筜谷偃竹记》一起看。此首赞扬文与可的画竹艺术，指出他画竹时物我两忘、身与竹化，从而使作品“无穷出清新”，达到神妙境界。诗虽短，却表达出丰富、精辟的诗画创作理论见解。笔墨精炼，言简意赅。诗的本身，亦有手与笔化之妙。

书李世南所画秋景二首

野水参差落涨痕，　疏林欹倒出霜根。①
扁舟一棹归何处？　家在江南黄叶村。

人间斤斧日创夷，②　谁见龙蛇百尺姿！③
不是溪山成独往，　何人解作挂猿枝？④

【注释】

①“野水”二句：描绘荒野秋景。参差：不齐的样子。欹(qī)倒：倾侧倒斜。　②创：砍掉。夷：削平。　③龙蛇百尺姿：比喻高大的古树枝干纠曲盘结的样子。　④解：懂得，知道。挂猿枝：用李白《游秋浦白笴陂》诗“猿影挂寒枝”句意。

【品评】

此诗作于元祐二年(1087)，时苏轼在京任翰林学士知制诰。李世南，字唐臣，安肃(今河北徐水)人。明经及第，终于大理寺丞，工画山水。

据南宋邓椿《画继》卷四云：“东坡亦尝题其秋景平远……此图本寒林障，分作两轴。前三幅尽寒林，坡所以有‘龙蛇姿’之句，后三幅尽平远，所以有‘黄叶村’之句。其实一景而坡作两意。”前一首由近及远地描绘野水退、涨痕落、疏林欹、霜根露这一系列典型的秋天意象，再现画中寒林平远景色。东坡再以设问句引领读者随着一叶扁舟进入江南黄叶飘飞的远村之中。天然妙语，使画境中添加了诗意，表达出东坡对江村生活的羡慕向往。后一首先感叹人们任意砍伐摧残林木，故而世间难见“龙蛇百尺姿”。后二句说，正是画家李世南独入溪山深细观察，才能绘出“猿影挂寒枝”的奇景，从而写出画家对溪山的偏爱。二诗都流露出诗人厌烦市朝、向往自然的情趣。一叙一议，写法不同，意境俱高，声调清越，韵味悠长。

书鄢陵王主簿所画折枝二首

论画以形似，　见与儿童邻。①
赋诗必此诗，　定非知诗人。
诗画本一律，　天工与清新。
边鸾雀写生，②　赵昌花传神。③
何如此两幅，　疏澹含精匀！
谁言一点红，　解寄无边春？④

瘦竹如幽人，　幽花如处女。
低昂枝上雀，　摇荡花间雨。
双翎决将起，⑤　众叶纷自举。
可怜采花蜂，　清蜜寄两股。
若人富天巧，　春色入毫楮。⑥

悬知君能诗，寄声求妙语。

【注释】

①见：见识，见解。邻：接近。②边鸾：中唐画家，工绘花鸟。③赵昌：北宋花鸟画家。④解寄：能够寄托。此二句意谓一朵红花能反映出无限春光。⑤决：急起貌。⑥毫楮：笔纸。

【品评】

此诗作于元祐二年(1087)，时苏轼在京任翰林学士知制诰。鄢陵，今河南省鄢陵县。王主簿，邓椿《画继》卷四："鄢陵王主簿，未审其名，长于花鸟。"

这是东坡品题花鸟画之作。第一首诗中，对王主簿所画的折枝花给予高度评价，认为超过了著名画家边鸾和赵昌的花鸟画。诗中更提出了关于诗歌与绘画的精辟艺术见解。首先，他反对诗画片面追求"着题"和"形似"，而要求形神结合，意在传神。诗画都应该以"疏澹含精匀"、自然清新、巧夺天工为最佳。其次，他指出诗画本一律，即诗画虽各有其艺术特点，但在基本的艺术规律上却是共同的。这也就是他在《韩幹马》所说"少陵翰墨无形画，韩幹丹青不语诗"，在《欧阳少师令赋所蓄石屏》所说"古来画师非俗士，摹写物象略与诗人同"，在《次韵吴传正枯木歌》所说"古来画师非俗士，妙想实与诗同出"。全篇识见深微，不嫌说理。在第二首诗中，东坡以诗笔生动地再现了王主簿画中景物，笔墨精炼，写得色彩明秀，形象鲜活，生趣可掬。正如汪师韩《苏诗选评笺释》卷四所评：

“言竹、言花、言雀、言蜂，又言花之枝、花之叶、花间之雨、雀之翎、蜂之蜜，合之广大，析之精微，浓淡浅深，得意必兼得格。”

书王定国所藏烟江叠嶂图

江上愁心千叠山，　　浮空积翠如云烟。
山耶云耶远莫知，　　烟空云散山依然。①
但见两崖苍苍暗绝谷，　　中有百道飞来泉。
萦林络石隐复见，　　下赴谷口为奔川。
川平山开林麓断，　　小桥野店依山前。
行人稍度乔木外，　　渔舟一叶江吞天。
使君何从得此本？　　点缀毫末分清妍。
不知人间何处有此境？　　径欲往买二顷田。②
君不见武昌樊口幽绝处，③　　东坡先生留五年。④
春风摇江天漠漠，　　暮云卷雨山娟娟。
丹枫翻鸦伴水宿，　　长松落雪惊醉眠。
桃花流水在人世，　　武陵岂必皆神仙？
江山清空我尘土，　　虽有去路寻无缘。⑤
还君此画三叹息，
山中故人应有召我归来篇。⑥

【注释】

①“江上”四句:唐代张说《江上愁心赋》:“江上之峻山兮,郁崎巇而不极。云为峰兮烟为色,欻变态兮心不识。”此四句用其语意。②二顷田:语出《史记·苏秦列传》。苏秦云:“使我有洛阳负郭田二顷,吾岂能佩六国相印乎?” ③樊口:在黄州南岸。 ④留五年:指自己谪居黄州约五年。 ⑤“桃花”四句:用晋代陶渊明《桃花源记》典故。 ⑥山中故人:无实指,联系上文,似指黄州旧友。归来篇:《楚辞·招隐士》:“王孙兮归来!山中兮不可以久留。”陶渊明亦有《归去来兮辞》。

【品评】

此首作于元祐三年(1088)冬,时苏轼在汴京任翰林学士。王定国,即王巩,字定国,自号清虚先生。长于诗,与苏轼友善。作者题下自注:“王晋卿画。”王晋卿,名诜,为英宗女蜀国公主驸马。工画山水,收藏书画甚多。

此为题咏山水画的长篇七古。前十二句纯是描写画中之景,但有意不点明咏画之意,将画境当作真境来写。这十二句,一一叙写江、山、云、泉、林、岸、小桥野店、行人渔舟,对景物的高低、远近、明暗、隐显、光色、动静,都作了非常生动真切的表现,尤其是充满了动感与气势。正如前人所评:“起段以写为叙,写得入妙,而笔势又高,气又遒,神又王。”(方东树《昭昧詹言》卷一二)“奇情幻景,笔足达之。”(纪昀《纪评苏诗》卷三〇)“竟是为画作记。然摹写之神妙,恐作记反不如韵语之曲尽而有情也。”(汪师韩《苏诗选评笺释》卷四)后面十六句写观画之人即作者自我。先用两句点明题画之旨，随即以“不知人间”二句宕开，转入对黄州春夏秋冬四时景色的描写。四句诗，一句一景，概括准确，意象生动，意境幽美，又借景叙事，因景抒情，表现了东坡在那“幽绝处”五年的贬谪生活及其孤寂而悠闲的贬谪心情。接下来四句写归隐心愿。最后两句重申题画之旨，但结句“山中故人”云云又以幻为真。汪师韩说：“‘君不见’以下，烟云卷舒，与前相称，无非以自然为祖，以元气为根。”（同上）全篇以画为真，以真为画，真画打成一片，酣畅淋漓地抒发东坡对大自然对艺术对生活的挚爱之情。东坡用“两扇法”结构此诗，每一扇之中和前后扇之间层次清晰，转折自然，气脉贯通。诗句有长有短，有骈有散，一韵到底，唱叹有致。这是一首借画抒慨、寄兴深长的佳什，是苏诗中精心结撰的七古杰作。宋人许觊《彦周诗话》评：“画山水诗，少陵数首，后无人可继者，惟荆公《观燕公山水》诗前六句差近之，东坡《烟江叠嶂图》一诗亦差近之。”评价是恰如其分的。

赠刘景文

荷尽已无擎雨盖，　菊残犹有傲霜枝。①
一年好景君须记，　最是橙黄橘绿时。②

【注释】

①“荷尽”二句：描绘初冬景色，暗寓对刘景文品格的赞美。擎雨盖：指荷叶。　②最是：王文诰《苏文忠公诗编注集成》本作

“正是”。

【品评】

此诗作于元祐五年(1090)冬，时苏轼知杭州。刘景文，名季孙，开封府祥符(今河南开封市)人。宋时将门之后，博学，工诗文。苏轼曾表荐，誉为“慷慨奇士”。苏轼知杭，景文以左藏副使为两浙兵马都监驻杭州，时有唱酬。

此诗借荷、菊、橙、橘四种时物的变化特征，表现深秋初冬江南的景色，写得色彩明丽，风骨遒劲，生机勃勃。东坡托物抒情，抒发自己旷达开朗、不同凡俗的性情和胸襟；又借景喻人，含蓄地赞扬刘景文的品格节操；更即景寓理，暗示时间和人生的宝贵，启示人们要珍惜美好年华。诗的构思和章法似从韩愈《早春呈水部张十八员外二首》(其二)而来，却各有妙处，但都是情、景、理交融的佳作。汪师韩《苏诗选评笺释》卷五评云：“浅语遥情。”

淮上早发

澹月倾云晓角哀，① 小风吹水碧鳞开。②
此生定向江湖老， 默数淮中十往来。③

【注释】

①澹月倾云：淡淡的月光洒向片片浮云。角：古代军中的一种乐器。晓角，城里驻军早晨吹角的声音。 ②碧鳞：碧绿的水

纹。鳞，比喻水的波纹似鱼鳞。　③“默数”句：苏轼熙宁四年自汴京赴杭州通判任，熙宁七年由杭州赴密州，元丰二年四月赴湖州，八月赴御史台狱，元丰七年由常州至南都，元丰八年回常州，同年九月赴登州，元祐四年赴杭州知州任，元祐六年回京，再加上这次过淮，往返经淮河共有十次，所以说“十往来”。

【品评】

此诗作于元祐七年(1092)三月，时苏轼在颍州接到以龙图阁学士知扬州的诰命，自颍取道下淮。淮指淮河。

晨景早船，行客不眠，默念平生，感慨起伏。诗前二句写淮上晨景：月色暗淡，浮云散薄，角声呜咽，微风吹水，碧波粼粼。在凄清、幽寂的景色中透出悲哀的情调。后二句直抒胸臆，在“默数淮中十往来”的无言情态中表达出一生奔波、浪迹江湖、老大无成的深沉感慨。全篇语言明浅而蕴含深广，篇幅短小却情味悠长。情景交融，故而意境浑成。

和陶饮酒(二十首选一)

吾饮酒至少，常以把盏为乐。[①]往往颓然坐睡。[②]人见其醉而吾中了然，[③]盖莫能名其为醉为醒也。在扬州时，饮酒过午，辄罢。[④]客去，解衣盘礴，[⑤]终日欢不足而适有余。因和渊明《饮酒》二十首，庶以仿佛其不可名者，[⑥]示舍弟子由、晁无咎学士。[7]

道丧士失己，　出语辄不情。[8]
江左风流人，[9]　醉中亦求名。[10]
渊明独清真，[11]　谈笑得此生。
身如受风竹，　掩冉众叶惊。[12]
俯仰各有志，[13]　得酒诗自成。

【注释】

①把盏：端着酒杯，多用于斟酒敬客。　②颓然：萎靡不振貌。　③中：指内心。　④过午：中午以后。　⑤盘礴：箕踞，伸开两腿坐。　⑥庶：将近，差不多。仿佛：效法。　⑦子由：即苏轼之弟苏辙。晁无咎：即晁补之，字无咎，济州巨野（今山东巨野县）人，"苏门四学士"之一。时为扬州通判。　⑧道丧：指儒道沦丧。失己：失去本真。不情：无情，薄情。　⑨江左：东晋及南朝各代的基业都在江左，故当时人称这五朝及其统治下的全部地区为江左。风流人：指南朝士人。　⑩"醉中"句：《世说新语·任诞》载："王孝伯言：'名士不必须奇才，但使常得无事，痛饮酒，熟读《离骚》，便可称名士。'"　⑪清真：纯真朴素。　⑫掩冉：披靡，偃倒。　⑬俯仰：举动，举止。有志：一作"有态"。

【品评】

此组诗作于元祐七年（1092）七月，时苏轼在龙图阁学士充淮南东路兵马钤辖知扬州军州事任上。这里选的是第三首。

东坡和陶诗，始作于任龙图阁学士期间，后来谪居海南时，遍和陶诗。在一封与子由的信中说道："古之诗人，有拟古之作矣，未有追和古人者也。追和古人，则始于东坡。吾于诗人，无所甚好，独好渊明之诗。""吾于渊明，岂独好其诗也，如其为人，实有感焉。"陶渊明饮酒诗，是寓含了特殊复杂的心境的，东坡必知其为人，而追和其诗，是一种深刻的异代相知的感情。此首和诗，点明渊明在乱世中保持"清真"高洁，又能够以庄子超逸绝尘、悠然自适的态度对待此生。东坡自是从中领悟甚深，不仅在诗歌中有所表现，还在此后自己的生活中加以实践。"俯仰各有志"，既是对世事的洞察，又是对自己理想的固守。而"身如"二句，是融入了道家的自然任性的态度。清真为渊明品格中独特之处，也是东坡尤为钦佩和推赏的，所以他描绘了渊明在众人中的醉态，却写出他不同于那些伪道之浊人和沽名钓誉的假清人，其清真的态度在自然中流露，其人格在自然和孤绝的坚持中完成。这是东坡理解的渊明，也是东坡此后对自己自觉的塑造。清代温汝能《和陶合笺》卷三评曰："末六句冲淡自然，酷似陶作，非公诗固不能为渊明写出真面目也。"

慈湖夹阻风（五首选三）

捍索桅竿立啸空，[①] 篙师酣寝浪花中。
故应菅蒯知心腹，[②] 弱缆能争万里风。

此生归路愈茫然，　无数青山水拍天。
犹有小船来卖饼，　喜闻墟落在山前。

卧看落月横千丈，　起唤清风得半帆。
且并水村攲侧过，[3]　人间何处不巉岩。

【注释】

①捍索：桅杆两旁的绳索。　②菅蒯(jiān kuǎi)：草绳，用以编缆。　③并：紧靠。攲(qī)侧：倾斜不平貌。

【品评】

此组诗写于绍圣元年(1094)六月，苏轼时赴英州(今广东英德)途中。慈湖夹：在今安徽当涂县北。

这组七绝描写贬谪途中的自然景色和生活情景。第一首写阻风泊舟。东坡望着船上捍索桅杆在高空中呼啸，篙师在浪花中酣眠。他感觉到缆绳都懂得舟中人的心意，敢以自己柔弱的身体同万里狂风抗争。第二首写四面青山无数，湖水汹涌拍天，景象荒凉凄寂，使东坡感到前途凶险，归路渺茫。然而，就在如此冷落的湖湾里，竟有小船划来，声声叫唤卖饼，东坡喜闻村镇墟落就在山前。第三首写东坡卧看落月，起唤清风，船帆半鼓。当扁舟贴着水村倾斜着通过险窄的水路，使他省悟到人间处处都有峭壁巉岩。这三首诗，把荒湾旅泊的情景写得逼真如画，表现出东坡在贬谪中复杂的心情和对人生的深刻体验，每一首都是感慨深沉，蕴含哲理。一、三首的哲理，借结句语意双关的警句表出；第二首的哲理，就隐藏在全首叙事抒情之中，其意蕴类似陆游《游山西村》的“山重水复疑无路，柳暗花明又一村”。

壶中九华诗

清溪电转失云峰，　梦里犹惊翠扫空。
五岭莫愁千嶂外，　九华今在一壶中。①
天池水落层层见，　玉女窗虚处处通。②
念我仇池太孤绝，　百金归买碧玲珑。

【注释】

①一壶中：言石小，一壶可容。又用神仙壶公事，言壶中别有天地。《后汉书·费长房传》载，费长房见老翁卖药，悬一壶于座。市罢，跳入壶中。长房知非常人，遂从之学道。　②玉女：西岳华山有玉女峰，传说上有仙女，名玉女。又王延寿《鲁灵光殿赋》有“玉女窥窗而下视”之句。此处化用，以状九华石“玲珑宛转，若窗棂然”。

【品评】

此诗作于绍圣元年(1094)七月，时苏轼南行经湖口作。苏轼自序云：“湖口人李正臣蓄异石九峰，玲珑宛转，若窗棂然。予欲以百金买之，与仇池石为偶，方南迁，未暇也。名之曰：‘壶中九华’，且以诗纪之。”仇池石，是苏轼所藏奇石盆景。壶指神仙壶公之壶。九华，山名，在安徽池州青阳县，旧名九子山，李白改名为九华山，山上有九峰，如莲花，因名。

元祐八年(1093)九月，高太后去世，哲宗亲政，排除异己，对元祐党人予以沉重打击。东坡在任职上被加以“讥讪”罪名，落职南贬。一路不断被追贬。这首诗，就是在这样的背景下，在贬谪路途中写的。东坡借咏一块异石，将南迁中的旅途经历和感情经历叙写出来，可谓以小写大。首联想像飞越，大处落墨，将艰苦寂寞的南迁旅途写成迅览清溪云峰、梦中惊叹翠色横空的一次美妙游历。既抒发了超然物外的旷达襟抱，又见出东坡对自然的热爱之情。颔联上句，一笔挥洒到五岭千嶂之外，以“莫愁”二字微露南迁之意，下句点醒题目，从奇石中营造出一个世外桃源。颈联正面描写壶中九华形象，渲染神奇惝恍的仙境情致。尾联分明是自己孤绝，却说是念仇池孤绝，再次表现出以旷达驱遣不幸的精神。全篇高视人间，奇气喷涌，婉转玲珑，真幻交融，营造出清奇幻美的意境。

南康望湖亭

八月渡长湖，[1] 萧条万象疏。[2]
秋风片帆急， 暮霭一山孤。[3]
许国心犹在，[4] 康时术已虚。[5]
岷峨家万里，[6] 投老得归无？[7]

【注释】

①长湖：即鄱阳湖，其形南北狭长。 ②“萧条”句：意谓所见自然界各种景物都呈现出萧疏零落的样子。 ③一山孤：指鄱阳湖中的大孤山。 ④许国：以身许国，为国效力。 ⑤康时：即匡时，救正时弊。因避宋太祖赵匡胤名讳，以康代匡。术已虚：政术见解不被采纳，成为虚有、空有。 ⑥岷峨：岷山与峨眉山，都在四川境内。 ⑦投老：到老。

【品评】

绍圣元年(1094)，苏轼赴英州途中，在安徽当涂接到了再贬建昌军(今江西南城)司马、惠州(今广东惠州市)安置、不得签书公事的诏命。此诗是这年八月经南康军(今江西星子县)时所作。

东坡在不断接到再贬诏令的途中作此诗。是时秋风凄紧，万象萧疏，片帆疾驶，暮霭山孤。东坡一再遭受打击迫害，报国济世之心未改，却苦恨匡时之术不被采纳，又忧伤投老难归万里外的故乡。深沉悲凉之情与萧疏阔远之景交相融合。“片帆急”与“一山孤”既是实景，又似带有象征意味。全诗苍凉激楚，颇有杜甫晚年五律的气韵与句法。《纪评苏诗》卷三八说此诗“存唐人声貌”，却又云“无味可咀”，是苛刻不实之评。

秧马歌

过庐陵，见宣德郎致仕曾君安止，[①] 出所作

《禾谱》。文既温雅，事亦详实，惜其有所缺，不谱农器也。予昔游武昌，见农夫皆骑秧马。以榆枣为腹，欲其滑；以楸桐为背，欲其轻；腹如小舟，昂其首尾；背如覆瓦，以便两髀。雀跃于泥中，[2]系束藁其首以缚秧。[3]日行千畦，较之伛偻而作者，[4]劳佚相绝矣。[5]《史记》禹乘四载：[6]"泥行乘橇"。[7]解者曰："橇形如箕，擿行泥上。"[8]岂秧马之类乎？作《秧马歌》一首，附于《禾谱》之末云。

春云濛濛雨凄凄，[9] 春秧欲老翠剡齐。[10]
嗟我妇子行水泥， 朝分一垅暮千畦。[11]
腰如箜篌首啄鸡，[12] 筋烦骨殆声酸嘶。[13]
我有桐马手自提，[14] 头尻轩昂腹胁低。[15]
背如覆瓦去角圭，[16] 以我两足为四蹄。
耸踊滑汰如凫鹥，[17] 纤纤束藁亦可赍。[18]
何用繁缨与月题，[19] 朅从畦东走畦西。[20]
山城欲闭闻鼓鼙， 忽作的卢跃檀溪。[21]
归来挂壁从高栖，[22] 了无刍秣饥不啼。[23]
少壮骑汝逮老黧，[24] 何曾蹶轶防颠挤。[25]
锦鞯公子朝金闺，[26] 笑我一生踢牛犁，[27]
不知自有木驮骎。[28]

【注释】

①曾安止：字移忠。 ②髀(bì)：大腿。 ③“系束”句：系一束草在秧马头上用来捆秧苗。 ④伛偻而作：躬着腰劳作。 ⑤劳佚相绝：劳逸相差很远。 ⑥禹乘四载：指夏禹陆行、水行、泥行、山行乘坐四种不同的载具。 ⑦橇(qiāo)：泥行所乘工具。 ⑧擿(zhì)行：用木板放在泥上而行。 ⑨濛濛：微茫不清的样子。凄凄：云雨起来的样子。 ⑩剡(yǎn)：形容稻苗顶端的尖削。杜甫《行官张望补稻畦水归》有“芊芊炯翠羽，剡剡生银汉”句。 ⑪垅：田埂。千畦：指栽插若干块秧田。 ⑫箜篌：古代拨弦乐器，体长而弯曲。首啄鸡：勾着头像鸡啄米。 ⑬烦、殆：累痛。酸嘶：声哑。 ⑭桐马：以桐木为马，即秧马。 ⑮尻(kāo)：脊骨尽处，臀部。轩昂：高峻的样子。 ⑯覆瓦：形容秧马上方坐板形状。角圭：棱角。 ⑰滑汰：滑过。凫：野鸭。鹥(yī)：即鸥。 ⑱纤纤：细细。束藁(gǎo)：秧把。赍(jī)：带，指系带秧苗。 ⑲縏(pán)缨：縏，通“鞶”，马腹带；缨，马颈带。月题：马络头。 ⑳朅(qiè)：去。 ㉑的卢：马名。《三国志·蜀书·先主传》裴松之注引《世语》说，刘备所乘马名的卢。一次，刘备遇难，骑的卢经襄阳城西檀溪时，堕水中。马一跃三丈，救刘备脱险。 ㉒从高栖：秧马用后，可挂在壁上，故云任其高栖。 ㉓刍秣：饲养牛马的草料。 ㉔逮老黧(lí)：到老年。 ㉕蹶轶：马跑失蹄。颠跻(jī)：跌倒。 ㉖锦鞯(jiān)公子：驾策骏马的贵族子弟。锦鞯，用绸缎缝制的马鞍垫子。金闺：金马门的别称，代指朝廷。 ㉗蹋：同“踏”。 ㉘駃騠(jué tí)：良马名。

【品评】

此诗作于绍圣元年(1094)八月,为苏轼前往惠州贬所途中,经庐陵(今江西吉安)时所写。秧马,插秧时所用的农具。

东坡远谪,倒是忧虑自己之时少,挂怀百姓之时多。如此诗,歌咏当时农民创造的新式农具"秧马"(即插秧机)在种稻中的良好效能。记述了秧马的形制,东坡希望借此诗使得秧马得以更广泛地推广,从而大大减轻农民劳动的强度。苏轼到惠州后,曾将此诗录示博罗县令林抃,在惠州普遍推广秧马,又通过衢州进士梁绾,将其传到吴中地区(见苏轼《题秧马歌后》)。这是东坡开拓宋诗题材的得意之作。全诗想像丰富,比喻生动,用典贴切,语言诙谐活泼,既有书卷气又有平民生活气息,既雅又俗,雅俗结合。纪昀评曰:"奇器以奇语写之,笔笔欲活。"(《纪评苏诗》卷三八)

八月七日初入赣,过惶恐滩

七千里外二毛人,① 十八滩头一叶身。②
山忆喜欢劳远梦,③ 地名惶恐泣孤臣。④
长风送客添帆腹,⑤ 积雨浮舟减石鳞。⑥
便合与官充水手,⑦ 此生何止略知津!⑧

【注释】

①七千里:指赣江至作者故乡的距离。二毛人:头发黑白相间的垂老之人。时作者五十九岁。 ②十八滩:赣江从万安到赣

州，沿途有滩十八。一叶：指小船。 ③“山忆”句：作者自注：“蜀道有错喜欢铺，在大散关。”意谓乡思萦回，却是“错喜欢”而已。 ④孤臣：此为遭贬者自称。 ⑤帆腹：指风鼓帆如腹。此句言风顺而大。 ⑥石鳞：浅水流石滩，纹状如鳞，又能见石底，故叫石鳞。积雨水大，少见此现象，故云“减”。 ⑦便合：便当。这句说可以充当老水手给官府驾船。 ⑧知津：晓得渡口在哪里，言外指自己仍可以为朝廷效力。语出《论语·微子》：“是知津也。”

【品评】

此诗作于绍圣元年(1094)八月，苏轼赴惠州途中始入赣江(指万安县以南一段，今江西南部)时。惶恐滩，原名黄公滩。赣江十八滩之一，在江西万安县境内，水势最为险恶。

暮年远谪，触目伤怀，情何以堪。此诗抒写东坡远谪惠州途中的处境和心情。前半语多凄苦，后半转以旷达语和自嘲语出之。诗为七律对起格。首联连用六个数字，组成句中自对又上下相对的工巧对句，突出了被贬路途遥远、自身形貌衰老、环境险恶与处境孤危。手法新颖警策，妙手天成。颔联将“黄公滩”改作“惶恐滩”，以对“喜欢铺”，妙用地名双关对偶，借以抒发因远离故乡与朝廷而生出的失望、惶恐、凄楚、怨愤之情。句法浓缩，意蕴丰富。后来南宋文天祥学习借鉴，在《过零丁洋》中写出了“惶恐滩头说惶恐，零丁洋里叹零丁”的千古名联。颈联写舟行所见江景。上句以长风鼓起帆腹的轻快意象表达乐观豁达情怀，下句以细致的观察和精练的语言状难写之景如在眼前。一“添”一“减”造成“反对”，对仗工整巧妙。尾联“充水手”与“略知津”仍紧扣舟行抒情寄慨，比兴兼用，语意双关，意在言外，使全诗转接自然，又显出东坡兀傲自信、纵逸不羁的个性。

十一月二十六日，松风亭下，梅花盛开

春风岭上淮南村， 昔年梅花曾断魂。①
岂知流落复相见， 蛮风蜑雨愁黄昏。②
长条半落荔枝浦， 卧树独秀桄榔园。
岂惟幽光留夜色， 直恐冷艳排冬温。
松风亭下荆棘里， 两株玉蕊明朝暾。
海南仙云娇堕砌， 月下缟衣来扣门。③
酒醒梦觉起绕树， 妙意有在终无言。
先生独饮勿叹息， 幸有落月窥清樽。

【注释】

①“昔年”句：作者自注：“予昔赴黄州，春风岭上见梅花，有两绝句。明年正月，往岐亭道上，赋诗云：‘去年今日关山路，细雨梅花正断魂。’” ②蜑(dàn)雨：泛称南方海上暴雨。 ③“海南”二句：托名柳宗元《龙城录》有梅花化为女子同隋代人赵师雄欢饮的故事。此二句用其典。

【品评】

此诗作于绍圣元年(1094)十一月，时苏轼在惠州贬所。松风

亭，在广东惠州嘉祐寺附近。

同是咏梅诗，此诗可与东坡《梅花二首》同看。一是刚从死地复生，贬黄州途中作；一是从大学士直落而下，南贬惠州所作。时隔十四年，同借梅花寄贬谪情怀。悲伤断魂，幽人自叹，时光借着花开花落而交叠在一起，引动东坡无限感慨。年来踪迹无定，而每在寂寞落拓时分，惟孤梅相对，似有情长相伴，而不似人间情意淡薄，只相弃不遑顾。诗自昔年见梅情怀说起，写梅花虽流落荒蛮之地，仍洁身自好，清姿雅态，不同凡俗。梅与人相融一体，叹梅花知己，怜梅花落寞。梅在东坡的想像中，化成海南仙子。正如纪昀评曰："天人姿泽，非此笔不称此花。"(《纪评苏诗》卷三八)又如汪师韩所赞："秀色孤姿，涉笔如融风彩霭。"(《苏诗选评笺释》卷六)全诗寓目寄情，描写梅花形神俱佳，寄托深微，不着痕迹。

赠王子直秀才

万里云山一破裘，　杖端闲挂百钱游。①
五车书已留儿读，② 二顷田应为鹤谋。③
水底笙歌蛙两部，④ 山中奴婢橘千头。⑤
幅巾我欲相随去，　海上何人识故侯。⑥

【注释】

①"杖端"句：《晋书·阮修传》说，阮修，字宣子，时常持杖出

游，杖头挂百钱，到酒店，便独自畅饮。 ②五车书：《庄子·天下》："惠施多方，其书五车。" ③二顷田：《史记·苏秦列传》：苏秦曰："使我有洛阳负郭田二顷，吾岂能佩六国相印乎？"为鹤谋：王原家住鹤田山。 ④蛙两部：《南齐书·孔稚圭传》载，孔稚圭不乐事务，门庭草莱不剪，中有蛙鸣，他高兴地说："我以此当两部鼓吹（乐队）。" ⑤橘千头：习凿齿《襄阳耆旧传》载，吴丹阳太守李衡派人往武陵龙阳县种橘树千株。临死，对儿子说："我州里有木奴千头，不要求你供应他们的衣食。" ⑥故侯：犹言旧时官员，作者自称。

【品评】

此诗作于绍圣二年（1095），时苏轼在惠州贬所。王子直，王原，字子直，号鹤田山人。苏轼在惠州的新交。

王子直虽是东坡晚年才结识的朋友，但在东坡贬谪惠州的艰苦日子里，两人结下了深厚的情谊。所以东坡的这首赠诗写得朴素亲切，充满情味。他赞赏王子直的生活：薄有山田，门庭蛙声如鼓，山坡果树成阴，生活清贫，性情潇洒，好酒爱游。东坡乐意追随他终老江湖。诗中运用典故刻画人物形象，叙写今事，巧妙地组织、改造典故词语，构成工整新颖的对仗，又"用词多以数目字大小相形，清艳两绝"（汪师韩《苏诗选评笺释》卷六），但连续三联用数量词对仗，毕竟缺少变化，有逞才炫技之病。

四月十一日初食荔枝

南村诸杨北村卢，[①] 白华青叶冬不枯。
垂黄缀紫烟雨里，特与荔枝为先驱。
海山仙人绛罗襦，红纱中单白玉肤。
不须更待妃子笑，[②] 风骨自是倾城姝。
不知天公有意无，遣此尤物生海隅。[③]
云山得伴松桧老，霜雪自困楂梨粗。
先生洗盏酌桂醑，[④] 冰盘荐此赪虬珠。[⑤]
似开江鳐斫玉柱，[⑥] 更洗河豚烹腹腴。[⑦]
我生涉世本为口，一官久矣轻莼鲈。[⑧]
人间何者非梦幻，南来万里真良图！

【注释】

①"南村"句：作者自注："谓杨梅、卢橘也。" ②"不须"句：用杜牧《过华清宫绝句》"一骑红尘妃子笑，无人知是荔枝来"。 ③尤物：指特殊美的女子或特别名贵的物品。 ④桂醑（xǔ）：新酿的桂酒。 ⑤赪（chēng）虬珠：赤龙珠。 ⑥江鳐（yáo）柱：蛤蜊一类的名贵海味。 ⑦腹腴：鱼腹下的肥肉。 ⑧莼鲈：莼菜羹和鲈鱼脍。《晋书·张翰传》：张翰见秋风起，想起吴中家乡的菰（gū）菜、莼羹、鲈鱼脍，便弃官归乡。后以莼鲈之思代指乡味或乡思。

【品评】

此诗作于绍圣二年(1095),时苏轼在惠州贬所。

东坡对我国南方的名果荔枝情有独钟,写过几首有关荔枝的佳作。此篇是初食荔枝所作。诗中运用拟人、幻想、比喻、用典、衬托、对照等手法描绘荔枝的生长季节、环境,荔枝的本性、形、色、肉质、美味、风韵等,可谓形容备至。特别是“海山”、“红纱”二句,把荔枝写成海山仙姝,身穿大红罗袄,里面是红纱的贴身内衣,映现出莹白如玉的肌肤,真是比喻精妙,形神兼具,风姿优美。纪昀评:“生香真色涌现毫端,非此笔不能写此果。”(《纪评苏诗》卷三九)由于得以品尝、欣赏这名贵的荔枝,以致东坡发出“南来万里真良图”的感叹,把自己被贬谪海角天涯的艰危境遇,看作一次美好的远游,可见诗人随遇而安,乐观顽强的个性与生活态度。

荔支叹

十里一置飞尘灰,　　五里一堠兵火催。①
颠坑仆谷相枕藉,②　　知是荔支龙眼来。③
飞车跨山鹘横海,④　　风枝露叶如新采。
宫中美人一破颜,⑤　　惊尘溅血流千载。
永元荔支来交州,⑥　　天宝岁贡取之涪。⑦
至今欲食林甫肉,⑧　　无人举觞酹伯游。⑨
我愿天公怜赤子,⑩　　莫生尤物为疮痏。⑪
雨顺风调百谷登,⑫　　民不饥寒为上瑞。⑬

君不见武夷溪边粟粒芽，[14] 前丁后蔡相笼加。[15]
争新买宠各出意，今年斗品充官茶。[16]
吾君所乏岂此物？致养口体何陋耶！[17]
洛阳相君忠孝家，[18] 可怜亦进姚黄花！[19]

【注释】

①置、堠(hòu)：古代驿站。堠，原为驿道上记里程的土堆。②颠坑仆谷：指传送荔枝的人死于道路的惨状。枕藉：形容尸体交杂重叠。 ③龙眼：即桂圆。汉和帝时，曾命交州(今两广南部)贡荔枝、龙眼。 ④"飞车"句：形容进送荔枝的飞骑如鹘鸟飞过大海一样快。鹘(hú)：即隼，飞得极快。 ⑤宫中美人：指杨贵妃。《新唐书·后妃上·杨贵妃传》："妃嗜荔支，必欲生致之。乃置骑传送，走数千里，味未变已至京师。"破颜：开颜而笑。 ⑥永元：汉和帝刘肇年号(89—104)。 ⑦天宝：唐玄宗李隆基年号(742—755)。涪(fú)：涪州，即今重庆市涪陵区。 ⑧林甫：即李林甫，唐玄宗晚年时期的宰相，口蜜腹剑，竭力谄谀玄宗和贵妃，独揽朝政，迫害贤臣。 ⑨伯游：唐羌。作者自注说："汉永元中交州进荔支龙眼，十里一置，五里一堠，奔驰死亡，罹猛兽毒虫之害者无数。唐羌字伯游，为临武长，上书言状，和帝罢之。唐天宝中盖取涪州荔支，自子午谷路进入。" ⑩赤子：老百姓。 ⑪尤物：珍异的物品。这里指荔枝和下文提到的茶、牡丹等。疮痏(wěi)：疮疤，借指灾害。 ⑫登：五谷丰收。 ⑬上瑞：最好的祥瑞。 ⑭武夷：山名，在今福建省，我国著名产茶区。粟粒芽：茶名，武夷茶最上等，茶芽嫩如粟粒。 ⑮前丁：指丁谓，字谓之，宋

真宗时参知政事，封晋国公。后蔡：指蔡襄，字君谟，仁宗初年进士，官至端明殿学士，精通茶事。笼加：笼装加封，将名茶进贡皇帝。作者自注："大小龙茶始于丁晋公，而成于蔡君谟。欧阳永叔闻君谟进小龙团，惊叹曰：君谟士人也，何至作此事！" ⑯斗品：参加赛茶的上品佳茗。官茶：指定为贡物的茶。作者自注："今年闽中监司乞进斗茶，许之。" ⑰致养口体：奉养皇帝的口体之欲。⑱洛阳相君：指钱惟演，字希圣，吴越王钱俶之子，宋初以使相任洛阳留守。忠孝家：钱俶降宋，死后宋太宗称他"以忠孝而保社稷"(见《宋史·钱俶传》)。 ⑲姚黄花：千叶黄花，牡丹最美的一种，据说是姓姚的名家所培育。作者自注："洛阳贡花，自钱惟演始。"

【品评】

此诗作于绍圣二年(1095)，时苏轼在惠州贬所。

东坡在《四月十一日初食荔枝》诗中，对荔枝之美称赏备至。但是由这鲜美的果品联想到历史事件和当下朝政，他的心情极不平静。诗中感叹汉唐向皇帝进贡荔枝的弊害，联系到当世向皇帝贡茶、贡花，同样给人民带来了巨大灾难。东坡愤怒地指斥皇帝的穷奢极欲，对唐代的李林甫，本朝的丁谓、蔡襄、钱惟演等官僚贡茶贡花以媚上取宠的行径指名斥责。东坡虽以文字之祸屡遭贬谪，当时又是被远谪海隅的逐臣身份，却仍关注现实，忧国忧民，敢于以诗笔为民请命，令人肃然起敬。此诗突兀而起，以急促的节奏，画出一幅车马飞奔、惊尘溅血的献荔图；中间以逆笔倒叙史事，评论古今，感慨深沉，节奏舒缓；"君不见"以下一段，针砭时事，笔锋犀利，感情愤激，节拍加速。诗人引古刺今，叙议结合，敢怒敢骂，一针见血，令人惊心动魄的警句迭见。全篇章法多变，笔势腾挪，波澜壮阔，跌宕起伏，深得杜甫即事名篇的乐府诗之神髓。正如纪昀所评："貌不袭杜，而神似之，出没开阖，纯乎杜法。"（《纪评苏诗》卷三九）

食荔枝（二首选一）

惠州太守东堂，祠故相陈文惠公。[①]堂下有公手植荔枝一株，郡人谓之将军树。今岁大熟，赏啖之余，[②]下逮吏卒。其高不可致者，纵猿取之。

罗浮山下四时春，[③]　卢橘杨梅次第新。[④]
日啖荔枝三百颗，　不辞长作岭南人。[⑤]

【注释】

①陈文惠公：即陈尧佐，字希元，阆州（今四川阆中市）人。宋仁宗时为参知政事，卒谥"文惠"。曾以太常丞知惠州军州事。　②啖（dàn）：吃。　③罗浮山：在今广东东江北岸。增城、博罗、河源等县之间，绵延数百里。晋代葛洪曾在这里炼丹。　④次第：按次序一个接一个。　⑤岭南：五岭之南的地区。

【品评】

此诗作于绍圣三年(1096),苏轼时在惠州贬所。

垂老投荒,到了瘴疠之地的岭南,东坡的心境如何呢?韩愈当年到这里时,诗文中见出的尽是愁苦。可是东坡先生却在那里高兴地尝鲜了,还信誓旦旦地说,如果能每天吃到这样鲜美的荔枝,甘愿长久地作一个岭南的百姓。未见得没有烦恼愁苦罢,东坡不凡之处就是善于自解,常常跳出人生之外去看问题,又回归到最真实的日常生活中体会点点滴滴的好。从这个背景上再来解读此诗,得出的韵味会更加丰富。东坡在这里用爽朗的语调,倾吐出他对荔枝和岭南美好风物的热爱。在洒脱谐趣的风致里,见出他随缘自适的生活态度和坚定顽强的精神信念。

纵笔

白头萧散满霜风,[①] 小阁藤床寄病容。[②]
报道先生春睡美, 道人轻打五更钟。[③]

【注释】

①萧散:萧疏散乱。霜风:形容白发披离。 ②小阁:在惠州时住的嘉祐寺房舍。 ③道人:寺中僧人。

【品评】

此诗作于绍圣四年(1097),苏轼时在惠州贬所。

苏轼老来投荒，到了当时的瘴蛮之地广东惠州，连住处都没有，临时寄居在寺庙里。然而这样艰苦的生活遭际并没有使他流露出悲苦来。尽管是“白头萧散”，尽管是缠绵“病容”，他仍能够如常高卧酣睡，不失措，不怨穷。据说苏轼的政敌章惇读到这首诗，恼恨不已，以至于竟再贬苏轼至海南儋耳。这一可见得苏轼在当时影响力之大——南迁至那么远还令人不能释怀；一可见苏轼的修养境界确有超凡拔俗之处——即使满头白发、老病缠身，在艰苦的贬谪生活中仍能淡然处之，随遇而安。通篇活画出诗人风神萧散、怡然自得的形象。纪昀因此评说道：“此诗无所讥讽，竟亦贾祸。盖失意之人作旷达语，正是极牢骚耳。”（《纪评苏诗》卷四〇）

行琼儋间，肩舆坐睡，梦中得句云：“千山动鳞甲，万谷酣笙钟。”觉而遇清风急雨，戏作此数句

四州环一岛，[①] 百洞蟠其中。[②]
我行西北隅， 如度月半弓。[③]
登高望中原， 但见积水空。
此生当安归， 四顾真途穷！
眇观大瀛海，[④] 坐咏谈天翁。[⑤]
茫茫太仓中， 一米谁雌雄。[⑥]
幽怀忽破散，[⑦] 永啸来天风。

千山动鳞甲，　万谷酣笙钟。[8]
安知非群仙，　钧天宴未终。[9]
喜我归有期，　举酒属青童。[10]
急雨岂无意，　催诗走群龙。
梦云忽变色，　笑电亦改容。[11]
应怪东坡老，　颜衰语徒工。
久矣此妙声，　不闻蓬莱宫。[12]

【注释】

①四州：指宋时海南岛上的琼州（今海口市）、崖州（今三亚市崖城镇）、儋州（今儋州市）和万安州（今万宁市）。　②蟠：遍及。③"我行"二句：谓自琼州至儋州，像在岛的西北部走了条如弯月般的路线。　④眇观：远观。瀛海：大海。汉代王充《论衡·谈天》："九州之外，更有瀛海。"　⑤谈天翁：指战国齐阴阳家驺衍，又作邹衍，其语宏大迂怪，故称"谈天衍"。　⑥"茫茫"二句：谓中国的土地，置之于四海之中，不过是太仓一粟般微不足道，又有何雌雄可争呢。《庄子·秋水》云："计中国之在海内，不似稊米之在太仓乎？"　⑦幽怀：隐藏在内心的情感。　⑧"千山"二句：形容风吹千山，草木随风而动，好像鳞甲腾跃；万谷因风呼号，仿佛笙钟齐鸣。　⑨钧天：天的中央。古代神话传说中天帝住的地方。⑩属：斟酒相劝。青童：即青童君。我国神话传说中的仙童，居东海。　⑪"梦云"二句：意谓仙人们看到自己的诗都变色改容，为之高兴。钱锺书先生《管锥编》第四册《拟云于梦》条指出：上句用字出宋玉《高唐赋》，以状云之如梦；下句用字出东方朔《神异经》

"天为之笑"，以状电之如笑。"梦云"对"笑电"，揣称工巧。⑫"久矣"二句：谓很久以来，蓬莱宫中都未听到这么优美的诗歌了。这是从群仙的角度出发，来品评作者自己的作品。蓬莱宫：指仙人所居之宫。

【品评】

此诗作于绍圣四年(1097)六月底，时苏轼赴昌化军(今海南儋州市)途中。肩舆，乘坐轿子。

长篇古诗，要写得不冗沓，必得知道顿挫排宕的法则，如此才能豁人眼目，动人心魄。譬如此诗，前四句平平叙写，至"登高"四句，忽然以登高望远兴流落无家之叹，此为一顿挫。之后大气贯注，想像奇丽，生平往事，坎坷流离，全化为一种精神力量，以苍茫、宏伟的自然景观引发而出。一种巨大的担荷力量使东坡能够"超然自得，不改其度"，浩然之气充盈了他的整个生命，因此他能够孤绝前往，超迈而行。在他的诗笔下，也就自然流泻出"千山动鳞甲，万谷酣笙钟"等不同凡响的雄奇之句。纪昀评云："以杳冥诡异之词，抒雄阔奇伟之气，而不露圭角，不使粗豪，故为上乘。源出太白，而运以己法，不袭其貌，故能各有千古。"(《纪评苏诗》卷四一)说得精彩。

被酒独行，遍至子云、威、徽、先觉四黎之舍(三首选二)

半醒半醉问诸黎，① 竹刺藤梢步步迷。②

但寻牛矢觅归路，[3] 家在牛栏西复西。

总角黎家三四童，[4] 口吹葱叶送迎翁。[5]
莫作天涯万里意， 溪边自有舞雩风。[6]

【注释】

①诸黎：指子云、威、徽、先觉等几位黎姓友人。 ②竹刺：海南岛上特有的植物。藤梢：藤蔓嫩枝。杜甫《将赴成都草堂，途中有作，先寄严郑公五首》(其三)："竹寒沙碧浣花溪，橘刺藤梢咫尺迷。" ③牛矢：牛粪。 ④总角：古代儿童发式，左右两边各扎一小髻。 ⑤吹葱叶：指小童吹葱叶作声为戏来迎送客人。 ⑥舞雩(yú)：《论语·先进》记孔子弟子曾点说：在暮春时节，同几位朋友和儿童一起"浴乎沂，风乎舞雩，咏而归"，是他最理想的生活。舞雩，古代祭天求雨的处所(祭雨时因有乐舞，故名)。"风乎舞雩"，即到舞雩迎风乘凉。

【品评】

此诗作于元符二年(1099)，时苏轼在海南岛儋耳贬所。子云、威、徽、先觉，四人皆姓黎，是苏轼在儋耳的好友。

儋州的实际情况是："昌化非人所居，食饮不具，药食无有。"而东坡能在那里安然闲畅，"人不堪其忧，公食芋饮水，著书以为乐。时从其父老游，亦无间也"(见苏辙《栾城集》墓志铭)。此非虚饰，从东坡当时写就的诗中最真实地见出他的胸怀。这两首七绝抒写东坡和黎族人民的亲密关系，也表现了东坡在海南乐观自得的思想感情。诗中描绘儋州农村的风物人情，真实新鲜、朴素生动，富于情趣。第一首敢于把士大夫认为粗俗的“牛矢”取作诗材，写入诗中，令人耳目一新，感受到东坡对农家的亲切感情。家在牛栏之西，就凭“牛矢”辨路，情景真切，饶有生活气息。第二首写黎家总角儿童吹葱叶迎送作客的老诗人，两笔就勾勒出黎族孩子纯朴天真、活泼可爱的形象。而老诗人竟在穷乡僻壤的清溪边发觉了古代贤士所向往的那种清爽的自然环境，那种自由自在的精神生活，那种汉族文化的古风，使他忘却了被贬逐天涯的失意之感。这种感受，真率自然，又超旷闲逸。这两首诗都写得浅俗，却在浅俗中显出高雅的情操、清丽的意境。所以王文诰《苏文忠公诗编注集成》卷四二赞曰：“此儋州记事诗之绝佳者。”

倦　夜

倦枕厌长夜，　小窗终未明。①
孤村一犬吠，　残月几人行。②
衰鬓久已白，③ 旅怀空自清。④
荒园有络纬，⑤ 虚织竟何成！⑥

【注释】

①“倦枕”二句：写不眠更觉夜长。　②“孤村”二句：写枕上听到犬吠和人行走声。反衬夜静。　③衰鬓：人老而头发稀少。隐含长期漂泊辗转生活留下的憔悴。　④旅怀：客居情怀。清：

清苦。　⑤络纬：虫名，又名莎鸡，俗称纺织娘。　⑥虚织：庾信《奉和赐曹美人》“络纬无机织”，孟郊《古乐府杂怨三首》其二“暗蛩有虚织”，此暗用其意。借络纬“虚织”，寄寓一生没有成就的叹息。

【品评】

此诗作于元符二年(1099)，苏轼时在儋州贬所。

人在有心事不能入眠的时候，常会觉得长夜没有尽头。也许那一夜东坡因某事的触动，回首他的一生，心潮起伏难平，有了这诗里的细腻凄冷的感受。诗人借暗夜的犬吠虫鸣，反衬出孤村残月环境的凄清、寂寥，将愁情融于景中。人到暮年，本该安享晚境的，却这样漂泊异域，老来无归。检点自己一生的作为和遭逢，唏嘘叹惋，旅怀空自清苦。络纬虚织，自己仿佛也如络纬般，事业无成，空抱理想而已。结末荒园络纬虚织的意象，义兼比兴，象外有意，所以纪昀评：“结有意致，遂令通体俱有归宿。若非此结，则成空调。”(《纪评苏诗》卷四三)查慎行评：“通首俱得少陵神味。”(《初白庵诗评》卷中)此诗意象鲜明，章法严谨，句法浓缩，韵味深厚，都逼似杜甫五律，惟沉郁顿挫稍不及。

汲江煎茶

活水还须活火烹，① 自临钓石取深清。②
大瓢贮月归春瓮，　小杓分江入夜瓶。

雪乳已翻煎处脚，[③] 松风忽作泻时声。[④]
枯肠未易禁三碗，[⑤] 坐听荒城长短更。[⑥]

【注释】

①活水：从流动的江中取来的水。《施注苏诗》卷三八有苏轼自注云："唐人云：茶须缓火炙，活火煎。"活火：有火苗的旺火。 ②深清：深处清澈的江水。 ③"雪乳"句：指煎茶时的茶色和茶叶在汤中翻滚的情形。雪乳：形容煎茶时浮着的白色泡沫。脚：茶脚。 ④松风：喻汤沸声或倒茶声。 ⑤"枯肠"句：唐人卢仝《谢孟谏议寄新茶诗》有"三碗搜枯肠"句。此处翻用其意，谓如此佳茗，却因自己被远贬他乡心情不好而禁受不起三碗。 ⑥荒城：指儋州城。长短更：指报更挝鼓之数。挝少者为短，多者为长。

【品评】

此诗作于元符三年(1100)，时苏轼在儋州贬所。

煎茶本是生活中的一件日常琐事。但自唐以后，煎茶也成为一门艺术。宋时的人极喜饮茶，对于煎茶也很着意。但这首诗的意思不在煎茶本身，而在写出作者当时的心境。作此诗时，东坡还在儋州生活，但已接到遇赦内迁的诏命。怀着对人生未来的希望，带着几分豪情逸致，品尝着自烹的清茶，在荒城的深夜听到更鼓声，等待天明，等待北归。查慎行在注释中说杨万里极赏此诗，谓"一篇之中，句句皆奇。一句之中，字字皆奇"。杨万里《诚斋诗话》说："第二句七字而具五意：水清，一也；深处清，二也；石下之水，非有泥土，三也；石乃钓石，非寻常之石，四也；东坡自汲，非遣卒奴，五也。‘大瓢……入夜瓶’，其状水之清美极矣，‘分江’二字，此尤难下。‘雪乳……泻时声’，此倒语也，尤为诗家妙法。……‘枯肠……长短更’，又翻却卢仝公案。仝吃到七碗，坡不禁三碗，山城更漏无定，长短二字，有无穷之味。”评析独到，稍嫌琐碎。此诗景物描写细腻、洒脱、传神，意境清奇俊逸。颔联尤妙，妙在想像新奇：月映水中，用大瓢往瓮里倒水，好像把月亮也贮到瓮中了；用小杓取水，好像将一条江水分流入瓶中。这种写法，正如查慎行《初白庵诗评》卷下所评：“贮月分江，小中见大。”

儋　耳

霹雳收威暮雨开，　独凭栏槛倚崔嵬。①
垂天雌霓云端下，②　快意雄风海上来。③
野老已歌丰岁语，④　除书欲放逐臣回。⑤
残年饱饭东坡老，⑥　一壑能专万事灰。⑦

【注释】

①崔嵬：山高貌。这里指高处。　②雌霓：即霓，亦名副虹，双虹中色彩浅淡的虹。《尔雅·释天》邢昺疏：“虹双出，色鲜盛者为雄，雄曰虹；暗者为雌，雌曰霓。”这里即指虹，以与下“雄风”相对。雌霓云端下，这里是暗喻朝中原先排挤元祐党人的新派已经开始失势。　③雄风：凉爽之风。宋玉《风赋》：“此大王之雄风

也。”与“雌风”相对。雄风海上来，在这里是暗喻内迁诏书的到来。④野老：田野老人。⑤除书：授官之诏书。除，除去旧官，改授新官。这里指苏轼移廉州安置的诰命。⑥残年饱饭：化用杜甫《病后过王倚饮赠歌》“但使残年饱吃饭”句。⑦一壑能专：占有一丘一壑。陆云《逸民赋序》：“古之逸民，或轻天下，细万物，而欲专一丘之欢，擅一壑之美。”专，占有，享有。此句是说在吃饱饭之外，如能安居一地，自得其乐，则其他万事皆不关心了。

【品评】

此诗作于元符三年(1100)，是年正月，哲宗死，徽宗即位。五月，苏轼改移廉州(今广西合浦县)安置。诗作于离开儋州前。

东坡这首作于离儋州前的诗，写他初得诏书的欣喜之情，同时又抒发风烛残年、万念俱灰的深沉感慨。诗的起笔雄劲，属对精警。首句既写雷雨后的黄昏景色，又暗喻朝政由昏暗转为清明。次句突出自我形象，令人如见东坡凭栏倚天的峭崒雄姿，并感受到他胸中那股历经压抑而不稍减的浩然之气。黄山谷《登快阁》的“快阁东西倚晚晴”，似从东坡此句化出。颔联同样亦实亦虚，比兴兼具。以“雌霓云端下”象征政敌小人失势，以“雄风海上来”喻指内迁诏命的到来。东坡化用了柳永《竹马子》词“对雌霓挂雨，雄风拂槛，微收残暑”句意，构成反对式对偶句，绘景壮丽，抒情酣畅，含意深邃，十四个字词意直贯而下，又是“流水对”，非常精彩，故而清人方东树誉为“奇警”之句(《昭昧詹言》卷二〇)。诗的颈联失于浅直，锤炼不足；尾联情调稍嫌消沉，但从全诗看，不失为清雄之作。

澄迈驿通潮阁(二首选一)

余生欲老海南村， 帝遣巫阳招我魂。①
杳杳天低鹘没处：② 青山一发是中原。

【注释】

①帝：天帝。巫阳：古代女巫名。《楚辞·招魂》："帝告巫阳曰：'有人在下，我欲辅之。魂魄离散，汝筮予之。'巫阳乃下招曰：'魂兮归来。'" ②杳杳：深远微茫的样子。

【品评】

此诗作于元符三年(1100)，苏轼北归，离开儋州赴廉州，途经澄迈县时。澄迈，今海南省澄迈县。通潮阁，在澄迈县西，为澄迈驿中之阁。

东坡贬儋州，想起曾经在朝日，如春梦一场；如今北归，亦如梦中一般。此诗抒发了投荒万死侥幸生还的悲欣交集心情。前二句用《楚辞·招魂》句意，以天帝喻朝廷，以招魂喻召还，并隐以屈原自况。在貌似平淡的叙述中蕴含着难以言说的痛苦、绝望和绝处逢生的深沉感慨。后二句以登高北望所见的渺远之景，抒写出对中原的深切怀念与急迫思归情意。诗人抓住海南荒僻空旷的特点，以鹘鸟飞没处的一根微细发丝喻写天际青山，表现其翘首北望泪眼朦胧的神态与痴情。语言奇警，意象新颖，纪昀赞叹是“神来之笔”（《纪评苏诗》卷四三），施补华亦称赏此诗“气韵两到，语带沉雄”（《岘佣说诗》）。

六月二十日夜渡海

参横斗转欲三更，① 苦雨终风也解晴。②
云散月明谁点缀？③ 天容海色本澄清。④
空余鲁叟乘桴意，⑤ 粗识轩辕奏乐声。⑥
九死南荒吾不恨，⑦ 兹游奇绝冠平生！⑧

【注释】

①参（shēn）、斗：两星名，二十八星宿（xiù）中的两宿。横、转：指星座位置的移动。 ②苦雨：下个不停的雨。终风：吹个不停的风。《诗经·邶风·终风》：“终风且暴。”此句暗喻朝政更新。③点缀：这里意为翳蔽，污染。《晋书·谢重传》载：谢重在司马道子家作客，正值月色明净。道子认为极好，谢重却说不如有点云彩点缀。道子开玩笑说：“你自己心地不干净，还想将天空也弄得污秽吗？”此句用天空的云翳散去来比喻自己所受的诬陷已经洗清。 ④“天容”句：指天与海的本色是澄澈明净的，以此来比喻自己的清白本性。 ⑤鲁叟：指孔子。乘桴（fú）：坐木筏。《论语·公冶长》载，孔子曾慨叹自己的政治主张无法实现，想坐木筏到海外去。这里说自己迁流海外有年，愧未能在其地化民成俗，

所以只能说有乘桴之事，而未能符孔子之心，因此不免遗憾。⑥轩辕：黄帝。《庄子·天运》记黄帝“张（演奏）《咸池》之乐于洞庭之野”，并借音乐说了一番老庄玄理。这里说他听到大海涛声，联想到黄帝奏乐，粗识老庄忘得失、齐荣辱的哲理。 ⑦九死：多次几乎送命。屈原《离骚》：“亦余心之所善兮，虽九死其犹未悔！”⑧冠（guàn）：居首位。

【品评】

此诗作于元符三年（1100）六月，为苏轼渡琼州海峡赴廉州时所作。

东坡久谪之后，一朝回归，其心情真难以言传。诗前半首写景，在景色中隐喻政治风暴和漫长灾难已经过去，象征自己心地光明纯洁，无论政敌怎样毁谤诬蔑，都是白费心机。后半首抒写绝处逢生的喜悦、在海外的远大抱负和对人生哲理的深刻领悟。最后豪迈地宣称：此次被贬逐南荒的磨难，是自己一生中最值得纪念的奇绝漫游。八句诗，突现出一位气节坚贞、品格高洁、胸襟阔大、性情超旷的志士兼诗人与哲人形象。全篇紧扣深夜渡海的题旨，大笔挥洒海上月夜奇丽景色，使写景、叙事、抒情、议论水乳交融，更有深邃的象征意蕴与壮美的境界。尽管前四句都用四字作叠，但“参横斗转”与“云散月明”是两个主谓短句相叠；“苦雨终风”与“天容海色”是两个名词相叠，作者有意交织穿插，加上气充力厚，一气呵成，而不觉其板滞。全诗意境高阔空明，风格清雄旷放，亦堪称“奇绝”，可谓东坡七律压卷之作。

次韵江晦叔（二首选一）

钟鼓江南岸，　归来梦自惊。
浮云时事改，　孤月此心明。①
雨已倾盆落，　诗仍翻水成。②
二江争送客，③ 木杪看桥横。④

【注释】

①“浮云”二句：谓世事犹如浮云般变幻莫测，而自己心志却始终如朗月般光明磊落。　②翻水成：韩愈《寄崔二十六立之》：“文如翻水成，初不用意为。”　③二江：这里一语双关。一是指章、贡二水汇合于虔州，雨落则水涨，仿佛争相送客。一是指江公著兄弟二人送客于江上。客：作者自指。这里还暗用《南史·谢朓传》：“江祐及弟江祀、刘沨、刘宴俱候朓，朓谓祐曰：‘可谓带二江之双流。’”　④木杪（miǎo）：树梢。

【品评】

此诗作于建中靖国元年（1101），时苏轼自海南北归，本年正月过大庾岭后即到达虔州（今江西赣州市）。江晦叔，即江公著，桐庐（今浙江桐庐县）人。元祐六年，知吉州，苏轼有《送江公著知吉州》诗赠之。建中靖国元年，知虔州。二月到任，苏轼恰留此，旧友重逢，故有此唱答。

此诗写出东坡的坚贞卓绝、洒然自信的襟怀。老而流落孤岛，已觉尘世悠悠，恍若春梦；孰料数年后，竟能重返故土。旁人或为之欢欣鼓舞，或为之愁怀初解，惟东坡能够淡定不惊，所谓“梦自惊”只是形容重见旧时风物，宛如旧梦惊破，又恍惚梦中一般。颔联非常著名。杜甫《江汉》有“片云天共远，永夜月同孤。落日心犹壮，秋风病欲苏”之句。东坡学习杜甫，高度形象概括的诗句，抒写自我坚贞气节和光明心地。宋人胡仔《苕溪渔隐丛话》后集卷二六评赞说：“语意高妙，如参禅悟道之人吐露胸襟，无一毫窒碍也。”颈联借倾盆之雨景写汹涌之诗情。后句与其“试拈诗笔已如神”，皆是诗人本性的流露。尾联以景结情，情景交融，语意双关，象外有神。本来初归故土，所见所闻，都是新鲜亲切、欣喜莫名的，但东坡不去琐琐写这些，而是大笔勾勒，只重点在他个人最关要处。全诗气韵清雄，蕴含深厚，逼近老杜风格。

词　选

浪淘沙

昨日出东城。[1]试探春情。[2]墙头红杏暗如倾。[3]槛内群芳芽未吐，[4]早已回春。　　绮陌敛香尘。[5]雪霁前村。[6]东君用意不辞辛。[7]料想春光先到处，吹绽梅英。

【注释】

①东城：指杭州东城。　②春情：春日的情意。　③“墙头”句：谓红杏因过于茂密以致颜色暗沉，仿佛倾泻下来一样。④槛：长廊前的栏杆。　⑤绮陌：铺满春花春草的小路。敛香尘：尘土不扬。敛，收。　⑥霁：泛指风霜雨雪停止，天气晴朗。⑦东君：又称东皇、青帝，司春之神。

【品评】

此词作于熙宁五年(1072)，时苏轼在杭州通判任上。

苏轼极为热爱自然，终其一生，他的心都在谛听着山水的清音，感受着草木的芳香。熙宁四年(1071)，苏轼来到以风景佳美著称的杭州任通判之职。第二年春天，他作此词写出城探春所见。上片写城中早春景色：槛内群芳尚未吐芽，但墙头红杏已盛开，倾垂下来，将地面都遮暗了。词人捕捉住不同景物的特征，逼真地表现出早春大地温润、花卉生机勃发的情态。他以“群芳芽未吐”反衬“墙头红杏”，却妙用一“暗”字，极衬出杏花之繁盛、秾丽。下片写城外春色。因前村雪后放晴，故而被红红白白梅花遮蔽的小路上，香气馥郁，尘土不扬。比起仅有“墙头红杏”的城里，城外春光来得更早，气象更开阔、绮丽。这使词人深深感激司春之神东君的不辞辛苦，感激他最先吹绽了神清骨秀、不染尘俗的梅花。词人以城内与城外，红杏与梅花相互对比、映衬，唱出一首清新明丽的春之歌。

行香子

过七里濑

一叶舟轻，① 双桨鸿惊。② 水天清、影湛波平。③ 鱼翻藻鉴，④ 鹭点烟汀。⑤ 过沙溪急，霜溪冷，月溪明。　　重重似画，曲曲如屏。⑥ 算当年、虚老严陵。⑦ 君臣一梦，今古空名。⑧ 但远山长，⑨ 云山乱，晓山青。

【注释】

①一叶：比喻小船。　②双桨鸿惊：船桨划动使鸿雁惊起，也比喻船桨划动犹如鸿雁翩翩起舞。　③湛：澄清。　④藻鉴：长满水藻如明镜般的水面。鉴，镜子。　⑤“鹭点”句：谓水鸟在烟霭迷濛的小洲上飞飞落落。汀（tīng）：水中或水边平地。⑥“重重”二句：谓山势之美。　⑦严陵：即严光，字子陵，东汉初

年人。曾与光武帝刘秀同学，并帮助刘秀打天下。刘秀称帝后，他变名姓隐居，招之不出，耕钓于富春山（在今浙江桐庐县南）。后人称他居游之地为严陵山、严陵濑、严陵钓坛。 ⑧“君臣”二句：意谓古来明君高士的功名皆如梦幻云烟般空虚。 ⑨但：只，只有。

【品评】

此词作于熙宁六年（1073）二月，时苏轼任杭州通判。七里濑，又名七里滩，在今浙江桐庐县严陵山西，长七里，两山夹峙，东阳江从中间流过，与严陵濑相接。

熙宁六年二月，苏轼任杭州通判时，曾视察富阳、新城、桐庐等地，此词作于途中。这首山水行旅词，将物是人非、人生如梦的深沉感喟，融化在七里濑的水光山色之中，表现出作者否定功名利禄和皈心大自然的思想感情。作者用白描兼比喻的手法写景，上片写水，下片写山，笔墨简洁，动静交错，意象幽美空灵，令人悠然神往。全篇用线状铺叙法，江上各种景物顺次呈现，显出舟行的动态流程，宛若一支立体的、时空不断变换的音乐，体现出作者在创造空明清幽意境中将诗情、画意、音乐美融为一体的艺术匠心。上下片结尾由一个领字领起的三个三字句总写溪山之不同景色，排比精妙，意义连贯，意象优美，音节响亮，尤令人心旷神怡。这是北宋山水词中的佳作。

蝶恋花

京口得乡书

雨后春容清更丽。只有离人，幽恨终难洗。[1]北固山前三面水，[2]碧琼梳拥青螺髻。[3]　　一纸乡书来万里。问我何年，真个成归计。[4]回首送春拚一醉，[5]东风吹破千行泪。

【注释】

①幽恨：指郁结于心的乡思。洗：除去。　②北固山：在镇江市北，有南、中、北三峰，北峰三面临江，形势险固，因称北固山。③碧琼梳：碧玉做的梳子，此处借喻江水。青螺髻：女子状若螺壳的发髻，此处喻山峰。　④真个：真的。　⑤拚：豁出去。

【品评】

此词作于熙宁七年（1074）春，时苏轼在京口（今江苏镇江市）。

自熙宁元年（1068）最后一次离开故乡眉山，苏轼便始终漂泊异地，所谓“万里家山一梦中”（《秀州报本禅院乡僧文长老方丈》），欲归却终未归得。此词是他在京口接得乡书后所作，字句间充满了无限眷念怅惘之情。词以雨霁后北固山碧水环绕的清新秀丽景色反衬思乡愁情，又以春已回乡、人不得归加倍渲染乡情之强烈，抒情层层递进深入。词的首句“雨后春容清更丽”，白描兼拟人，展现出有如二八佳人般清丽的春色。“碧琼梳拥青螺髻”，描绘雨后的碧水青峰，想像奇丽，比喻生动贴切。以一个“拥”字组合两个喻象，一个镜中女仙的形象呼之欲出，在比喻中暗含着对留居杭州的妻子的赞美与思念。这是对唐人名句“遥望洞庭山水翠，白银盘里一青螺”（刘禹锡《望洞庭》）与“疑是水仙梳洗处，一螺青黛镜中心”（雍陶《题君山》）的点化与出新。“洗”字、“拚”字、“破”字也用得新颖精警。

少年游

润州作，代人寄远

去年相送，余杭门外，[①]飞雪似杨花。今年春尽，杨花似雪，犹不见还家。　　对酒卷帘邀明月，[②]风露透窗纱。恰似姮娥怜双燕，[③]分明照，画梁斜。

【注释】

①余杭门：宋时杭州城北面有三门，其一称余杭门。　②邀明月：李白《月下独酌》：“举杯邀明月，对影成三人。”　③姮娥：嫦娥，代指月亮。《淮南子·览冥训》：“羿请不死之药于西王母，姮娥窃以奔月。”双燕：化用唐沈佺期《古意呈补阙乔知之》：“卢家少妇郁金堂，海燕双栖玳瑁梁。”

【品评】

此词作于熙宁七年(1074)四月,苏轼时在润州。润州,隋开皇十五年(595)置,治所在今镇江市。

题目为"代人寄远",只是托词,实际上是写思妇盼远人(即作者)归来的情怀。此词点化、熔铸前人诗意极妙。上片六句,化用了《诗·小雅·采薇》:"昔我往矣,杨柳依依;今我来思,雨雪霏霏。"却又借用比喻,将飞雪与杨花绾结在一起,用"雪似杨花"、"杨花似雪"形象地表现节候的变易,烘托其离家思妻之情。而句式和音节的对比回环,更使离情宛曲缠绵,沁人心脾。下片化用李白举杯邀月诗意。李白因寂寞而邀明月作伴,东坡亦邀明月,却从对面写,说闺人见月照屋梁,遂想到那是嫦娥自己孤单,故爱怜双燕而照耀之。刻画思妇心理曲折入微。这种从对面写的手法,表现自己的孤寂更深一层。作为闺怨词来看,它的语言清丽,情思高洁,已无绮罗香泽之态,而更近于诗境。这是东坡对传统爱情词的改造与创新。

南乡子

送述古

回首乱山横,不见居人只见城。① 谁似临平山上塔,② 亭亭,③ 迎客西来送客行。　　归路晚风清,一枕初寒梦不成。今夜残灯斜照处,荧荧,④ 秋雨晴时泪不晴。⑤

【注释】

①不见居人:《诗·郑风·叔于田》:“叔于田,巷无居人。岂无居人?不如叔也洵美且仁。”此处把陈述古比喻成了像叔那样的“洵美且仁”的人。又,晚唐欧阳詹《初发太原,途中寄太原所思》:“高城已不见,况复城中人。”城,指杭州。 ②临平山:在杭州余杭门外,城东北五十四里。塔:苏轼《次韵杭人裴惟甫》:“余杭门外叶飞秋,尚记居人挽去舟。一别临平山上塔,五年云梦泽南州。”视临平塔为别杭之标志。 ③亭亭:高高耸立的样子。④荧荧:微光闪烁的样子。 ⑤“秋雨”句:化用唐代刘禹锡《竹枝词》:“东边日出西边雨,道是无晴却有晴。”

【品评】

此词作于熙宁七年(1074)七月,时苏轼任杭州通判。述古,即陈襄,字述古,本为杭州知州,此时转任南都(今河南商丘市南)知州。

熙宁七年七月,陈述古赴南都任,苏轼送至临平(今杭州东北),舟中相别,作此词。上片写行人途中回望,只见乱山、城池,不见城中故人。既表现出送行之远和行人对旧地的依恋,又在“不见居人”句中暗用两个典故,其一用《诗经》典故赞颂陈述古“洵美且仁”,其二用欧阳詹诗句意,将原句谓城、人皆不见改为见城不见人,稍作曲折,使词添加古意与书卷气息,可见东坡用典之妙。接着,用拟人手法化无情之山塔为有情之物,从而衬托自己惜别情意之深。下片直叙归来之凄清景色、归后不寐、入夜之悲,将思友之情一层深于一层地抒出,而以“秋雨晴时泪不晴”这一情景交融之警句作结，可谓情味深长。

沁园春

赴密州早行，马上寄子由

孤馆灯青，野店鸡号，[①]旅枕梦残。渐月华收练，[②]晨霜耿耿；[③]云山摛锦，[④]朝露团团。[⑤]世路无穷，劳生有限，[⑥]似此区区长鲜欢。[⑦]微吟罢，凭征鞍无语，往事千端。[⑧]
当时共客长安，[⑨]似二陆初来俱少年。[⑩]有笔头千字，胸中万卷，致君尧舜，此事何难！[⑪]用舍由时，行藏在我，[⑫]袖手何妨闲处看。身长健，但优游卒岁，[⑬]且斗樽前。[⑭]

【注释】

①野店鸡号(háo)：用晚唐温庭筠《商山早行》："鸡声茅店月，人迹板桥霜。" ②练：白色的绢。此指皎洁的月色。 ③耿耿：发光的样子。 ④摛(chī)：铺开。 ⑤团团：露水多的样子。 ⑥劳生：劳碌辛苦的人生。 ⑦区区：渺小。此处谓自己处境卑微。鲜(xiǎn)：少。 ⑧千端：千头万绪。 ⑨共客长安：苏轼和弟弟苏辙当年一起赴汴京(今河南开封)应试中举。长安：唐时都城，代指北宋都城汴京。 ⑩二陆：西晋诗人陆机、陆云兄弟。二人以诗才名于当世。苏轼兄弟俩初入汴京，得当时文坛领袖欧阳修推举，名动京城，所以这里是以二陆自比。 ⑪"有笔头"四句：

当时春风年少，胸怀治国平天下的理想，又颇富文采。杜甫《奉赠韦左丞丈二十二韵》诗，有“读书破万卷，下笔如有神”、“致君尧舜上，再使风俗淳”之句。 ⑫“用舍”二句：被任用与否，是由于时势决定的；出仕还是隐居，这自由却取决于自身的价值观。《论语·述而》：“用之则行，舍之则藏，惟我与尔有是乎。” ⑬优游卒岁：悠闲地度过时光。《左传·襄公二十一年》：“优哉游哉，聊以卒岁。” ⑭且斗樽前：姑且比比谁的酒量大吧。唐牛僧孺《席上赠刘梦得》：“休论世上升沉事，且斗樽前见在身。”

【品评】

此词作于熙宁七年(1074)十月，苏轼赴密州任途中。密州，州治在今山东诸城县。子由，苏轼之弟苏辙，字子由。

以词言志，抒写政治情怀，是此前词作中未尝有的。东坡在此词中抒发了辅君济世的远大抱负及其不得实现的牢骚。其中有怅惘，有坚定，有酸痛，有豁达，熔经史诗文于一炉，既洒脱清迈，又幽怀宛转。上片写旅况，连用七个四言句，前三个是排比句，后四个呈扇面对，“渐”字总领，贯穿到底，绘出一幅清丽、凄冷、寂寞的秋日早行图，并引出世路艰辛的感叹。下片写旅怀，直抒胸臆，追述昔年抱负，折转到当前困顿失意，最后以旷达自适的处世态度自我解脱并劝慰子由，表现出作者的志趣、才情与性格。此词合写景、叙事、抒情、议论为一体。叙事略显平直，词意也较直露，但铺排勾勒，笔酣墨饱；转圜之处，挥洒自如，是东坡尝试以诗为词另辟新境的成果。

蝶恋花

密州上元

灯火钱塘三五夜。[1]明月如霜，照见人如画。帐底吹笙香吐麝，[2]更无一点尘随马。[3]　　寂寞山城人老也。[4]击鼓吹箫，[5]却入农桑社。[6]火冷灯稀霜露下，昏昏雪意云垂野。[7]

【注释】

①钱塘：代指杭州。三五夜：正月十五的夜晚。　②麝(shè)：麝香。　③“更无”句：街道清净，没有做公事的车马卷起灰尘。反用唐苏味道《正月十五夜》“暗尘随马去”句意。　④山城：指密州治所的诸城县。　⑤击鼓吹箫：祭祀求丰年时的仪式。⑥农桑社：农家节日赛神祭祀的场所。　⑦昏昏：天气阴霾将雪。

【品评】

此词作于熙宁八年(1075)正月。苏轼时在密州任所。上元，农历正月十五。这一天又称元宵节。因有观灯风俗，也称作“灯节”。

东坡于熙宁七年九月离开杭州，十一月至密州任所。当时密州蝗旱灾相继，新法在执行中弊端丛生，使苏轼心情沉重，想起从前在杭州年节时候种种繁华热闹的情景，不禁加深了对杭州的怀恋之情。在上下片的对比描写中，以白描手法勾画出杭州和密州两地上元节时不同的景况：杭州是灯月交辉，花团锦簇，香飘乐袅，热闹喜悦；密州却是巷空人少，灯火冷落，云低欲雪，惟有一点疏落的箫鼓声点缀着山城的寂寞。全篇不用典，不使事，语言生动活泼，流畅自然，情意蕴含于景色画面之中。

江城子

乙卯正月二十日夜记梦

十年生死两茫茫。① 不思量，自难忘。② 千里孤坟，③ 无处话凄凉。④ 纵使相逢应不识，⑤ 尘满面，鬓如霜。⑥　　夜来幽梦忽还乡。⑦ 小轩窗，正梳妆。⑧ 相顾无言，⑨ 惟有泪千行。料得年年肠断处，明月夜，短松冈。⑩

【注释】

①“十年”句：王弗卒于宋英宗治平二年（1065），离苏轼写此词时有十年之久。茫茫：生死相隔，杳无消息可传。　②不思量，自难忘：虽不特意去想，却根深蒂固在心里，从未稍离。　③千里：王弗葬于四川眉山，而苏轼当时在密州，相隔千里之遥，故云。④无处话凄凉：因为相隔遥远，苏轼没有地方寄托哀思，想像王弗

坟中亦感孤单冷落。语气沉痛,亦见往日夫妻感情笃深。 ⑤纵使相逢应不识:这是苏轼设想中的情景。因为年来苏轼所受人生煎迫很多,这些都不是其妻王弗生前所能预想到的,生活遭际造成了面容上的改变,所以说可能连最亲的人都不会认得自己了。⑥"尘满面"二句:解释不相识的原因,仕途劳苦,因此尘土满面;思虑深广,所以鬓发转白。描写自己现在的衰悴之容。 ⑦"夜来"句:因有前面设想,遂有梦中相逢。幽梦:梦境深远、隐约。⑧"小轩窗"二句:写梦中见到妻子旧时梳妆打扮的情景,一片宁静温馨。轩:有窗的长廊或小室。苏轼旧家眉山有"来风轩",苏轼曾在那里读书。 ⑨相顾:夫妻俩互相望着。无言:极言感情深挚,思念中乍见之下,竟千言万语,无从说起。 ⑩"料得"三句:唐代孟启《本事诗·征异》:"开元中,有幽州衙将姓张者,妻孔氏,生五子,不幸去世。"五子受后母虐待,孔氏"忽于冢中出",题诗赠张,其中有"欲知肠断处,明月照孤坟"之句。短松冈:长着矮小松树的山冈,指王弗墓地。苏轼《亡妻王氏墓志铭》:"明年(治平三年)六月壬午,葬于眉之东北彭山县安镇乡可龙里先君先夫人墓之西北八步。"

【品评】

此词作于熙宁八年乙卯(1075)正月二十日。苏轼时知密州。他怀念的是第一个妻子王弗(fú)。王弗十六岁嫁给苏轼,夫妻恩爱。生子苏迈,二十七岁卒。苏轼夜梦见之,醒后作词悼念。

用词写悼亡，是苏轼的首创，以前悼亡的主题只存于诗中。实际上，缠绵悱恻、低沉凝哀的情绪，由词传出，更较诗来得婉约细密，幽微深曲，能够引起读者无限的哀感惆怅。苏轼这首悼亡词，正是以这样深挚清简的笔调记录了梦中与亡妻相会的情景。他对爱妻的早逝满怀着深悲巨痛。由于思念深切，他仿佛忘记了妻子已经去世，仍然以为她还活着：设想他们重逢，互相对话，为她的孤独凄凉而担忧痛楚。这种抹煞了生死界线的痴语、情语，令人读之心弦震颤。词为记梦，全篇依梦前、梦中、梦后思路递进，在梦中实写出妻子在小室窗前梳妆打扮，以及二人相对无言有泪等日常生活的情景细节，将现实的感受融入梦中，使真幻交织，催人泪下。而在怀旧悼亡中，作者又糅进了自己坎坷失意的身世之感，使词的情思意蕴更深厚，故而被古今词评家誉为千古第一悼亡词。近人唐圭璋先生评曰："真情郁勃，句句沉痛，而音响凄厉，诚后山（陈师道）所谓'有声当彻天，有泪当彻泉'也。"（《唐宋词简释》）

一般来说，创作诗词应因情选韵，缘情变韵。此词抒发的是悲痛凄苦之情，却用了发音响亮的"江阳"韵，竟能把他满腔凄凉乃至痛断肝肠之情表现得如此深挚动人，这又是苏轼的大胆创格与变调。

江城子

密州出猎

老夫聊发少年狂，[1]左牵黄，右擎苍。[2]锦帽貂裘，[3]千骑卷平冈。[4]为报倾城随太守，[5]亲射虎，看孙郎。[6]　　酒酣胸胆尚开张，[7]鬓微霜，又何妨！持节云中，何日遣冯唐？[8]会挽雕弓如满月，[9]西北望，射天狼。[10]

【注释】

①老夫：此年苏轼四十岁，自称“老夫”，有宦海浮沉疲惫之意，或是为了突出某种情趣的夸张言词。少年狂：年轻人狂放纵情的意态。　②“左牵黄”二句：左手牵着黄毛猎犬，右臂举着黑羽猎鹰。这里暗用《梁书·张充传》记张充年少喜好游猎，出猎时“左手臂鹰，右手牵狗”的典故。　③貂裘：貂鼠皮袄，这里指苏轼和猎队武士的装束。　④千骑(jì)卷平冈：打猎时快马加鞭，风驰电掣的场景。卷，席卷。　⑤报：酬谢。倾城：全城。太守：苏轼自称。这句是说为了酬谢全城百姓都出来观看的盛意。据今人钟振振新释：“为报”，请告诉。“倾城”，美女。此句意谓：请通知美人们跟着我到郊外去。钟文刊于《名作欣赏》2003年第4期。⑥“亲射虎”二句：据《三国志·吴书·吴主传》载，孙权曾于建安二十二年亲自射虎，坐骑为虎扑伤，孙权投以双戟，虎才退却。这

里作者以孙权自喻。“郎”：对年轻男子的美称，又为女子对情人的昵称。此处用“孙郎”，正与前文具“倾城”之貌的美女相对应。⑦“酒酣”句：饮酒畅快，胸襟开阔，意气昂扬。 ⑧“持节”二句：节，指符节，凭证。《汉书·冯唐传》载，西汉魏尚为云中（今内蒙古托克托县）太守，守边有功，战绩卓著，但因稍有虚报战果之嫌，被削职。冯唐进谏，澄清事实。文帝于是派冯唐持节赦免魏尚，复任魏为云中太守。苏轼以魏尚自许，希望朝廷授以重任，立功边郡。 ⑨会：将要。挽：拉开。雕弓：雕饰着花纹的弓。 ⑩天狼：星宿名。用以代表贪残掠夺。《楚辞·九歌·东君》：“举长矢兮射天狼。”这里比喻当时侵扰北宋边域的西夏和辽。

【品评】

此词作于熙宁八年（1075）十月，苏轼时知密州。自前一年冬天以来，密州旱灾，苏轼作为地方官，屡往常山祈雨。这年因得雨又往常山祭谢，归途中与同官习射放鹰，写此词。

同一个词牌，却创造出迥异的境界，非出于天才之手而谁欤？苏轼用《江城子》这个词牌，一写悼亡，一写出猎：前者深情杳缈，悱恻缠绵；后者洒脱豪俊，意气昂扬。此词借写打猎习武，抒发渴望为国杀敌立功的壮志豪情，在词的题材、内容、风格上都具有开创性。首句就显示出豪放的格调。作者纵情放笔，由叙事而抒怀，使一个“狂”字贯串始终。词中写他牵犬擎鹰狩猎的豪迈气概，写射猎武夫千骑如飞、倾城出动围观如堵的场面，加上孙权射虎的传奇故事，结尾处走马弯弓劲射的特写镜头，多角度多侧面地勾勒、烘托，凸现出一个鬓染微霜、英气勃勃、希望驰骋疆场杀敌报国的英雄志士形象。通篇显得胸襟磊落、壮怀激越、辞锋凌厉、音韵铿锵、节奏急促、气势逼人，具有一种刚健豪迈的格调，与当时婉约柔丽的词风形成了鲜明对照，为南宋慷慨激昂的爱国词开了先河。上下阕分别用了孙权射虎与冯唐魏尚的典故，增强了词的历史感与现实感，并使叙事生动凝练，抒情曲折深婉。作者对此词也颇为得意，在《与鲜于子骏书》中说："近却颇作小词，虽无柳七郎（柳永）风味，亦自是一家。呵呵！数日前猎于郊外，所获颇多。作得一阕，令东州壮士抵掌顿足而歌之，吹笛击鼓以为节，颇壮观也。"表明他是有意创作"自成一家"的豪放词，与柳永那些依红偎翠风靡天下的词风相对抗的。

如按钟先生的新释，于"千骑卷平冈"的急管繁弦中插入红妆美人观看太守出猎的旖旎风光，更能活现欲以武功炫于众美人之前的太守的"少年狂"态，全篇更富于生活情趣与浪漫色彩，章法也显得顿挫起伏，摇曳多姿。

望江南

超然台作

春未老，[1]风细柳斜斜。[2]试上超然台上看，半壕春水一城花。[3]烟雨暗千家。　　寒食后，[4]酒醒却咨嗟。[5]休对故人思故国，[6]且将新火试新茶。[7]诗酒趁年华。[8]

【注释】

①春未老:还没到春深时节。 ②斜斜:微风吹拂柳树柔条的情态。 ③壕:护城河。此句化用韩翃《寒食》"春城无处不飞花,寒食东风御柳斜"诗意。 ④寒食:农历节令,清明节前一、二天。从寒食这天起禁火三天,吃冷食物。 ⑤咨嗟:感叹。⑥故人:指刚到任的密州通判赵成伯。据苏轼另文记载,赵是他邻县人。故国:指家乡四川眉州。 ⑦新火:寒食过后生火,谓之新火。苏轼《徐使君分新火》:"临皋亭中一危坐,三见清明改新火。" ⑧"诗酒"句:趁着春天好时光,姑且饮美酒、作佳诗吧。

【品评】

此词作于熙宁九年(1076)春。苏轼时在密州任上。超然台,密州北城原有旧台,早已荒废,苏轼到任后加以修葺,苏辙命其名为"超然"。

苏轼在头一年修葺超然台并由苏辙命名之后,次年登临,观密州春景。因时近清明,思念家乡,写下了这篇既有美妙春光的描写,又有故乡之思的抒怀词作。上片用白描手法,淡墨挥洒出一片烟水朦胧、满城飞花的密州春景。动词"老"、叠字形容词"斜斜",尤其是"半壕"、"一城"与"千家"这三个数量词都用得精妙。词人情绪似乎也随之迷离、为之荡漾开去。于是就有了下片思乡的感慨。因为春天将去的惆怅,又值传统的寒食与清明祭祀节日,加之面对着故乡人,思乡的情绪就更浓了。下片句式十分巧妙,既上下句相对,又句中自对,形成整齐的句式,又间以散句,笔调流畅摇曳。末句归于自解,恰回到词的触发点:超然台。苏轼在《超然台记》中说："名其台曰：'超然'，以见余无所往而不乐者，盖游于物外也。"则他上片所见春景即是高处超脱市井之外而观；下片结句"诗酒趁年华"——仍是超然于物外，以无往而不乐的态度看待人生，化解种种愁绪。全篇豪俊洒脱，清丽自然，饶有余韵。

水调歌头

丙辰中秋，欢饮达旦，大醉。作此篇，兼怀子由。

明月几时有，把酒问青天。① 不知天上宫阙，今夕是何年。② 我欲乘风归去，③ 惟恐琼楼玉宇，④ 高处不胜寒。⑤ 起舞弄清影，⑥ 何似在人间。⑦　　转朱阁，低绮户，照无眠。⑧ 不应有恨，何事长向别时圆！⑨ 人有悲欢离合，月有阴晴圆缺，此事古难全。⑩ 但愿人长久，千里共婵娟。⑪

【注释】

①"明月"二句：李白诗《把酒问月》："青天有月来几时，我今停杯一问之。"苏轼此词不但化用李白诗句，还出色地点化了李诗意境。把酒：端起酒杯。　②"不知"二句：化用唐人韦瓘《周秦纪行》引诗："香风引到大罗天，月地云阶拜洞仙。共道人间惆怅事，不知今夕是何年。"又：唐人戴叔伦《二灵寺守岁》诗也有"不知今夕是何年"之句。宫阙：宫门，此处代指宫殿。阙，宫殿大门两边

的望楼。　③乘风归去：驾着风回到天上去。乘风，出自《列子·黄帝》："乘风而归……不知风乘我耶？我乘风耶？"李白曾被称为"谪仙人"（从天上贬谪到凡间的人），苏轼此处亦自比，所以称回到天上是"归去"。　④琼楼玉宇：美玉雕砌的宫殿楼阁。这里指月中宫殿。旧题颜师古《大业拾遗记》载：瞿乾祐与弟子在江边赏月，有人问月中何有，瞿让弟子顺他指的方向看去，只见月中"琼楼玉宇灿然"。段成式《酉阳杂俎·前集》卷三亦载此故事，"瞿乾祐"作"翟乾祐"。　⑤不胜：禁受不住。唐郑处诲《明皇杂录》载，中秋之夜，方士叶静能邀玄宗游月宫。及至，"寒凛特异，上不能禁"。这句暗用此典故。　⑥起舞弄清影：在月下起舞，清影随之摇曳。化用李白《月下独酌》诗句："我歌月徘徊，我舞影零乱。"⑦何似：何如。　⑧"转朱阁"三句："转"，"低"，"照"三个动作的主语是月亮。绮户：有美丽雕饰的窗户。无眠：失眠的人。⑨"不应"二句：语出司马光《温公诗话》：（司马光说）"李长吉'天若有情天亦老'，人以为奇绝无对。石曼卿对'月如无恨月常圆'，人以为勍敌。""何事"句说，为什么常常在离别的时候月圆呢？月圆本是团圆的象征，离别时看到月圆更添离人的相思惆怅之苦。长：常常，总是。　⑩此事：指上面说的人有离合、月有圆缺这种情形。古难全：自古以来就不能圆满。　⑪婵娟：美女的称呼。因古代传说中月亮里住着美女嫦娥，所以这里代指月亮。唐代许浑《怀江南同志》："惟应洞庭月，万里共婵娟。"

【品评】

丙辰是熙宁九年（1076）中秋，苏轼当时在密州作知州。欢饮达旦指高兴畅饮自夜晚一直到天亮。子由，苏轼之弟苏辙，字子由，当时在齐州(济南)。苏氏兄弟情深意厚，自分别后已五年没有见面。

熙宁九年(1076)中秋节，苏轼在超然台上饮酒赏月，怀念弟弟子由，作此词。

前人评东坡词似太白诗，有些词篇极富浪漫色彩，这首被誉为咏月绝唱的中秋词是典型一例。太白诗充满了天真烂漫的奇思异想。东坡此词开端突然把酒问天，从明月的来历问到月宫的年月，奇崛异常，句意脱胎于太白的《把酒问月》诗。以下写乘风飞升，游览月宫，月下起舞，戏弄清影，都酷似太白诗。正如郑文焯所评："从太白仙心脱化，顿成奇逸之笔。"(《手批东坡乐府》)太白诗善于驱遣优美的神话传说，以形成绚烂多彩的色调，构造神奇瑰丽的境界。东坡此词同样写到月宫的琼楼玉宇，写到嫦娥，并引用了《酉阳杂俎》和《明皇杂录》中的故事传说。太白诗笔空灵飘逸，毫不粘滞。东坡此词通篇写月，除"转朱阁"三句实写外，都从自己问月、飞月、望月、怨月、慰月、舞月中虚笔写出，笔墨空灵洒脱。而中秋月之圆满、皎洁、清丽、高寒，月亮运行照临的动态，使人浮想联翩的神奇意趣，皆历历如在目前。近人俞陛云评此词："全篇若云鹏天马，一片神行。"(《唐五代两宋词选释》)太白的七言歌行章法变幻不测，如"大江无风，波浪自涌；白云从空，随风变灭"(沈德潜《唐诗别裁》)。东坡此词同样笔势夭矫回折，跌宕多姿。上片写其出世与入世、退隐与进取的矛盾心理，两次转折又一气贯注；下片化景物为情思，更是一韵一意，一意一转，愈转愈深，最后化悲怨为旷达，转出一个皓月当空、美人千里、孤高旷远的境界氛围。此种清旷澄澈的风格，在太白诗中尤为常见。所以清代陈世焜（廷焯）《云韶集》卷二评赞说："落笔高超，飘飘有凌云之气。谪仙而后，定以髯苏为巨擘矣。"当然，东坡此词中表现出的善于自我解脱的达观襟怀，关于人生、自然、宇宙的睿智思考，以审美的态度来对待现实和人生的精神，以及结尾"但愿人长久，千里共婵娟"所蕴含的人的超越性的美好情感，又是太白诗中不足的。

浣溪沙

徐门石潭谢雨，道上作五首。潭在城东二十里，常与泗水增减、清浊相应。

其一

照日深红暖见鱼，连村绿暗晚藏乌。① 黄童白叟聚睢盱。②　　麋鹿逢人虽未惯，猿猱闻鼓不须呼。③ 归来说与桑麻姑。

【注释】

①藏乌：有乌鸦栖息。古乐府有"暂出白门前，杨柳可藏乌"之句。　②黄童白叟：儿童和老人。黄童：雏鸟口黄，以此比喻儿童，黄口即指儿童。白叟：白发老人。韩愈《元和圣德诗》："黄童

白叟，踊跃欢呀。”睢盱（suī xū）：喜悦的样子。 ③“麋鹿”二句：见到生人不习惯，听到鼓声就自然地来围观了。回到家，把见到官长的事情告诉妻子。猱（náo）：猿类动物。这里兼以猱和鹿比喻淳朴的乡里农民。

【品评】

此组词作于元丰元年（1078）春末夏初，苏轼时在徐州。这年春大旱，后得雨，苏轼到城东石潭谢雨，途中作。徐门，徐州。谢雨，祈雨应验后谢祭神灵。泗水，古泗水流经徐州东北，东南流入淮河。今在山东省西南部。

此词写石潭周围的村野风光和谢雨时的欢乐热闹情景。全篇紧扣“谢雨”来写。上片写红日照彻深潭，水中游鱼活泼，连村树林深绿，乌鸦欢乐啼鸣，聚观谢雨的黄童白叟喜笑颜开，是久旱得雨后的特定景象，洋溢着词人与村民们的喜雨之情。下片写麋鹿和猿猱以不同的性格神态与人群安然相处，表现山乡的淳朴风俗，更衬托出谢雨场景的欢乐气氛。前五句写实，一句一景，写人状物，绘声绘色，宛然一幅有动静、明暗的山乡谢雨图，色彩丰富，情调欢快，意境清丽。结尾再虚写采桑养蚕村姑一笔，以虚衬实，深化喜雨之情，含而不露，耐人寻味。

其　二

旋抹红妆看使君，① 三三五五棘篱门。相排踏破茜罗裙。②　　老幼扶携收麦社，③ 乌鸢翔舞赛神村。④ 道逢醉叟卧黄昏。

【注释】

①旋：立即，急忙。使君：知州。苏轼自指。 ②相排：互相拥挤。茜(qiàn)罗裙：绛色的裙子。茜，草名，其汁红，可作染料。③收麦社：麦收时节的祭神活动。社，土地神。 ④乌鸢(yuān)：乌鸦和鹞子。这里单指乌鸦。赛神村：正在迎神赛会的村子。

【品评】

此首上片写农村姑娘拥拥挤挤看州官的情景，惟妙惟肖地表现了她们高兴、迫切、好奇、害羞的神态、动作、心理。下片写农村的迎神赛会，只勾勒了满村农民扶老携幼踊跃赴会和乌鸢盘旋低飞不去的两个细节，已显示出庆祝丰收的欢腾景象和迎神祭品的丰盛。结尾推出醉翁卧黄昏一个特写镜头，就生动简洁地表明祭神活动持续了一天，人们直到傍晚才尽欢而散。晚唐诗人王驾的七绝《社日》云："鹅湖山下稻粱肥，豚栅鸡栖半掩扉。桑柘影斜春社散，家家扶得醉人归。"与此词一样，都以高潮过后渐归宁静的景象收尾，宕出远神。

其　三

麻叶层层苘叶光。① 谁家煮茧一村香？隔篱娇语络丝娘。② 垂白杖藜抬醉眼，③ 捋青捣麨软饥肠。④ 问言豆叶几时黄？

【注释】

①茼(qǐng):青麻,茎皮的纤维可用来搓绳、织布。 ②络丝娘:虫名,即莎鸡,俗称纺织娘。这里是实指缫丝的农妇。 ③垂白:须发将白,指村中老人。 ④捋(luō)青:捋下新麦粒。捣麨(chǎo):把麦粒捣碎,炒成干粮。麨,炒熟的米粉或面粉。软:饱。苏轼《发广州》诗:"三杯软饱后,一枕黑甜余。"自注:"浙人谓饮酒为软饱。"

【品评】

此首写麦收时节农民的劳动和生活情景:茂盛的青麻叶在艳阳下润泽闪光,小伙子在村路旁捋新麦炒干粮,满村飘荡着煮茧的清香,缫丝姑娘们笑声朗朗,太守与醉眼迷离的扶杖老人亲切话家常。在这幅农家乐图画中,洋溢着东坡对农民的诚挚关心和美好祝愿。东坡调动了视觉、听觉、嗅觉等多种感觉,运用了白描、借代、拟物、特写等修辞手段,状景写人逼真生动,生活情味浓郁。前后片各用一问句,更显得语调亲切、欣喜。

其 四

簌簌衣巾落枣花,[①]村南村北响缫车。[②]牛衣古柳卖黄瓜。[③] 酒困路长惟欲睡,日高人渴漫思茶。[④]敲门试问野人家。

【注释】

①簌(sù)簌:纷纷落下的样子。元稹《连昌宫词》:“风动落花红簌簌。” ②缫(sāo)车:缫丝的工具。 ③牛衣:用粗麻之类编织而成,盖在牛身上取暖。《汉书·王章传》:“章疾病,无被,卧牛衣中。”这里指卖瓜者衣着粗劣。宋人曾季狸《艇斋诗话》、龚颐正《芥隐笔记》均记载所见东坡墨迹作“半依”。 ④漫:不经意地、胡乱地。皮日休《闲夜酒醒》:“酒渴漫思茶。”

【品评】

上片写枣花飞、缫车响、村民在柳树下卖瓜,画出一幅散发着浓厚田家气息的初夏村居图。下片以酒困、欲睡、人渴、思茶、敲门试问几个细节,刻画太守朴实谦恭的形象,表现他与农民之间融洽亲密的关系,也抒写出他对农村生活情景的沉醉。全篇语言浅显、风趣。“簌簌”描摹枣花纷纷飘落的状态和细微声息,尤为真切。

南宋胡仔《苕溪渔隐丛话》前集卷五六引《高斋诗话》,评赞“村南村北响缫车”与宋诗僧参寥的“隔林仿佛闻机杼,知有人家住翠微”,以及秦观“菰蒲深处疑无地,忽有人家笑语声”,都是“奇句”。清代王士禛《花草蒙拾·春晓亭子》评云:“‘牛衣古柳卖黄瓜’,非坡仙无此胸次。”

其 五

软草平莎过雨新,[1]轻沙走马路无尘。何时收拾耦耕身？[2]　日暖桑麻光似泼，风来蒿艾气如薰。[3]使君元是此中人。[4]

【注释】

①莎（suō）：莎草，又名香附子，多年生草本植物，长于原野沙地，其根块可药用。　②耦（oǔ）耕：两人各持一耜（sì），并肩而耕。《论语·微子》："长沮、桀溺耦而耕。"这里说要像长沮、桀溺那样归耕田园。　③蒿：野草。艾：多年生草本植物。可供药用。薰：香草。　④元：原。

【品评】

嫩草茸茸，村路无尘，桑麻闪亮，蒿艾飘香。这幅雨后乡村田野的景色，清新洁净，生机蓬勃，使置身其中的东坡喜悦之情溢于言表。他真率地表白，愿归耕田园，做一个老百姓。结句同东坡在一首诗中所说"我是识字耕田夫"一样，表现出他要当农民的自豪感。这种思想感情在古代确实难能可贵！全篇写景与抒情错综层递，上下贯通，浑然一体。"泼"字形容桑麻叶子在日光照射下的鲜亮润泽，就像泼上去的水一样闪光；"薰"字比喻蒿艾的香味如同薰香般浓郁。用字生动、新警、美妙。

永遇乐

彭城夜宿燕子楼，梦盼盼，因作此词。

明月如霜，好风如水，清景无限。[1]曲港跳鱼，圆荷泻露，寂寞无人见。[2]紞如三鼓，[3]铿然一叶，[4]黯黯梦云惊断。[5]夜茫茫、重寻无处，觉来小园行遍。　　天涯倦客，[6]山中归路，望断故园心眼。[7]燕子楼空，佳人何在？空锁楼中燕。[8]古今如梦，何曾梦觉，但有旧欢新怨。[9]异时对、[10]黄楼夜景，[11]为余浩叹。

【注释】

①"明月"三句：写梦中燕子楼景色，首句意象应得自于李白《静夜思》："床前明月光，疑是地上霜。"此下几句也从白居易《燕子楼三首》来。其一云："满窗明月满帘霜，被冷灯残拂卧床。燕子楼中霜月夜，秋来只为一人长。"　②"曲港"三句：仍是梦中燕子楼景色。是近写。曲池里的鱼偶然泼水而出，荷叶上的露珠静静地滴下，都添了暗夜的寂静。　③紞(dǎn)：击鼓声。如：语末助词。三鼓：报三更天的鼓声。　④铿(kēng)然一叶：秋叶落地发出清脆的声音。铿然：象声词，形容金石发出的清脆声。⑤"黯黯"句：被落叶声从梦中惊醒，惆怅黯然。梦云：宋玉《高唐赋》中楚襄王梦巫山神女，神女自言"旦为朝云，暮为行雨"。⑥天涯倦客：苏轼自比。在仕途辗转中不胜疲倦。　⑦"望断"句：人在天涯，心系故园，对家乡思念之情，几乎望眼欲穿。⑧"燕子"三句：感慨佳人已不在，只空留旧迹。因物是人非之感而慨叹逝水流年。　⑨"古今"三句：感慨人生如梦，自古至今，纷纭人事终归于空寂，而活动于其间的人们却不曾察觉，只一味地随物欢喜，随己烦忧。　⑩异时：以后，将来某个时候。　⑪黄楼：

在徐州城东，是苏轼为纪念在徐州抗洪保城事件所建，以黄土涂楼，取土厌水之意，故名为黄楼。

【品评】

此词作于元丰元年(1078)秋。苏轼时为徐州知州。彭城，今江苏徐州市。燕子楼，据说在徐州官衙内。唐代张愔任徐州太守时娶有名歌伎关盼盼为妾。盼盼能歌善舞，张特为她建燕子楼居住。张死后，盼盼念旧恩，守在楼上，十多年不嫁。事见白居易《燕子楼三首·序》。

一夕怀古幽梦，发抒了东坡的游宦羁旅之愁，人生诸多伤叹俱在其中。词的上片，写梦中所见燕子楼之景，开篇两句比喻，即活现出月之明洁，风之清凉。接着写鱼跳露泻，一叶坠落竟有惊心的铿然之声，更是以动写静，以声衬寂，将月夜幽美寂静的环境表现得微妙传神。本是梦境，却如幻如真，令人生出无限恍惚之感。过片写东坡梦醒后低回彷徨，别有幽情。“行遍”，见徘徊时间之久，又见心事之迷离低沉。下片，将自身仕宦的倦怀，与燕子楼空人渺茫之眼前事比照，发出人生如寄、古今如梦的感慨。“燕子楼空”三句，说尽张愔、盼盼故事，真是笔力概括简净。加之上片暗用楚王梦巫山神女典故，前人赞为“用事而不为事所使”，“融化不涩”(张炎《词源》)，“化实为虚，不著迹象”(冯振《诗词杂话》)。而叙事、议论与抒情结合得浑然一体。笔调空灵，意境清幽深远。

南歌子

雨暗初疑夜，风回忽报晴。淡云斜照著山明。①细草软沙溪路、马蹄轻。　　卯酒醒还困，[②]仙村梦不成。蓝桥何处觅云英。[③]只有多情流水、伴人行。

【注释】

①斜照：斜阳。　②卯酒：卯时饮的酒。卯时，大约相当于早晨五点至七点钟。　③“蓝桥”句：唐人裴铏小说集《传奇》中《裴航》篇载，唐长庆年间一秀才裴航下第回都，与樊夫人同舟。樊夫人赠诗云：“一饮琼浆百感生，玄霜捣尽见云英。蓝桥便是神仙宅，何必崎岖上玉京。”后裴航经蓝桥驿向路旁老妪求水解渴，老妪让一个叫云英的女子献茶。裴航见她非常美丽，便向她求婚。老妪提出要他捣药百日，裴航如言，终与云英成婚，后双双成仙。

【品评】

此词作于元丰二年(1079)五月，时苏轼知湖州。

对天生敏感的词人来说，生活中每一个动人瞬间与美好感受都可以带来源源不绝的词思。东坡亦如是。词中描写他在雨霁天晴沿溪边沙路趁着落晖骑马赶路的情景。笔调清新轻快，意象优美生动。在逼真细致地表现天气和景物的动态变化中，传达出自己舒畅喜悦的心情。“细”、“软”、“轻”三字既是状景，又融入了内心的感受。下片飞腾浪漫的想像，以裴航、云英结褵升仙的神话传说，自我揶揄未能像裴航那样交上桃花好运，从而显露出词人风流潇洒的性情，表达了他从自然景物和现实生活中寻求精神慰藉的执著，也增添了词的情趣韵味。

卜算子

黄州定慧院寓居作

缺月挂疏桐，[1]漏断人初静。[2]谁见幽人独往来，[3]缥缈孤鸿影。[4]　　惊起却回头，[5]有恨无人省。[6]拣尽寒枝不肯栖，[7]寂寞沙洲冷。[8]

【注释】

①缺月：不圆的月。　②漏断：漏壶的水已经滴尽，表示夜深。漏，漏壶，古代计时工具。人初静：指入夜后白天嘈杂的人声渐渐听不到了。　③幽人：原指幽囚之人，引申为含冤之人或幽居之人。此处为苏轼自指。　④缥缈：影影绰绰，看不分明。⑤惊起：鸿听到声音受惊而飞的情景。回头：喻惊魂未定，慌张犹夷之态。亦东坡始脱离囹圄，惊魂未定之态。　⑥恨：委屈，忧苦。不解作愤恨。省（xǐng）：理解。　⑦寒枝：秋天的树枝。这句反用隋李元操《鸣雁行》“夕宿寒枝上，朝飞空井旁”句意。⑧“寂寞”句：另本作“枫落吴江冷”。寂寞是精神上无相知者的寂寞，并非寓居黄州，地处偏僻，往来友朋不多之清冷。

【品评】

苏轼于元丰三年(1080)二月一日到达黄州贬所。寓居定慧院,五月迁居临皋亭。词写作时间当在二月至五月间。定惠院,在黄州东南。

东坡以带罪之身来到黄州,暂时寓居于定惠院。虽然得以脱离囹圄之苦、死生之忧,然心境是愁悒寂寞的。这首《卜算子》便是此时期所作的抒怀之词。上片点染出一幅凄清冷寂的月夜图景,凸现了幽人独行、如孤鸿缥缈的形象,抒写出词人内心的苦闷抑郁。下片承"孤鸿影"句专写孤鸿,细腻地刻画了孤鸿的神情动态和内心世界,正是词人刚出台狱、惊魂未定、愤郁不平、顾影自怜的生动写照。结尾二句,寄托自己宁愿引身隐居也不肯随人俯仰的孤高自赏之情。全篇笼罩了一层浓郁的孤独与感伤色调。

清人陈廷焯认为此词的表现方法是"兴"而不是"比"。他说:"所谓'兴'者,意在笔先,神余言外,极虚极活,极沉极郁,若远若近,可喻不可喻,反复缠绵,都归忠厚……东坡《水调歌头》、《卜算子·雁》等篇,亦庶几近之矣。"(《白雨斋词话》)这就是说,东坡这首词用空灵隽逸的笔调描绘"幽人"与"孤鸿"或分或合、相互映照的孤高凄寂形象,营造了一个象征境界。读者沉吟在这个象征境界中,不禁深深感受到词人心灵的寂寞与空虚、坚贞与孤洁,也自然感到其中寓意深远而又不确指的境界。这种象征境界,是那些"托喻不深,树义不厚"和"喻可专指,义可强附"(同上引)粘滞坐实的"比"体词难以企及的。正因为这首词语语双关,格奇语隽,象征境界幽深清绝、意味无穷,所以前人赞赏为"超诣神品"(清黄苏《蓼园词评》)。南宋胡仔《苕溪渔隐丛话·前集》卷三九引黄庭坚评此词云："语意高妙，似非吃烟火食人语。非胸中有万卷书，笔下无一点尘俗气，孰能至此！"

西江月

黄州中秋

世事一场大梦，人生几度新凉。夜来风叶已鸣廊，看取眉头鬓上。① 酒贱常愁客少，月明多被云妨。② 中秋谁与共孤光，③ 把盏凄然北望。④

【注释】

①看取：看看。取，语助词。 ②妨：遮掩。古代诗人常以浮云蔽日（或月）来隐喻小人蔽君、忠而被谤。如《古诗十九首》"浮云蔽白日"，李白《登金陵凤凰台》"总为浮云能蔽日，长安不见使人愁"。 ③孤光：月。 ④盏：酒杯。北望：苏轼在黄州北望都城汴京。一说，设想在筠州的弟弟苏辙北望他。

【品评】

多数词论家认为此词作于元丰三年（1080）中秋，苏轼时在黄州。也有说是绍圣四年（1097）中秋作于儋州的。

黄苏《蓼园词评·南乡子》载沈际飞论苏轼："东坡升沉去住，一生莫定，故开口说梦。如云'人间如梦'，'世事一场大梦'，'未转头时皆梦’，‘古今如梦，何曾梦觉’，‘君臣一梦，今古虚名’，屡读之，胸中鄙吝，自然消去。”东坡此词发端便直抒世事如梦、人生短促之感。接着写西风飒飒，落叶萧萧，回响廊庑，东坡凄然顾影，已见鬓发斑斑，引出高志未酬、已近迟暮之悲。下片借酒贱客少写世态炎凉，以浮云蔽月喻群小当道，用孤光示自己人格之孤清高洁。结末归于温厚之旨，抒发怀君国之意。全篇紧扣中秋时节景物，以自然与生活中惯常所见事物景象揭示深刻的人生哲理。言近旨远，辞浅意深。

水龙吟

次韵章质夫杨花词

似花还似非花，① 也无人惜从教坠。② 抛家傍路，③ 思量却是，④ 无情有思。⑤ 萦损柔肠，⑥ 困酣娇眼，欲开还闭。⑦ 梦随风万里，寻郎去处，又还被、莺呼起。⑧　　不恨此花飞尽，⑨ 恨西园、落红难缀。⑩ 晓来雨过，遗踪何在？⑪ 一池萍碎。⑫ 春色三分：二分尘土，一分流水。⑬ 细看来，不是杨花，点点是离人泪。⑭

【注释】

①“似花”句：说柳絮似花但不是花。暗用梁元帝《咏阳云楼檐柳》诗“杨花非花树”和白居易《花非花》词“花非花，雾非雾”句

意。 ②从教(jiāo)：听任。坠：飘落。 ③抛家傍路：杨花从枝头飘离，散落于路边。 ④思量却是：据词人之眼，细细体会杨花这离枝散落的情态。 ⑤无情有思(sì)：似乎无情，却是有意。这里情思的“思”与柳丝的“丝”谐音相关。梁简文帝《折杨柳诗》有“杨柳乱成丝”，杜甫《白丝行》有“落絮游丝亦有情”，韩愈《晚春》有“杨花榆荚无才思”，均为此句所本。 ⑥萦损柔肠：柳树枝条轻盈柔弱，好似美人娇柔的心肠一般。别离之苦使得美人柔肠伤损。 ⑦“困酣”二句：柳叶初生，半卷半舒，如同美人愁极而眠，尚未睡醒的媚眼一样。 ⑧“梦随”四句：化用唐金昌绪《春怨》“打起黄莺儿，莫教枝上啼。啼时惊妾梦，不得到辽西”诗意。 ⑨恨：遗憾。 ⑩落红：零落委地的花瓣。缀：连接、缀合。 ⑪遗踪：飘落的杨花的踪迹。 ⑫萍碎：古人传说杨花落水化作浮萍。苏轼自注云：“杨花落水为浮萍，验之信然。” ⑬“春色”三句：若将春色量化比拟，其中三分之二是尘土，余则是流水。这个比拟非常新颖，暮春时节花落成尘，花随流水，不禁令人感伤时光易逝，繁华之景难留。宋初叶清臣《贺圣朝》词有“三分春色二分愁，更一分风雨”句，这里化用其词意。 ⑭“点点”句：宋人曾季狸《艇斋诗话》说，这里化用了唐人诗句“君看陌上梅花红，尽是离人眼中血”句意。

【品评】

此词作于元丰四年(1081)，苏轼在黄州贬所。次韵：依照诗词作品原来的韵脚及其次序和作。章质夫：章楶(jié)，字质夫，建州浦城(今福建浦城县)人。历官吏部侍郎、同知枢密院士、资政殿学士。他的《水龙吟·杨花词》广为传诵，词云："燕忙莺懒花残，正堤上，柳花飘坠。轻飞点画青林，谁道全无才思。闲趁游丝，静临深院，日长门闭。傍珠帘散漫，垂垂欲下，依前被，风扶起。　　兰帐玉人睡觉，怪春衣、雪沾琼缀。绣床旋满，香毬无数，才圆却碎。时见蜂儿，仰粘轻粉，鱼吹池水。望章台路杳，金鞍游荡，有盈盈泪。"

对于章质夫的《杨花词》与苏轼的和词，历来有不同的评价。有人说二者不可轩轾；有人说章词曲尽杨花妙处，苏词不及；多数人认为苏词胜于章词。笔者赞同后一种意见。从咏物角度看，章词写杨花，只把它作为烘托离思的景物意象，用工笔细描杨花的形态，确能穷形尽态，曲传其妙；而苏词将杨花与思妇紧密糅合在一起，句句写杨花又句句是写思妇，既绘形逼肖，又传神微妙，将咏物拟人打成一片。神似高于形似，象征、隐喻的境界创作难度胜于一般借物咏情的写实境界。从抒情角度看，章词只是写闺妇相思之情；苏词既表现思妇青春已逝、情人不归的幽怨，又抒发自己怜春惜春的深情，更在词中融入自己宦海浮沉的感慨和对于时事的怅惘，抒情更浓挚，意蕴更丰富，韵味更深长。这种表面婉约而内里沉郁的风格，胜于章词单纯的婉约。从和词的角度看，苏词不但要遵守《水龙吟》调的谱式格律，还得依照章词的韵脚来写，多了一重限制。但他写得舒卷自如，圆润顺畅，笔墨空灵洒脱，毫无束缚之感，显出过人的才气。正如清代沈谦《填词杂说》云："东坡'似花还似非花'一篇，幽怨缠绵，直是言情，非复赋物。"刘熙载《艺概·词概》亦云："东坡《水龙吟》起云：'似花还似非花'，此句可作全词评语，盖不离不即也。"近代王国维《人间词话》

评得更直截了当："东坡《水龙吟》咏杨花，和韵而似原唱；章质夫词，原唱而似和韵。才之不可强也如是！"

水龙吟

闾丘大夫孝终公显，尝守黄州，作栖霞楼，为郡中胜绝。元丰五年，余谪居黄。正月十七日，梦扁舟渡江，中流回望，楼中歌乐杂作。舟中人言："公显方会客也。"觉而异之，乃作此曲，盖越调鼓笛慢。公显时已致仕，在苏州。

小舟横截春江，① 卧看翠壁红楼起。② 云间笑语，③ 使君高会，④ 佳人半醉。危柱哀弦，⑤ 艳歌余响，绕云萦水。念故人老大，⑥ 风流未减，空回首，烟波里。　推枕惘然不见，⑦ 但空江、月明千里。五湖闻道，⑧ 扁舟归去，仍携西子。云梦南州，⑨ 武昌东岸，⑩ 昔游应记。料多情梦里，⑪ 端来见我，也参差是。⑫

【注释】

①横截：横渡。　②翠壁：指黄州江岸。红楼：指栖霞楼。③云间：形容红楼很高，如在云间。　④使君：指闾丘孝终。

⑤危柱：拧得很紧的乐器弦柱。哀弦：谓弦声凄怨。 ⑥老大：年纪大。 ⑦推枕：起床。 ⑧五湖闻道：据五湖地区传说，你（闾丘公显）退休之后，带着妓妾声乐归隐江湖。这句用越国大夫范蠡功成后携带西施乘扁舟泛游五湖的传说。 ⑨云梦南州：指黄州，在云梦泽之南。 ⑩武昌：今湖北鄂城，与黄冈隔江相对。 ⑪料：料想。多情：多情的人，指闾丘。 ⑫参差是：仿佛是，依稀是。白居易《长恨歌》："雪肤花貌参差是。"

【品评】

此词作于元丰五年（1082），时苏轼在黄州贬所。闾丘，字公显，名孝终，苏州人，曾官黄州太守、朝议大夫。栖霞楼，闾丘公显建，在黄冈城仪门之外西南。胜绝，最佳的名胜。中流，江河中央，水中。越调鼓笛慢，水龙吟也叫鼓笛慢，属越调。致仕指古代官员辞官退休。

对友人的深情追怀是苏轼作品的一个重要主题，这首记梦词便是其中佳作。上片写梦中所见。作者选用翠壁红楼、春江、白云、哀弦、艳歌、烟波等色彩鲜丽、柔美飘渺的意象，营造出一个惝恍迷离、诱人神往的梦境，既表现友人的风雅好客，又流露出对友人的深情思念。下片写醒来后对梦境的回味，推想友人现时携妓归隐江湖的情景，并追怀昔日与友人在黄州的交游。作者对友人隐居生活的羡慕与向往之情漫溢而出。煞拍不说自己梦友，而设想友人在梦中寻访自己，是翻进一层的写法。整首词写得瑰奇放逸，富于浪漫情调和色彩。郑文焯《手批东坡乐府》评曰："上阕全写梦境，空灵中杂以凄丽。过片始言情，有沧波浩渺之致，真高格也。”见解精切。

满庭芳

蜗角虚名，[1]蝇头微利，[2]算来着甚干忙？[3]事皆前定，谁弱又谁强。且趁闲身未老，须放我、些子疏狂。[4]百年里，浑教是醉，[5]三万六千场。　　思量。能几许，忧愁风雨，一半相妨。[6]又何须，抵死说短论长。[7]幸对清风皓月，苔茵展、[8]云幕高张。江南好，千钟美酒，一曲满庭芳。

【注释】

①蜗角虚名：微不足道的虚名。蜗角：蜗牛角。《庄子·则阳》载：“有国于蜗之左角者，曰触氏。有国于蜗之右角者，曰蛮氏。时相与争地而战。”　②蝇头微利：微不足道的利益。《南史》卷四一《齐宗室诸王传》说南齐衡阳王萧子钧亲自用小字写五经。侍读贺玠问他：“殿下家自有坟素，复何须蝇头细书？”　③着甚干忙：一味瞎忙个什么？着甚，即作甚。干忙，空忙。　④些子：一点儿。　⑤浑：全。教（jiāo）：使。李白《襄阳歌》：“百年三万六千日，一日何须三百杯。”　⑥妨：损害。宋叶清臣《贺圣朝》：“三分春色二分愁，更一分风雨。花开花谢，都来几许？且高歌休诉。”　⑦抵死：老是。　⑧苔茵：草地。比喻用青苔作茵褥。茵：供坐卧的褥和席。

【品评】

此词未编年。约作于元丰五年(1082),苏轼初到黄州时。

因口舌之祸而身经囹圄的东坡,痛定思痛之后,对人生较从前看得更真切、更透彻。认识到得失荣辱、祸福生死自有因缘,不可力求。它们等无差别,也无须说短道长。人应当超越这些物质的与精神的束缚,借着酒的消解,使身心与自然融为一体,从而获得心灵的真正自由。全篇由讽世到愤世,从自叹到自适,显现出东坡愤世嫉俗与飘逸旷达的两个性格侧面。词以议论为主,间以抒情。为了淋漓酣畅、纵横开阖地抒情议论,采用了上下片平行式的章法结构。语言多俗语口语,平易自然。全篇气势充沛,风格疏旷,极能表现东坡的胸襟气度。开篇二句以“蜗角”、“蝇头”比喻虚名微利,颇精警。下片“幸对清风皓月,苔茵展、云幕高张”,借景抒怀,意境清旷高远,也使作品有了形象。据《苏诗纪事》卷上云:“东坡《满庭芳》词,碑刻传海内,使竞进之徒读之可以解体,恬淡之徒读之可以娱生……达人之言,读之可以心怀畅然。”

定风波

三月七日,沙湖道中遇雨。雨具先去,[1]同行皆狼狈,[2]余独不觉。已而遂晴,故作此。

莫听穿林打叶声,[3]何妨吟啸且徐行。[4]竹杖芒鞋轻胜

马，[5]谁怕？一蓑烟雨任平生。[6]　　料峭春风吹酒醒，[7]微冷，山头斜照却相迎。回首向来萧瑟处，[8]归去，也无风雨也无晴。[9]

【注释】

①雨具：拿着雨具的随行之人。　②狼狈：指因淋雨而窘迫的样子。　③穿林打叶声：指雨点打在林间树叶上发出的声音。④吟啸：高声吟诗、长啸，自在闲适的样子。《晋书·阮籍传》："登山临水，啸咏自若。"徐行：慢慢前行。从容的样子。　⑤"竹杖"句：拄着竹杖，穿着草编的鞋子，走起路来更觉比骑马还轻松。芒鞋：草鞋。　⑥"一蓑"句：即平生任一蓑烟雨。是说自己一生都如这样披着简单的蓑衣任由风雨吹打的。　⑦料峭：形容春风略带寒意。　⑧萧瑟处：指遇风雨之处。　⑨"也无"句：雨停风静了，斜阳的余晖也消逝了。意谓对待人生的态度正该如此，无所谓风雨，无所谓晴日。

【品评】

此词作于元丰五年(1082)。是苏轼谪居黄州的第三年春天。苏轼到黄州东南三十里的沙湖看新买的农田，途中遇雨，有感而作。

苏轼最追慕的诗人陶渊明有诗云："纵浪大化中，不喜亦不惧。"对于人生，不过多执着，遇事任由自然，不因其顺利便喜悦异常，亦不因其拂逆便沮丧忧心。这是渊明的态度，同样地，在苏轼的人生实践中，也持有这样的态度——"一蓑烟雨任平生"、"也无风雨也无晴”。

词的上片写冒雨徐行的心情，下片写雨后景物和感受。作者从眼前景物和平常小事中，抒写他对于人生旅途上遭遇风雨、打击、磨难时无所畏惧、泰然自若的态度，并因此显示了他作为诗人兼哲人的倔强性格、达观襟怀与睿智情思。全篇叙事、写景、抒情水乳交融，写得有声有色，景象宛然，气势充沛，饶有诗情画意，更蕴含丰富深邃的人生哲理，是作者在坦然接受一场急雨洗礼后自然触发的心灵感受的畅快表现，亦即“妙悟”的产物。作者在八个七言句中巧妙地嵌入“谁怕”、“微冷”、“归去”三个二字句，使原本迂徐平缓的节奏变得跌宕起伏、扣人心弦。近人郑文焯《手批东坡乐府》云：“此足证是翁坦荡之怀，任天而动。琢句亦瘦逸，能道眼前景。以曲笔直写胸臆，倚声能事尽之矣。”颇能道出此词的思想艺术特色。

浣溪沙

游蕲水清泉寺，寺临兰溪，溪水西流。

山下兰芽短浸溪。[①] 松间沙路净无泥。萧萧暮雨子规啼。[②]　　谁道人生无再少？门前流水尚能西！休将白发唱黄鸡。[③]

【注释】

①兰芽:兰草初生的嫩芽。 ②萧萧:即“潇潇”,形容细雨不停的样子。子规:即杜鹃。 ③“休将”句:意谓不要像古人那样徒然悲叹岁月流逝,自伤衰老。白居易《醉歌乐妓人商玲珑》诗云:“谁道使君不解歌,听唱黄鸡与白日。黄鸡催晓丑时鸣,白日催年酉前没。腰间红绶系未稳,镜里朱颜看已失。”抒发了红颜易老、良时不再的悲慨。苏轼这里是反用其意。

【品评】

此词作于元丰五年(1082)。苏轼时在黄州贬所。蕲(qí)水,黄州蕲水县(今湖北浠水),蕲水自城边流过,经兰溪入长江。溪水西流:一般河溪水多向东,只有少数因局部地势东高西低而向西流。

词的上片写清泉寺幽雅凄冷的风光,一句一景。首句“短浸溪”三字,就写出了溪水的澄澈、兰芽的鲜嫩,给人一种生机勃勃的美感。次句脱胎于白居易的《三月三日祓禊洛滨》“沙路润无泥”句,换“润”为“净”。白诗“润”字同其上句“柳桥晴有絮”中的“晴”字相对;苏词的“净”字是为了突出松间沙路的洁净,一尘不起,正是春雨潇潇之景。可见东坡用字极精确。三句写暮雨中杜鹃的啼鸣,情调转为凄冷悲凉,勾人愁思,是东坡贬官黄州心情的流露。而这一“下跌”,又使下文的振起更自然,也更有力。下片即景抒慨。换头以反诘句式发出人生能再少的奇想,继之以兰溪水西流的特殊自然景象巧妙作答。结句一反白居易诗黄鸡催晓、白日催年的悲观调子,唱出乐观的呼唤青春的人生之歌。全词语言平易晓畅，言浅韵高。“谁道”、“尚能”、“休将”三词，使句意层层递进，产生一股前激后涌的气势。清代陈廷焯说：“愈悲郁，愈豪放，愈忠厚，令我神往。”(《白雨斋词话》)评得中肯。

西江月

顷在黄州，春夜行蕲水中，过酒家，饮酒醉。乘月至一溪桥上，解鞍，曲肱醉卧少休。及觉已晓，乱山攒拥，流水锵然，疑非尘世也，书此语桥柱上。

照野瀰瀰浅浪，[1]横空隐隐层霄。[2]障泥未解玉骢骄。[3]我醉欲眠芳草。　　可惜一溪明月，[4]莫教踏碎琼瑶。[5]解鞍欹枕绿杨桥。[6]杜宇一声春晓。[7]

【注释】

①瀰瀰：水盛的样子。　②层霄：层云。　③障泥：马鞯，用锦或布制成，垂于马腹两旁，用以遮挡泥土。《晋书·王济传》载，王济乘马行，前有水，马不肯渡。王济说：“这一定是爱惜锦障泥而不肯渡。”让人解下障泥，马才渡河。玉骢(cōng)：泛指骏马。骢，青白色的马。　④可惜：可爱，值得珍惜。　⑤琼瑶：美玉。这里指倒映水中的月亮。　⑥欹(qī)枕：斜靠在枕上。　⑦杜宇：杜鹃，亦称子规。因其啼声哀凄，声似“不如归去”，故能触动

游子乡思。

【品评】

此词作于元丰五年(1082)三月。苏轼时在黄州。蕲(qí)水，宋黄州蕲水县，今湖北浠水县。曲肱(gōng)，弯着胳膊以手枕头。肱，臂。

此词的写作缘起和内容在小序中已交待得很清楚，写春夜醉卧溪桥，在月光中体会一种清幽旷远之境。词以月光为中心，顺情直下，一气贯穿，使旷野、层霄、玉骢、溪水、绿杨、芳草等景物都笼罩着银色的月光，空明澄澈，予人以梦幻感觉，流露出作者幕天席地，在大自然中放情自适的旷达情怀。结尾杜宇一声，静谧的春夜顿时活跃起来。作者有意留白，使人想像溪桥春晓的情境迷人。全篇语言平易精炼，生动优美，如把溪月称为“琼瑶”，桥称为“绿杨桥”，语言高度地诗化雅化。清陈世焜评此词“通首写醉后踏月，极有神致”(《云韶集》卷二)。

洞仙歌

余七岁时，见眉山老尼，姓朱，忘其名，年九十余。自言尝随其师入蜀主孟昶宫中。一日大热，蜀主与花蕊夫人夜纳凉摩诃池上，作一词。朱具能记之。今四十年，朱已死久矣，人无知此词者。但记其首两句。暇日寻味，岂《洞仙歌令》

乎？乃为足之云。

冰肌玉骨，自清凉无汗。① 水殿风来暗香满。② 绣帘开，一点明月窥人；人未寝，攲枕钗横鬓乱。③ 起来携素手，④ 庭户无声，时见疏星渡河汉。试问夜如何？夜已三更，金波淡、玉绳低转。⑤ 但屈指西风几时来，⑥ 又不道流年暗中偷换。⑦

【注释】

①“冰肌”二句：形容女子肌肤美妙，性情幽静，如冰清玉润一般。 ②水殿：摩诃池上的宫殿。 ③攲枕：斜倚着枕。 ④素手：洁白的手。《古诗十九首》中有“纤纤出素手”句。 ⑤金波：月光。玉绳：北斗七星中的两星名，在第五星玉衡的北面。玉绳转，表示夜深。 ⑥屈指：计算。 ⑦不道：不觉。流年：时光，岁月。感叹岁月如逝水般流去，所以称流年。

【品评】

此词作于元丰五年(1082)，苏轼时在黄州。孟昶(919—965)，五代时后蜀国主，生活侈靡，喜好词曲。宋平后蜀时，降宋。花蕊夫人，据《能改斋漫录》载，孟昶纳徐匡璋之女为贵妃，别号花蕊夫人。摩诃池，在成都市郊，又名龙跃池、宣华池。隋开皇中，欲伐陈，凿大池以教水战。

美人易老，年华如水。这惯常的主题，在苏轼这里，亦另有一番“清凉”光景。似乎只是续写一段美妙的佳话，勾勒出一幅夏夜美人纳凉图，但作者的深意却结在“但屈指西风几时来，又不道流年暗中偷换”二句中。词中先写花蕊夫人在炎夏中的清雅气质和娇慵神态。写炎夏夜晚清凉幽淡之景，以“庭户无声”、“疏星渡河汉”、“金波淡、玉绳低转”诸语，小处见大，表现出夜之静谧，想像中主人公心境之清淡。尤其“水殿风来暗香满”句，“暗香”寓含着殿里焚茗之静香，栏边美人肌肤之幽香，水上荷花之清香，笔墨空灵超妙。所以清人沈祥龙《论词随笔》谓诵其句，“自觉口吻俱香”。近人郑文焯《手批东坡乐府》赞此词“其声亦如空山鸣泉，琴筑竞奏”。

念奴娇

赤壁怀古

大江东去，浪淘尽、千古风流人物。① 故垒西边，② 人道是、③ 三国周郎赤壁。④ 乱石穿空，⑤ 惊涛拍岸，⑥ 卷起千堆雪。⑦ 江山如画，一时多少豪杰。　遥想公瑾当年，⑧ 小乔初嫁了，⑨ 雄姿英发。⑩ 羽扇纶巾，⑪ 谈笑间、樯橹灰飞烟灭。⑫ 故国神游，⑬ 多情应笑我，早生华发。⑭ 人生如梦，一樽还酹江月。⑮

【注释】

①风流人物：有功业有成就而又有潇洒风度之人。　②故

垒：旧时的军营之地。 ③人道是：据人们说。 ④“三国”句：三国时周瑜打败曹操于赤壁。周郎：三国时吴国名将周瑜。当时潇洒年轻，吴中人都称之为“周郎”，事见《三国志·周瑜传》。周瑜是赤壁之战的主帅。 ⑤乱石穿空：山石险峻，挺立如插入天空。一本作“乱石崩云”。 ⑥惊涛拍岸：波涛咆哮，气势凶猛地拍打堤岸。一本作“惊涛裂岸”。 ⑦千堆雪：重重浪花打在岸上，如堆起了层层的雪一样。形容浪涛极大，来势极猛烈。 ⑧公瑾：周瑜，字公瑾。 ⑨“小乔”句：《三国志·吴志·周瑜传》载，孙策攻取荆州时，“得桥（乔）公两女，皆国色也。策自纳大桥（乔），瑜纳小桥（乔）”。小乔嫁给周瑜是在赤壁之战前十年，这里说“初嫁了”，是为了表示周瑜年少得志、倜傥潇洒的情态。 ⑩英发：谈吐不凡，识见卓越。 ⑪羽扇：用白鸟羽毛做的扇子。纶（guān）巾：青丝带做的头巾。《三国志》说诸葛亮同司马懿交战时，“葛巾羽扇，指麾三军，皆从其进止”。这里借以形容周瑜装束儒雅和指挥若定、从容不迫的神情气度。 ⑫樯橹：这里指代战舰。樯，挂帆的桅杆。橹，划船的桨。“樯橹”，一作“强虏”。 ⑬故国神游：即神游故国。故国：本意为旧都，这里指旧地赤壁古战场。⑭“多情”二句：言神游中若遇见周瑜，他定会笑“我”对如画江山、英雄人物太多情感，以至未老就白发丛生了。 ⑮酹（lèi）：洒酒在地，以示祭奠。

【品评】

此词作于元丰五年（1082）七月，苏轼在黄州。苏轼所见赤壁，在黄冈城西靠长江北岸，名为赤壁矶，或赤鼻矶，并非历史上

“赤壁之战”的赤壁，那个赤壁在今湖北蒲圻市西北的赤壁山。

这首怀古词历来被公认为是东坡清雄旷放风格的代表作。上阕描绘赤壁的雄奇景色。开端从滚滚东流的长江着笔，布设了极广阔悠远的时空背景，把读者带入千古兴亡的历史氛围中。点明赤壁之后，作者大笔渲染乱石、惊涛、雪浪，写得有声有色，气势飞动，惊心动魄，境界奇险。由此发出“江山如画”之慨，为英雄人物出场作了有力的铺垫。下阕借咏古代英杰抒情遣怀，集中笔墨塑造周瑜形象：作者用美人烘托他的青年有为，风姿潇洒；用“羽扇纶巾”显示他气定若闲；用“樯橹灰飞烟灭”高度概括地展现出战争的壮丽场景，突出周瑜谈笑破敌的豪气，使得一位儒将英雄的形象栩栩如生，跃然纸上。在词中塑造历史人物形象，是东坡的卓越开创。此词还抒写了作者仕途坎坷、屡遭磨难、壮志难酬的愤激不平，表达了他对宇宙、历史、人生的深沉思考，更显示出他善于以超然旷达的态度消解历史的悲剧意识与人生失意的悲伤情怀。继“人生如梦”的感叹后，接以酹酒江月，可见得其放眼宇宙，把人生的挫折悲愤引向高远的境地。全词情绪激昂，起伏跌宕，笔力劲拔，气象雄奇壮阔，高唱入云又发人深省。南宋胡仔《苕溪渔隐丛话·前集》卷五九评云：“东坡‘大江东去’赤壁词，语意高妙，真古今绝唱。”

满江红

寄鄂州朱使君寿昌

江汉西来，[1]高楼下，[2]蒲萄深碧。[3]犹自带、岷峨雪浪，锦江春色。[4]君是南山遗爱守，[5]我为剑外思归客。[6]对此间、风物岂无情，殷勤说。　　《江表传》，[7]君休读；狂处士，[8]真堪惜。空洲对鹦鹉，[9]苇花萧瑟。不独笑书生争底事，[10]曹公黄祖俱飘忽。[11]愿使君、还赋谪仙诗，[12]追黄鹤。[13]

【注释】

①江汉西来：长江、汉水自西方奔流而下，汇合于武汉。②高楼：指黄鹤楼。武昌西有黄鹤矶，旧有黄鹤楼（故址即今武汉长江大桥武昌桥头）。③蒲萄深碧：江水像葡萄酒般清澈碧绿。④岷峨雪浪：指长江水是从岷山、峨眉山的雪水发源而来。锦江：岷江上游的分支，岷江在宜宾入长江。这句暗用李白"江带峨眉雪"（《经乱离后天恩流夜郎忆旧游书怀赠江夏韦太守良宰》）和杜甫"锦江春色来天地"（《登楼》）诗句。　⑤南山遗爱守：朱寿昌做过陕州通判，通判也叫通守，陕州有终南山，故称他为南山守。一说朱寿昌曾知阆州，唐属山南道。词中"南山"当是"山南"之误。遗爱：留下德惠于民间。《晋书·乐广传》载，乐广任地方官，有德政，"每去职，遗爱为人所思"。　⑥剑外：即剑门外。苏轼的家乡四川在剑门西南，故自称"剑外思归客"。　⑦《江表传》：书名，主要记载三国时孙吴历史，裴松之注《三国志》，多引此书，今已不存。　⑧狂处士：放诞不羁的处士，指祢衡。处士，古代指有才华而不出仕的人。祢衡因忠于汉室，曾不受折辱，大骂曹操。曹操因不愿承担杀人之名，故意遣送给荆州刺史刘表，刘表又转送江夏太守黄祖，后被黄祖所杀。事见《后汉书·祢衡传》。　⑨鹦

鹉：即鹦鹉洲。祢衡曾写过著名的《鹦鹉赋》，他死后埋于汉阳江边沙洲上，人称鹦鹉洲。李白《赠江夏韦太守》诗有"顾惭祢处士，虚对鹦鹉洲"之句，这里暗用。 ⑩争底事：争何事。意谓书生何苦与曹操、黄祖此辈纠缠，以惹祸招灾。 ⑪飘忽：指曹操、黄祖也很快离开人世。 ⑫谪仙：指李白。唐人称李白为谪仙人。⑬追黄鹤：指赶上崔颢的《黄鹤楼》诗。相传李白游黄鹤楼看到崔颢诗，曾有搁笔之叹，他后来写的《登金陵凤凰台》、《鹦鹉洲》等诗，据说都是有意和崔颢竞胜的。

【品评】

此词作于元丰五年(1082)秋，时苏轼在黄州贬所。朱使君寿昌，朱寿昌，字康叔，当时任鄂州(治今湖北武汉市武昌)知州，苏轼的友人。

朱寿昌是苏轼被贬黄州时结交的朋友，在写给朱氏的这首词中，上片描绘长江景色，抒写自己对家乡的思念以及对友人的称赏；下片联系当地的历史遗迹向友人开怀倾诉、慷慨评说，既勉励友人超然于险恶的政治漩涡之外，以开阔胸襟写出不朽的诗文来追蹑前贤；也在对历史人物的悼惜中抒发自己被政敌罗织构陷的悲愤不平，并流露出自己要致力于文学事业的襟怀志趣。篇中写长江景色，有高屋建瓴之势，大笔勾勒，泼洒浓彩，又巧妙化用前人名句，写得雄丽飞动，引人入胜；抒怀议论能处处紧扣"此间风物"与历史掌故，笔端饱蘸激情，使郁勃不平之气流注于字里行间。全篇由写景、抒情到议论自然过渡，一气呵成；写对方与写自我巧妙绾合，融为一体；开端"高楼"与结尾"黄鹤"遥相照应，章法谨严浑成。

念奴娇

中　秋

凭高眺远，见长空万里，云无留迹。桂魄飞来，[1]光射处，冷浸一天秋碧。[2]玉宇琼楼，[3]乘鸾来去，[4]人在清凉国。[5]江山如画，望中烟树历历。[6]　　我醉拍手狂歌，举杯邀月，对影成三客。[7]起舞徘徊风露下，[8]今夕不知何夕？[9]便欲乘风，翻然归去，[10]何用骑鹏翼！[11]水晶宫里，[12]一声吹断横笛。[13]

【注释】

①桂魄：指月亮。古人称月体为魄，月中有桂树，故称月亮为桂魄。　②"光射"句：意谓秋天的碧空洒满了清冷的月光。秋碧：指秋日澄碧的天空。　③玉宇琼楼：琼玉所建的楼阁，指月中宫殿。　④乘鸾来去：意谓月宫中有仙人来往飞行。《异闻录》载，唐玄宗一次游月宫，"见素娥十余人，皓衣，乘白鸾，笑舞于广庭大桂树下"。　⑤清凉国：指月宫。　⑥历历：清楚。　⑦"举杯"二句：李白《月下独酌》诗："举杯邀明月，对影成三人。"⑧"起舞"句：与上句相联，亦化用李白《月下独酌》诗："我歌月徘徊，我舞影零乱。"　⑨"今夕"句：语出《诗经·唐风·绸缪》："绸

缪束薪，三星在天。今夕何夕，见此良人。” ⑩翻然：飞动的样子。 ⑪骑鹏翼：《庄子·逍遥游》：“鹏之背，不知其几千里也。怒而飞，其翼若垂天之云……抟扶摇而上者九万里。”鹏，传说中的大鸟。 ⑫水晶宫：原指海中龙王的宫殿，这里指空明澄澈的月宫。 ⑬一声吹断：一口气就可把横笛吹断，夸张笛声的高亢、清脆、嘹亮。《青琐高议》载：“唐庄宗最爱月夜，月夜自吹横笛数曲。”

【品评】

此词作于元丰五年(1082)中秋，时苏轼在黄州贬所。

同是写中秋月，本篇不是像《水调歌头》(明月几时有)那样以把酒问天发端，也不是从问月、飞月、望月、怨月、慰月、舞月中虚写月光，而是从凭高眺远起笔，用虚实结合的笔触正面描绘圆月飞升，清冷的月光浸透了一碧无垠的秋空；在玉宇琼楼中，仙人们乘鸾往来飞行；月光朗照大地，江山如画，烟树历历。下片再写自己举杯邀月，月下起舞，乘风飞升，在水晶般透明的月宫里吹奏出响彻云霄的笛曲。全篇营造了一个高洁清凉的月宫仙界，并笼罩上美丽迷人的神话色彩，意境瑰奇飘逸。尽管未能如《水调歌头》(明月几时有)那样表现出世与入世、退隐与进取的矛盾心理，也未能从赏月中引发出关于自然宇宙和人生的哲理思考，意蕴韵味不如《水调歌头》那一篇丰富深邃，但仍然抒写出词人对自由美好生活的向往，充分表现了词人超迈豪逸旷达乐观的个性情怀，亦堪称咏月的佳作。

临江仙

夜归临皋

夜饮东坡醒复醉，[①] 归来仿佛三更。[②] 家童鼻息已雷鸣。[③] 敲门都不应，倚杖听江声。[④]　　长恨此身非我有，[⑤] 何时忘却营营！[⑥] 夜阑风静縠纹平。[⑦] 小舟从此逝，江海寄余生。[⑧]

【注释】

①东坡：黄州城东营防的数十亩废地，苏轼开垦耕种，名之曰东坡，并自号东坡居士。　②归来：从雪堂饮酒回到临皋亭。③"鼻息"句：指已熟睡。取韩愈《石鼎联句序》诗句："道士倚墙睡，鼻息如雷鸣。"　④倚杖听江声：苏轼自在自适之意。取王维诗句："倚杖柴门外，临风听暮蝉。"(《辋川闲居赠裴秀才迪》)。⑤"长恨"句：化用《庄子·知北游》："舜问乎丞曰：'道可得而有乎？'曰：'汝身非汝有也，汝何得有夫道！'舜曰：'吾身非吾有也，孰有之哉？'曰：'是天地之委形也。'"　⑥"何时"句：化用《庄子·庚桑楚》："无使汝思虑营营。"营营：指为功名利禄而奔走劳神。⑦夜阑：夜深。縠(hú)纹：风吹水波，涟漪荡漾，如绉纱一般。縠，有皱纹的纱。　⑧"小舟"二句：希望自己如江上不系的小船，随波飘荡，隐居江湖，度过余下的岁月。

【品评】

临皋亭是苏轼贬于黄州时期的主要居住地，位于黄州城南江边。元丰五年，在东坡筑雪堂五间，作为游憩之所，随后不断往来于雪堂、临皋之间。本篇作于是年九月。据宋叶梦得《避暑录话》卷二载，苏轼与客人在雪堂饮酒夜归，见“江面际天，风露浩然”，感而作此词，与客人大歌数过而散。不料第二天哄传苏轼挂冠服于江边，乘舟逃走。太守徐君猷连忙赶赴苏轼寓所去看，苏轼却“鼻鼾如雷”，睡意正浓。这件事后来传至汴京，甚至引起了宋神宗的怀疑。可见这首词在当时就广为传诵。

词的上片写醉归。仅四句，就写出他纵饮的豪兴和醉眼蒙眬的情态。再从敲门不应、倚杖听涛的行为动作中，写出他随遇而安的生活态度与达观超旷的精神世界，一位风神萧散的“幽人”形象已呼之欲出。同时，借助于家童的鼾声、词人的敲门声以及江声的衬托，营造出一个安恬静美的秋夜境界。情、景、事、理四者妙合无间。“倚杖听江声”一句还自然引出下片的慨然长叹。“长恨”、“何时”两句，议论带深情迸发而出，化用庄子语意不著痕迹，表现了词人要摆脱功名利禄羁束、追求精神自由超脱的心愿。在这两句之后插入一个写景句，以繁密的意象，展现秋夜江天风平浪静、寥廓美好的景致，活画出词人顾盼自如、欣然陶醉的意态神情，隐寓着词人对静谧空阔的理想天地的向往与追求。此句承上而启下，于是从词人的笔底，流出了结拍两句，唱出了驾舟流逝、浪迹江海、将余生融入大自然中的心音，也使全篇增添了飘逸浪漫的情调。此篇语言平易、流畅、精炼、优美，在短小的篇幅中写出了真景致、真性情，饶有理趣，是东坡小令的妙品。

满庭芳

有王长官者，弃官黄州三十三年，黄人谓之王先生。因送陈慥来过余，因为赋此。

三十三年，今谁存者？算只君与长江。凛然苍桧，霜干苦难双。[①]闻道司州古县，[②]云溪上、竹坞松窗。[③]江南岸，不因送子，宁肯过吾邦？[④] 扒扒，[⑤]疏雨过，风林舞破，烟盖云幢。[⑥]愿持此邀君，一饮空缸。[⑦]居士先生老矣，[⑧]真梦里、相对残釭。[⑨]歌声断，行人未起，船鼓已逄逄。[⑩]

【注释】

①“凛然”二句：以苍桧的傲霜枝干比喻王长官傲岸不屈之品格。凛然：令人敬畏的样子。 ②司州古县：指湖北黄陂县，为王氏所居之地，该地唐武德初曾置南司州。下“云溪上”二句即写王之居所。 ③竹坞松窗：用竹子搭的屋棚，用松枝编成的窗户。④子：指陈慥。宁肯：岂肯。这三句说，王氏如不是为了送陈慥去江南，是没有机会前来黄冈同我相会的。 ⑤扒扒(chuāng)：撞击声。这里形容阵雨声。 ⑥盖：车盖。幢(zhuàng)：车帘。这里说风吹山林，使车盖车帘都带着烟霞之色。这三句写王氏于风雨过后，翩然乘车而至。 ⑦空缸：把酒喝光。缸，陶制容器，这里指盛酒器。 ⑧居士：苏轼自称。 ⑨残釭(gāng)：残灯。

⑩“歌声断”三句：意谓夜饮未起，却已闻开船的鼓声催行。逄逄(páng)：鼓声。

【品评】

此词作于元丰六年(1083)五月，时苏轼在黄州贬所。陈慥，字季常，号方山子，四川眉山人，隐居不仕，与苏轼交游颇厚。苏轼曾为作《方山子传》。

陈慥与王长官过访苏轼，苏轼写此词送别。

上片颂扬王长官的人品。起笔三句，说王氏同长江一样饱经沧桑。笔调雄阔，发语惊人。接着用“凛然苍桧”的形象，比喻王长官孤高傲岸的品格，又描绘古县云溪、竹坞松窗的居住环境，映衬王长官简朴的生活和幽雅的隐逸情趣。一位不慕荣利、风神萧散的高士形象已跃然纸上。下片写会饮。三人都是奇人豪士，作者表现他们的笔墨也是奇气喷薄，不同凡响。“摐摐”以下四句写会饮时的天气景色，先写风雨骤至再写雨霁后风吹山林，王、陈二人乘车翩然而至，车盖车帘都染烟霞之色，人也飘飘若仙。奇景与奇人相映生辉。知己难逢，千杯嫌少，故用“一饮空缸”状其豪气。“居士”句写兴酣中想到自己坎坷遭际，悲从中来，感叹时逝年老。“真梦里”二句化用杜甫《羌村三首》“夜阑更秉烛，相对如梦寐”句意，写三人欢饮至夜深仍秉烛畅谈不寐，既表现彼此相契之深，又感慨知己聚会之难。末三句写天已明而人未起，歌声断却鼓声催，传达出匆匆分别的怅惘情绪。整个聚会过程，层层转折，委曲跌宕，动人心弦。全篇洋溢逸怀浩气、奇情壮采，语言清雄洒脱，节奏明快，音韵铿锵有力，亦堪称东坡豪放词的佳构。郑文焯《大鹤山人词话》评云:“健句入词,更奇峰特出。……不事雕凿,字字苍寒,如空岩霜干,天风吹堕颇黎地上,铿然作碎玉声。”赏析精妙。

鹧鸪天

时谪黄州

林断山明竹隐墙。[①] 乱蝉衰草小池塘。[②] 翻空白鸟时时见,[③] 照水红蕖细细香。[④]　　村舍外,古城旁,杖藜徐步转斜阳。[⑤] 殷勤昨夜三更雨,[⑥] 又得浮生一日凉。[⑦]

【注释】

①“林断”句:树林中止的地方露出一带远山;丛竹掩映在平常人家的篱墙后面。　②“乱蝉”句:池塘边的蝉声噪成一片,衰败的杂草丛生在池塘边上。　③翻空:在空中翩飞。　④蕖(qú):芙蕖,荷花的别称。化用杜甫《狂夫》诗“雨浥红蕖冉冉香”和《严郑公宅同咏竹》诗“风吹细细香”句意。　⑤“杖藜”句:拄着藜杖,散着步,渐渐到了黄昏时候。化用杜甫《绝句漫兴九首》其四“杖藜徐步立芳洲”之句。　⑥殷勤:情意恳切的样子。比拟雨好像善解人的心思一样。　⑦“又得”句:又算是有幸得到人生在世舒畅凉爽的一天。唐李涉《题鹤林寺僧舍》:“因过竹院逢僧话,又得浮生半日闲。”苏轼化其诗中意趣。浮生:《庄子·

刻意》中云:“其生若浮,其死若休。”古人把人生在世看作漂浮无定,故称为浮生。

【品评】

此词作于元丰六年(1083)六月,苏轼时谪黄州。

苏轼在黄州,由于带罪的身份,相与往来者不多。他对于人生的体会多是静中的观照,对自然宇宙有份独得的喜悦。这首写江村晚景的词,便有一番清新静美的气象。上片写景,景中含情;下片叙事、抒情、议论,作者随意点染江村景物并叙写闲步村外的感受,而其随遇而安、自得其乐的旷放之情、超然之理已自然融入其中。开头两句写了七种景物,各各鲜明生动。“林”、“山”、“竹”、“墙”的状态及其相互关系,分别以“断”、“明”、“隐”三字描绘,一幅有高低、疏密、隐显、明暗的山村远景宛然在目。次句由远而近,“蝉”、“草”、“池塘”分别用“乱”、“衰”、“小”形容,准确地捕捉住初夏雨后乡村景物的特征。这一联意象密集,可谓密不透风,词句极度浓缩。三、四句写白鸟翻空,芙蕖散香,推出了两个特写镜头,相互映照,有色有香有动态。“时时”、“细细”两个叠字形容词,使景物动中显静,营造出清幽而有生气的意境氛围。这一联学杜甫“留连戏蝶时时舞,自在娇莺恰恰啼”(《江畔独步寻花七绝句》)句法,写眼前所见,借鉴得妙。与前联相比,意象疏朗,句子舒张,即此可悟写景状物疏密相间之妙。下片在笔意流转的叙事中流露出徜徉山村的闲怡之趣,却又虚写一笔“昨夜雨”,并用“殷勤”二字将夜雨拟人化,自然引出情理相生、理趣融入日常生活情事中的点睛之句“又得浮生一日凉”。《诗人玉屑》卷八引

《庚溪诗话·诚斋论夺胎换骨》条："有用古人句律，而不用其句意者。……唐人云：'因过竹院逢僧话，又得浮生半日闲。'坡云：'殷勤昨夜三更雨，又得浮生一日凉。'……此皆以故为新，夺胎换骨。"郑文焯《手批东坡乐府》云："渊明诗：'啸傲东轩下，聊复得此生。'此词从陶诗中来，逾觉清异。"这两则评语，又道出东坡此词善于融化前人诗词并进一步营构新境之妙。

水调歌头

黄州快哉亭赠张偓佺

落日绣帘卷，亭下水连空。知君为我新作，窗户湿青红。①长记平山堂上②，攲枕江南烟雨，③杳杳没孤鸿。④认得醉翁语，⑤山色有无中。⑥　　一千顷，都镜净，倒碧峰。忽然浪起，掀舞一叶白头翁。⑦堪笑兰台公子，⑧未解庄生天籁，⑨刚道有雌雄。⑩一点浩然气，千里快哉风！⑪

【注释】

①湿青红：青红油漆尚未干。这两句是说张偓佺为欢迎苏轼，对亭子特加修饰。　②平山堂：在江苏扬州市西北蜀冈上，欧阳修为扬州太守时建。在平山堂放眼望去，江南诸山，拱列檐下，故名平山堂。这里用以比况快哉亭的风雅。　③攲(qī)枕：斜倚着枕。　④杳杳：远而不见踪影。　⑤认得：曾记得。醉翁：欧阳

修的号。 ⑥山色有无中：形容在烟雨中远山景色若有若无。欧阳修《朝中措》词有“平山栏槛倚晴空，山色有无中”之句，用了唐代王维《汉江临泛》诗中的“江流天地外，山色有无中”句。 ⑦白头翁：鸟名。这里指白发的老船夫。 ⑧兰台公子：指宋玉。他曾任兰台令。 ⑨庄生：即庄周。天籁：自然界的声响。这里指风，语出《庄子·齐物论》。 ⑩刚道有雌雄：却说风有雌雄之分。宋玉《风赋》说风有两种，一种是“大王之雄风”，一种是“庶人之雌风”。刚道：却说。 ⑪“一点”二句：风其实无所谓雌雄。人只要有一点浩然正气，就会在任何境遇里享有无穷快意雄风。浩然气：宏大刚正、吞吐天地之气，语出《孟子·公孙丑上》。

【品评】

此词作于元丰六年(1083)夏秋。张偓佺谪居黄州，在江边建造一亭，作为游观之所，苏轼名之为快哉亭。本词是此时所作。张偓佺，名怀民，字梦得，又字偓佺。是苏轼的朋友。

苏轼在两则品评自然山水景物的画跋中说：“山水以清雄奇富、变态无穷为难。”(《跋蒲传正燕公山水》)“烟云风雨，必曲尽其态，合于天造，厌于人意，而形理两存。”(《书竹石后》)这首描绘他在快哉亭上所见山水风光的词作，充分体现了他表现自然美的艺术追求。

词的上阕以“雨”为词眼，从落日绣帘、青窗朱户和亭下水天相连的绮丽景色，写到记忆中平山堂上所见的江南烟雨、孤鸿灭没、山色若有若无的空濛画面。下阕以“风”为主线，先写江面风平浪静，宛若明镜，碧峰倒映；再写风起浪涌，白发船夫驾舟出没于风浪中的情景。全篇静景与动景、实景与虚景、水墨与丹青反复转换，笔墨纵横开阖，词境也随之层波叠浪。结末以“一点浩然气，千里快哉风”抒写胸襟气概，揭示人生哲理，完成了“清雄奇富，变态无穷”，“合于天造，厌于人意，而形理两存”的意境创造。

满庭芳

元丰七年四月一日，余将去黄移汝，留别雪堂邻里二三君子。会李仲览自江东来别，遂书以遗之。

归去来兮，[①] 吾归何处？万里家在岷峨。[②] 百年强半，来日苦无多。[③] 坐见黄州再闰，[④] 儿童尽楚语吴歌。[⑤] 山中友，鸡豚社酒，[⑥] 相劝老东坡。[⑦]　　云何？[⑧] 当此去，人生底事，[⑨] 来往如梭！待闲看秋风，洛水清波。[⑩] 好在堂前细柳，[⑪] 应念我、莫剪柔柯。[⑫] 仍传语，江南父老，[⑬] 时与晒渔蓑。

【注释】

①归去来兮：用陶渊明《归去来兮辞》首句“归去来兮，田园将芜胡不归”。来兮，感叹词。表达思归故乡之切。　②岷峨：岷山和峨眉山，是四川境内的名胜。这里代指家乡。　③“百年”二句：这两句化用韩愈《除官赴阙至江州寄鄂岳李大夫》诗“年皆过

半百,来日苦无多”句意。强半:接近一半。苏轼作此词时是四十九岁。苦:苦于。 ④坐见:恰恰遇到。黄州再闰:苏轼于元丰三年二月到黄州,至本年四月离开,共在黄州四年零两个月。元丰三年闰九月,六年闰六月,凡经两度闰年,所以称“再闰”。 ⑤“儿童”两句:在黄州呆久了,连孩子的口音都是当地的了。楚语吴歌:黄州一带旧属战国楚地,又为三国吴地。 ⑥鸡豚(tún)社酒:豚,小猪。社酒,社日时饮的酒。古代农村风俗,春、秋祭祀土地神的节日,邻里聚会饮酒。 ⑦“相劝”句:友人劝自己终老黄州东坡。此处东坡是指苏轼在黄州开荒种地的所在,苏轼后来即以此作为自己的号。 ⑧云何:说什么呢? ⑨底事:为什么事。底,何。 ⑩洛水:河南洛河。苏轼将移贬至河南汝州,在洛河以南,相距不远,所以这么说。 ⑪细柳:苏轼曾在东坡雪堂前植柳树。 ⑫莫剪柔柯:不要砍伐柳树柔嫩的枝条。《诗经·召南·甘棠》:“蔽芾甘棠,勿剪勿伐,召伯所茇。” ⑬江南父老:黄州在长江北岸,与武昌(今鄂城县)隔江相对,苏轼在黄州时常到江南岸去,与当地父老往来。

【品评】

此词作于元丰七年(1084)四月。苏轼在黄州接到诰命,改任他为汝州(今河南临汝)团练副使。此为告别黄州所作。雪堂,苏轼在黄州东坡修建的住所。因在大雪中建成,故于四壁绘上雪景,起名“雪堂”。李仲览,李翔,字仲览,湖北兴国(今湖北阳新)人。博学工吟咏,仰慕苏轼。苏轼谪居黄州时,李常到访,并作怀坡阁以寓思慕之意。会,正逢。

苏轼在黄州四年多，在人生观念和思想上是一个大转折，诗词文的写作也特有创获。本是以带罪之身来到这里，但当地的太守和百姓都对他十分友善。当离开的时候，难免会有怀恋伤感、依依不舍之情。这首告别词写得感情非常丰富和复杂：其中有思归西蜀故里而不能遂愿的惆怅，有对黄州的山川风物和父老百姓的深情眷恋，有宦海浮沉的倦意，以及遥望未来的随缘自适态度……这样纷繁的思绪和多种感情从词人心中流泻而出，浩叹兼着厚意，伤感兼着温润，都融入了这深挚的别离之情和强烈的漂泊之感中。苏轼善于捕捉亲切感人的日常生活细节来抒写，如以孩童口音的变化见黄州的影响之深，以鸡豚社酒见父老的深情笃意，以临别嘱托晒渔蓑见日常往来之亲厚和对黄州生活之不舍。感情起伏强烈却又浑然一体，随着心绪的流动而宛转呈现，具有深切的感人力量。

满庭芳

余年十七，始与刘仲达往来于眉山。今年四十九，相逢于泗上；淮水浅冻，久留郡中。晦日，同游南山，话旧感叹，因作《满庭芳》云。

三十三年，[①] 飘流江海，万里烟浪云帆。故人惊怪，憔悴老青衫。[②]我自疏狂异趣，[③]君何事、奔走尘凡？[④]流年尽，穷途坐守，[⑤]船尾冻相衔。[⑥]　　巉巉。[⑦]淮浦外，[⑧]层楼翠

壁，古寺空岩。步携手林间，笑挽纤纤。[9]莫上孤峰尽处，萦望眼、云海相搀。[10]家何在？因君问我，归梦绕松杉。[11]

【注释】

①三十三年：指从十七岁到当时四十九岁，故称三十三年。②老青衫：老于青衫，意谓到老仍沉沦下僚。青衫，低级文官的服色。 ③疏狂：懒散狂放。异趣：志趣与常人不同。 ④尘凡：人间。 ⑤穷途：指路走到尽头。《晋书·阮籍传》载，阮籍驾车，不循道路，“车迹所穷，辄恸哭而返”。坐守：犹固守，死守。 ⑥“船尾”句：冰封的淮水中停泊着很多船只。相衔：谓船头和船尾相联接。 ⑦巉巉(chán)：山岩高峻的样子。 ⑧淮浦：淮河水边。⑨纤纤：形容刘仲达的手指细长。 ⑩相搀：相混杂，连成一片。⑪松杉：指故乡的树木。

【品评】

此词作于元丰七年(1084)末，时苏轼自黄州移汝州，路经泗州时所写。刘仲达，名臣，为苏轼青年时代在故乡眉山结识的朋友，生平不详。泗上，泗水之旁，指泗州，即今江苏盱眙。浅冻指冬天水浅且冻，不能行船。晦日，夏历每月的末一天。南山，在泗州东南，景色清旷，宋米芾称为淮北第一山。

一个人在外漂泊日久，境遇又始终升沉不定，心中自然会更加思念故乡的一切。苏轼写作此词时，境况极为窘困。他在《乞常州居住表》中说：“自离黄州，风涛惊恐，举家病重，一子丧亡。今虽已至泗州，而资用罄竭，去汝尚远，难于陆行，无屋可居，无田可食。”这年春节，苏轼全家都是在泗州船上度过的。因此，当他遇到故友，忆旧事，话当前，不免感叹唏嘘。上片描写二人各自的漂泊、坎坷生涯和眼前穷途邂逅的处境。下片从携手共游、登高望远触发思乡之情。词中结合写景叙事，抒发出词人对仕途的厌倦和对归隐田园的向往。作者虽身处困厄之中，仍放笔挥洒，辞气迈往，写得豪逸奔放。全篇以叙事为干，即事写景，借景抒情；语言清雄晓畅，骈散交错；以“万里烟浪云帆”的开阔境界开篇，以“归梦绕松杉”的情景交融之句收结，将“疏狂异趣”的个性表现得十分鲜明突出。

浣溪沙

元丰七年十二月二十四日，从泗州刘倩叔游南山。

细雨斜风作小寒，淡烟疏柳媚晴滩。入淮清洛渐漫漫。①　雪沫乳花浮午盏，②蓼茸蒿笋试春盘。③人间有味是清欢。

【注释】

①洛：洛涧，由安徽合肥北流，至怀远入淮河。漫漫：水势浩大无际无涯的样子。　②雪沫乳花：煎茶时水面浮现的白色泡沫。　③蓼茸：蓼芽。蒿笋：莴苣笋。蓼茸和蒿笋都是早春的菜蔬。春盘：旧俗立春用蔬菜、水果、饼饵等装盘，馈送亲友，称为

“春盘”。

【品评】

此词作于元丰七年(1084)十二月。时苏轼赴汝州，途经泗州(今江苏盱眙县)。刘倩叔，生平不详。南山，即都梁山，泗州南郊风景区。

与友人游赏春山，心情为之涤荡，词篇中处处流淌着新鲜淡雅的喜悦感。上片写沿途景观，自晨及午，细雨转而晴朗，由近至远，层次清晰，笔笔都捕捉住了初春乍暖、欣欣向荣的景象。“细”、“斜”、“淡”、“疏”等字，熨帖地表现出早春雨、风、烟、柳、寒的状态。尤其是一个“媚”字，将烟、柳拟人化，展现出一幅浮漾着明媚阳光的山水画。下片写郊野午餐。香茶、春蔬，既是合乎节令的实写，又道出东坡与友人的清雅意趣和欢快心情，自然地结出“人间有味是清欢”的感慨来。此词造语清新，状景生动，结句饱含情趣与哲理，令人回味不已。

满庭芳

余谪居黄州五年，将赴临汝，作《满庭芳》一篇别黄人。既至南都，蒙恩放归阳羡，复作一篇。

归去来兮，[1] 清溪无底，[2] 上有千仞嵯峨。[3] 画楼东畔，天远夕阳多。[4] 老去君恩未报，空回首、弹铗悲歌！[5] 船头转，长风万里，归马驻平坡。[6]　　无何，何处有？[7]银潢尽处，[8]天女停梭。[9]问何事人间，久戏风波？[10]顾谓同来稚子：[11]应烂汝、腰下长柯！[12]青衫破，[13]群仙笑我，千缕挂烟蓑。[14]

【注释】

①归去来兮：回去吧。陶渊明曾作《归去来兮辞》，抒写归隐田园的志趣。　②清溪：指阳羡之荆溪。　③千仞嵯（cuó）峨：形容阳羡西山之高峻。仞，古时八尺或七尺为一仞。　④“天远”句：用唐代诗人赵嘏《虎丘寺赠渔处士》诗“岩空秋色动，水阔夕阳多”句意，并于写景中暗写晚年蒙皇帝恩典，放归阳羡。　⑤弹铗悲歌：用冯谖的故事。《战国策·齐策》载，冯谖为孟尝君食客，左右以低等伙食标准招待，冯谖弹着剑把唱：“长铗归来乎，食无鱼！”当有了好的伙食后，他又唱：“长铗归来乎，出无车！”后来有了车，又唱：“长铗归来乎，无以为家！”孟尝君满足了他的一切要求，于是冯谖为孟尝君出谋划策，以报其恩。　⑥“归马”句：像回去的马在缓坡上奔行一样平稳快捷。　⑦“无何”句：哪里有无何有之乡呢？《庄子·逍遥游》：“今子有大树，患其无用，何不树之于无何有之乡。”　⑧银潢：天河。　⑨天女：星名，即织女星。⑩戏：角力。风波：比喻长期经历的宦海风波。　⑪顾：回头。同来稚子：指幼儿苏过，时年十四岁。　⑫烂柯：烂了斧柄，比喻时间之长。任昉《述异记》卷上载，晋朝王质到山里砍柴，见四个童子弹琴而歌，王质倚着斧柄旁听，童子给他一个枣核似的东西含在口里，肚子便不再感到饿了。听完歌，王质便出山回乡，一看腰里的

斧柄已经烂完，家乡亲友也都早已谢世，原来他离家已近百年了。后以“烂柯”谓岁月流逝，人事变迁。 ⑬青衫：低等官职的服色。⑭千缕挂烟蓑：谓身上的青衫烂得像烟雨中的蓑衣一样，一条一缕的。苏轼本为知州，因谪降始着此服。这里是他对官场生活的自嘲。群仙：喻指旧时亲友。

【品评】

此词作于元丰八年（1085）二月，时苏轼在南都（今河南商丘）。谪居，古代官吏被贬官降职到边远外地居住。临汝，宋汝州州治，在今河南汝州市。阳羡，即今江苏宜兴，当时是常州的一个县。苏轼在赴临汝时曾路过常州的阳羡，想卜居此地，曾上《乞常州居住表》。

元丰八年，苏轼在南都接到了朝廷批准他居住常州的诏命，怀着欣慰的心情作此词。上片以丰富的想像描绘阳羡美好的山水风光，表现了对自由自在的隐居生活的向往，对朝廷的感激，以及建功立业理想不能实现的遗憾。下片以游仙的浪漫形式，描叙在天官与仙女的对话，既回顾自己屡经风险的人生境遇，又以道家关于人生短暂神仙长存的思想自嘲自戏，抒写自己要摆脱现实苦难与天地宇宙融为一体的愿望。全篇蕴含着丰富复杂的思想感情，意境由真实到虚幻，奇谲超旷，又有幽默谐谑之趣，活现出乐观旷达的个性风神。清代词论家刘熙载《艺概》卷四认为词中“老去君恩未报，空回首，弹铗悲歌”几句，“语诚慷慨”，但未能达到“不犯本位”的高境，不如《水调歌头》（明月几时有）“空灵蕴藉”。刘氏所评固然有理，但似不应过分执著于一种表现方法。

南宋周必大《书东坡宜兴事》谈到此词说："军中谓壮士驰骏马下峻坂为注坡，其云'船头转，长风万里，归马注平坡'，盖喻归兴之快如此。印本误以'注'为'驻'。"所言甚是。"驻"当作"注"，注平坡言快而平稳。苏轼《百步洪》诗有"骏马下注千丈坡"句，言快而险。

如梦令

寄黄州杨使君二首

为向东坡传语，[①]人在玉堂深处。[②]别后有谁来？雪压小桥无路。归去，归去，江上一犁春雨。[③]

手植堂前桃李，[④]无限绿阴青子。[⑤]帘外百舌儿，[⑥]惊起五更春睡。居士，[⑦]居士，莫忘小桥流水。[⑧]

【注释】

①传语：带话。　②玉堂：翰林院，当时苏轼官翰林学士、知制诰兼侍读学士。　③一犁春雨：形容雨量适中及时，正适于犁地春耕。　④堂：指雪堂。作者在黄州城东南的东坡旁建成的住所，因建于大雪中，并在四壁上绘有雪景，故名雪堂。堂前遍植柳树、桃李、丛菊等。　⑤绿阴青子：暗用《唐诗纪事》卷五十六载杜牧的诗句"绿叶成阴子满枝"句。　⑥百舌：一种爱在春天鸣叫的鸟。　⑦居士：苏轼在黄州自号东坡居士。居士，信仰佛教而不

出家的人，后指有道德学问而不出仕的人。 ⑧小桥流水：陆游《入蜀记》卷四："（八月）十九日早游东坡。……（雪堂）正南有桥，榜曰'小桥'，以'莫忘小桥流水'之句得名。"

【品评】

此词约作于元祐二年或三年（1087、1088）的春天，时苏轼在京师任翰林学士知制诰。杨使君，指杨君素，曾任黄州太守，苏轼在黄州期间颇得他的关心照顾。

被贬黄州的四年对于苏轼来说，是人生中饱经苦闷落寞的岁月，但也同样带给他诸多美好温暖的回忆与精神的启悟升华。离开黄州之后，过去的点滴往事常常萦绕心间，令他时生怀恋之情。在这两首小词中，就表现了苏轼对黄州生活的深情回忆与无限神往，写得清新明快，语调亲切，真挚动人。词中景物环境都出于他的回忆与想像，用白描手法轻描淡写，无论是"堂前桃李"、"绿阴青子"，还是"雪压小桥无路"、"江上一犁春雨"以及"五更春睡"、"小桥流水"，都饶有诗情画意，韵味无穷。

减字木兰花

钱塘西湖，有诗僧清顺，所居藏春坞，门前有二古松，各有凌霄花络其上。顺常昼卧其下。时余为郡，一日，屏骑从过之，松风骚然。顺指落花求韵，余为赋此。

双龙对起，[①] 白甲苍髯烟雨里。[②] 疏影微香，下有幽人昼梦长。[③]　　湖风清软，双鹊飞来争噪晚。翠飐红轻，[④] 时下凌霄百尺英。[⑤]

【注释】

①双龙：指门前两棵古松。　②甲：鳞，这里指松皮。苍髯：这里指绿色的松枝。　③幽人：幽居之人，隐士。这里指僧人清顺。　④飐（zhǎn）：风吹物动。　⑤英：花。

【品评】

此词作于元祐五年（1090）五月，时苏轼知杭州。坞（wù），中间洼、四边高的地方。络，缠绕。为郡，做地方的行政长官。这里指知杭州。屏，除去，不用。骑从，骑马跟随的人。过，拜访。骚然，飕飕地响。

喜好佛禅的苏轼在杭州时，常与僧人过从往来，有的更成为很好的朋友。从词前小序可知，这是苏轼为僧人清顺而作。作者在动与静、声与寂的对比映衬中，表现古松、湖风、凌霄花、喜鹊自由自在的生机意趣，也表现昼梦的僧人整个身心融化在这虚静清空的自然之中，全篇隐隐透露出禅机。词的开篇写古松，如白甲苍髯的双龙在烟雨里飞腾，借幻象传古松之神，有拔地千寻、突兀凌云之势，富于阳刚之美；而写凌霄花和湖风，分别以“疏影”、“微香”、“清软”、“红轻”等词语生动准确地形容，饶有阴柔之美。全篇无一句主观抒情，全是意象的组合和呈示，境随象生，境生象外，一个优美含蓄、超旷空灵的意境便营造出来了。

贺新郎

乳燕飞华屋,① 悄无人、桐阴转午,② 晚凉新浴。手弄生绡白团扇,③ 扇手一时似玉。④ 渐困倚、孤眠清熟。帘外谁来推绣户？枉教人梦断瑶台曲。⑤ 又却是,风敲竹。

石榴半吐红巾蹙,⑥ 待浮花浪蕊都尽,⑦ 伴君幽独。⑧ 秾艳一枝细看取,芳心千重似束。⑨ 又恐被、西风惊绿。⑩ 若待得君来向此,花前对酒不忍触。共粉泪,两簌簌。⑪

【注释】

①乳燕:雏燕。华屋:装饰华美的房屋。 ②桐阴转午:桐树的阴影转移,时间已到午后。 ③生绡(xiāo):生丝织成的纱。白团扇:相传汉成帝妃班婕妤美丽能文,被赵飞燕嫉妒,遂失宠,“作赋及纨扇诗以自伤悼”,将自己比作秋凉后被遗弃的团扇。这里暗用其事。 ④“扇手”句:扇子和握扇的手都洁白似玉。《世说新语·容止》载,王夷甫容貌整丽,他拿的玉柄麈尾,同手的颜色一样白。 ⑤瑶台曲:瑶台的幽深处,指仙境。 ⑥“石榴”句:石榴花半开时形状像有皱褶的红巾。白居易《题孤山寺山石榴花示诸僧众》诗,有“山榴花似结红巾”之句。蹙(cù):收缩,皱起。 ⑦浮花浪蕊:指轻浮斗艳的花,如桃杏之类。韩愈《杏花》诗有“浮花浪蕊镇长有,才开还落瘴雾中”句。 ⑧幽独:冷静,孤独。 ⑨“芳心”句:石榴花是重叠的,好像把花心束了起来。 ⑩西风

惊绿：西风惊动绿叶，指秋天来临。 ⑪两簌簌：泪水与花瓣一起落下来。簌簌，纷纷落下。

【品评】

此词作于元祐五年(1090)夏。苏轼时在杭州。

词中美丽的女主人公到底是谁，这曾引起一些索隐家的兴趣，有人说是为杭州歌伎秀兰所作，有人说是为东坡侍妾榴花写照，还有人说是咏赞一位在杭州万顷寺中昼眠的歌女。对于这些附会之谈，宋胡仔反驳道："东坡此词冠绝古今，托意高远，宁为一娼而发邪?"(《苕溪渔隐丛话·后集》卷三)作者运用比兴手法，以秾艳孤高、不与浮花浪蕊争艳的石榴花象征佳人，又借佳人迟暮，寄托自己怀才不遇、孤高自守的政治情怀。构思巧妙，笔墨宛曲，托意高远。

全篇运用映衬烘托、象征暗示手法颇为细致。如，用乳燕飞、桐阴转、风敲竹烘托清幽洁净的庭院环境，又借以映衬佳人的孤独寂寞。以扇手似玉表现佳人的纯洁玲珑，并暗示她秋后团扇似的命运。以孤眠、梦断透露她对理想的憧憬、追求、失望和怅惘的复杂心态，都写得细致入微。特别以榴花象征佳人，既写出花形花态，花格花品，又使之与佳人和合为一，使人读来平添了许多意趣。今人刘乃昌、崔海正指出："本篇与一般的婉丽之作不同，它用华艳的形象与缠绵的格调写政治题材……这在词史上是富有独创性的。"(《东坡词》浙江古籍出版社1992年版)

临江仙

送钱穆父

一别都门三改火,[①] 天涯踏尽红尘。[②] 依然一笑作春温。[③] 无波真古井,有节是秋筠。[④]　　惆怅孤帆连夜发,送行淡月微云。樽前不用翠眉颦。[⑤] 人生如逆旅,[⑥] 我亦是行人。[⑦]

【注释】

①三改火:即已过三年。古人钻木取火,四季所用木不同,故后来常用“改火”比喻季节改易。这里表示年度的更替。　②红尘:佛家称人世间为红尘。　③“依然”句:承上句意说对方虽历风尘奔波之苦,依旧开朗旷达。春温:春天的温暖。苏轼《送鲁元翰少卿知卫州》诗:“时于冰雪中,笑语作春温。”　④“无波”二句:化用白居易《赠元稹》诗:“无波古井水,有节秋竹竿。”指对方心静有如古井无波,气节好似秋竹般高洁。秋筠:秋天之竹。筠,竹的青皮,此处代指竹。　⑤翠眉:古代女子用青黛画眉,故称。后指代美女。　⑥逆旅:客舍。　⑦行人:人生旅途中的旅客。这两句化用李白《春夜宴桃李园序》:“夫天地者,万物之逆旅;光阴者,百代之过客。而浮生若梦,为欢几何?”

【品评】

此词作于元祐六年(1091)春,时苏轼知杭州。钱穆父,指钱勰,字穆父,元祐初拜中书舍人,迁给事中,后曾知开封、越州等地。

元祐六年春天,苏轼好友钱穆父自越州徙知瀛洲(今河北河间),途经杭州,苏轼以词赠行。词的上片写久别重逢,下片写月夜送别。词中仅以一句“淡月微云”烘染送别的惆怅,其余皆叙事抒情并融入议论。难得的是,叙事生动亲切,抒情委曲跌宕、深至精微,上下片的议论深蕴哲理。上片的“无波”句赞友人内心平静如古井之水,“有节”句赞友人节操如秋天之竹,其实也正是作者坚持正直操守又能以旷达超脱心情对待世事纷争的人生态度的高度概括。这一联对仗精工,造语警拔,妙理以生动贴切的喻象表达。下片的“人生”两句借道家的思想劝慰友人忘情升沉得失,为友人解忧释虑,却以极平易的语言表达出对漂泊、短暂人生的感悟,十个字似对非对,直贯而下。这两联既动人心弦又引人深思,成为全篇的两个闪光点。

八声甘州

寄参寥子,时在巽亭。

有情风万里卷潮来,无情送潮归。[1]问钱塘江上,西兴浦口,[2]几度斜晖?不用思量今古,俯仰昔人非。[3]谁似东

坡老，[4]白首忘机。[5]　　记取西湖西畔，正春山好处，空翠烟霏。[6]算诗人相得，如我与君稀。[7]约他年、东还海道，愿谢公、雅志莫相违。[8]西州路，不应回首，为我沾衣。[9]

【注释】

①“有情风”三句：在巽亭观潮时看到潮水起落之势。　②西兴：西兴渡，在钱塘江南，今杭州对岸、浙江萧山区西十二里。③“俯仰”句：转瞬之间，人事就变迁更改了。语出王羲之《兰亭集序》：“俯仰之间，已为陈迹。”　④东坡老：苏轼自称。　⑤忘机：道家术语，指恬淡无为，与世不争。李白《下终南山过斛斯山人宿置酒》诗有“我醉君复乐，陶然共忘机”句。　⑥“记取”二句：指与参寥子在西湖西畔孤山同游之乐。事见苏轼《参寥上人初得智果院，会者十六人，分韵赋诗，轼得心字》。空翠：苍翠空明的山色。烟霏：山中雾气。　⑦“算诗人”句：谓像我与你这样相知相重的知己太少了。　⑧“约他年”二句：谓相约他年重返浙东，退隐山林，切莫违背这美好的愿望。海道指浙东一带，浙东滨海，故云。谢公雅志，《晋书·谢安传》载，谢安曾隐居会稽东山，中年出仕后，“东山之志，始终不渝，每形于颜色”。苏轼用这个典故，是表示自己虽蒙内召，但不忘东山之志，并希望这个“雅志”别像谢安那样不能实现。雅志：高雅之志，即辞官隐居。　⑨“西州路”三句：用谢安、羊昙的典故。谢安病重，从广陵还京，过西州门，感叹自己不能如愿归隐，深感人生的遗憾。羊昙是谢安的外甥，是谢安非常喜欢和看重的人。谢安死后，他出行不从西州门走。有次醉后偶然走到西州门，旁边人提醒他，他悲痛不已，高声诵读曹植

的诗:“生存华屋处,零落归山丘。”大哭了一番。这里苏轼嘱咐参寥子,若他死后,参寥子重来故地,希望不要为之伤心难过。西州:东晋时扬州(今江苏南京)治所。

【品评】

此词作于元祐六年(1091)秋。苏轼由杭州召为翰林学士承旨,临行作此词。参寥子,僧道潜的字。於潜(今属杭州)人,是苏轼的知交。元丰元年,访苏轼于徐州。二年,与苏轼同船至湖州。苏轼谪居黄州,参寥不远千里往访,相从一年。元丰七年同游庐山。元祐四年,苏轼知杭州,相从杭州,苏轼为之重建法堂。苏轼投荒南地,又欲千里寻访,为苏轼力劝而止。两人相知极厚,唱和特多。巽亭,在杭州东南南园中,在此亭可以观潮。

对于极知己的朋友,始能说出这番至情的言语。以往人们总在诗里表达这种相惜的情意,而苏轼在当时被作为“余技”的小词里,也能传递出这情深意厚的感情来。

词的上片,借钱塘江潮和西兴斜晖渲染离情,引出苏轼对于古今变迁、人事代谢的感慨,并以超尘拔俗、泰然从容的态度面对这一切的变更。下片写西湖春景,回顾与参寥在杭一同游赏的情景和相知相得的友谊,表明自己超然物外、寄情山水的人生志趣,并殷殷嘱咐友人不要忘记宿志,不必为自己担忧。全词交织着悒郁、豪宕、闲逸、超旷的复杂情绪,将情、景、理和谐结合,语言清爽俊快,音调铿锵响亮。尤其是开篇写江潮涨落,突兀而起,十三个字奔迸而出,有雄阔飞动的气象与声势。近人郑文焯十分激赏此词,在《手批东坡乐府》中评曰:“突兀雪山,卷地而来,真似钱塘江上看潮时，添得此老胸中数万甲兵，是何气象雄且杰！妙在无一字豪宕，无一语险怪，又出以闲逸感喟之情，所谓骨重神寒，不食人间烟火气者。词境至此，观止矣！”又云：“云锦成章，天衣无缝，是作从至情流出，不假熨帖之工。”

木兰花令

次欧公西湖韵

霜余已失长淮阔，空听潺潺清颍咽。[①] 佳人犹唱醉翁词，[②] 四十三年如电抹。[③]　　草头秋露流珠滑，三五盈盈还二八。[④] 与余同是识翁人，惟有西湖波底月。

【注释】

①“霜余”二句：谓秋末霜降，淮河因水落而河面缩小，颍水更加水浅声低。清颍：指颍水，源出河南登封，东南流经安徽的太和、阜阳等地，入淮河。　②佳人：这里指歌妓。醉翁：欧阳修的号。　③四十三年：自欧阳修皇祐元年知颍州，到苏轼作此词，正好四十三年。　④三五：指阴历十五日。盈盈：仪态美好的样子。二八：指阴历十六日。

【品评】

此词作于元祐六年(1091)八月，时苏轼移知颍州。欧公即欧阳修，他曾于皇祐元年(1049)知颍州，题咏颍州西湖之作甚多。其《木兰花令》原唱如下："西湖南北烟波阔，风里丝簧声韵咽。舞余裙带绿双垂，酒入香腮红一抹。　杯深不觉琉璃滑，贪看六幺花十八。明朝车马各西东，惆怅画桥风与月。"

曾为北宋文坛一代领袖的欧阳修，不仅是苏轼的恩师，并且在人格、个性及文学创作方面都不同程度地给了苏轼影响与启发。故而在苏轼的作品中，时时流露出对恩师深深的思念与追忆之情。写作此词之时，欧阳修已去世二十年了，苏轼的心内仍有无限悲欣交集之慨，因此写得情思浓挚，情调沉郁。开端触景生情，结尾以景结情，首尾呼应，含蓄隽永。词中的景物意象亦实亦虚，被词人人格化、性灵化。如"霜余已失长淮阔"，既是写实，又仿佛哲人已逝的象征；"空听潺潺清颍咽"，移情于景，借河水的幽咽悲切渲染对欧公的沉痛怀念；"草头秋露流珠滑，三五盈盈还二八"，在写景中寄寓时光流逝、人事变迁的深沉感慨；结尾"惟有西湖波底月"，既唤起对当年欧公游赏西湖的联想，又表现出怀念欧公的沉哀深悲。全篇笔笔写思念，字面却无一"思念"。虽是次韵，却浑然天成，毫无束缚之感，每一个入声韵字都用得自然，令人读之凄咽。《草堂诗余》续集卷下评此词："一片性灵，绝去笔墨畦径。"说"绝去笔墨畦径"似过玄，但"一片性灵"以含蓄深沉的笔墨出之，则是准确的。

满江红

怀子由作

清颍东流,[①]愁来送、征鸿去翮。[②]情乱处、青山白浪,万重千叠。孤负当年林下语,[③]对床夜雨听萧瑟。[④]恨此生、长向别离中,凋华发。　一樽酒,黄河侧;[⑤]无限事,从头说。相看恍如昨,许多年月。衣上旧痕余苦泪,眉间喜气占黄色。[⑥]便与君、池上觅残春,花如雪。

【注释】

①清颍:颍水,淮河的支流。　②去翮(hé):离去的飞鸟。翮,翅膀。　③孤负:同"辜负"。林下:山林,代指隐居处。④"对床"句:嘉祐六年(1061),苏轼曾与弟弟苏辙在京城应试,当读到韦应物《示全真元常》"宁知风雨夜,复此对床眠"二句时,凄然有感,相约早退,共践雨夜联床之约。　⑤黄河侧:据苏辙《栾城集》卷七《逍遥堂会宿二首》引载,苏轼与苏辙曾在熙宁十年(1077)相会于"澶濮之间",正在黄河侧。　⑥"眉间"句:古人认为眉间有黄色是吉兆,此处指可回家。占:占卜。

【品评】

此词作于元祐七年(1092)二月,苏轼自颍州移知扬州(今属江苏)，此词是在赴扬州前作。子由：即苏轼弟苏辙，字子由。

苏轼与弟弟子由兄弟情深，并且往往因为子由，他会写出极出色的词来，著名的《水调歌头》(明月几时有)便是最好的例证。此首《满江红》也是因怀念子由而作。

上片抒发别情，下片设想欢聚之乐。全篇充溢深挚的手足之情和执著的归隐之念。苏轼退隐思想既是受佛道哲学的深刻影响，更是在仕途上屡遭挫折后对人生价值和人生归宿的反复思考所致。

作者抒写离思别情，用东流清颍、去翮征鸿和万重千叠的青山白浪烘托，以广阔悠长的时空境界作背景，还借衣上泪痕、眉间喜气等细节描写表现，使抽象的情思具象化，令人可见可闻、可触可感。悲壮的语言，参差多变的句式、节奏，短促跌宕的入声韵脚，都有助于加强词的艺术感染力。

青玉案

和贺方回韵，送伯固归吴中

三年枕上吴中路。[1]遣黄耳，[2]随君去。若到松江呼小渡。[3]莫惊鸳鹭，四桥尽是，[4]老子经行处。[5]　　辋川图上看春暮。[6]常记高人右丞句。[7]作个归期天已许。春衫犹是，小蛮针线，[8]曾湿西湖雨。

【注释】

①“三年”句：指苏坚与自己在杭州同事三年。枕上：梦中，意谓如同做梦一样。 ②黄耳：《晋书·陆机传》载，陆机有犬名黄耳，后陆机寓居洛阳，久无家中消息，曾将书信系在黄耳脖子上，让它送到松江家中，又从家中带回书信至洛阳。此处借此典表达希望友人回乡后常通音信。 ③松江：即吴淞江，又称苏州河。④四桥：苏州有四桥，为名胜。 ⑤老子：老年人自称。宋人口语。 ⑥辋川图：唐代诗人、画家王维隐居辋川（今陕西蓝田县南），曾在蓝田清凉寺壁上绘《辋川图》。 ⑦右丞：王维官至尚书右丞，人故以此称之。杜甫《解闷十二首》其七有“不见高人王右丞，蓝田丘壑蔓寒藤”之句。 ⑧小蛮：白居易有伎人名小蛮，善舞，白有诗句“杨柳小蛮腰”。此处代指苏伯固的妾。

【品评】

此词作于元祐七年（1092）三月，苏轼到达扬州任所，以兵部尚书召还。贺铸，字方回，北宋著名词人。伯固，苏坚，字伯固，博学能文，曾任杭州监税官等职。时欲归乡苏州，苏轼作词为别。

饯别离筵上抒别情，东坡写得深婉蕴藉，别有韵味。词中写苏州景色，选取“松江小渡”、“鸳鹭”、“四桥”等最具特征的景物意象，略加点染，饶有诗情画意。“辋川”两句以辋川图画喻状吴中山水之美，赞美友人诗才。这是东坡妙用典故和前人诗句的一个例子，惟有妙笔方能如此运用自如，否则就是抄写匠了。煞拍处想像友人归去所穿的春衫，是在杭州时爱妾缝制，并曾被西湖雨淋湿过。这样描写，既见出友人的风流倜傥，又是追忆过去一同游赏西湖风光的往事，意境纯美。清况周颐《蕙风词话》卷二评曰："'曾湿西湖雨'是清语非艳语，与上三句相连属，遂成奇绝、艳绝，令人爱不忍释。"

行香子

清夜无尘。月色如银。酒斟时、须满十分。浮名浮利，虚苦劳神。[1]叹隙中驹，[2]石中火，[3]梦中身。[4]　虽抱文章，开口谁亲？[5]且陶陶、乐尽天真。[6]几时归去，作个闲人。对一张琴，一壶酒，一溪云。

【注释】

①虚苦：无代价的劳苦。　②隙中驹：《庄子·知北游》："人生天地之间，若白驹之过隙，忽然而已。"　③石中火：北齐刘昼《新论》五三篇《惜时》："人之短生，犹如石火，炯然已过。"　④梦中身：尹喜《关尹子·四符》："知夫此身为梦中身。"　⑤开口谁亲：想说话，谁是知音呢。　⑥陶陶：形容快乐的样子。《诗·王风·君子阳阳》："君子陶陶"，毛传谓，"陶陶，和乐貌"。刘伶《酒德颂》："无思无虑，其乐陶陶。"天真：未受世俗沾染的纯真本性。《庄子·渔父》："礼者，世俗之所为也；真者，所以受于天地，自然不可易也。故圣人法天贵真，不拘于俗。"

【品评】

此词未编年。今人薛瑞生先生系此词为元祐八年(1093)十月苏轼出知定州后预感变祸将临而作。

东坡文字时时有他的哲思在，是他对人生的反观静照。词上片抒发对名利虚浮、人生短暂的感慨；下片表达要摆脱世俗困扰，归隐田园，回归天真本性。词从月夜起笔，营造了一个清净、无尘杂、无欲求的氛围。全篇即在这氛围之中展开。基调超脱，语言朗畅，声韵婉转。特别是上下片各用三个排比的意象分别形容人生的短促和隐居生活的清闲，生动贴切。上片三个意象俱从典故中提炼而来，可见东坡用典之巧妙和联想之敏锐丰富。明代沈际飞《草堂诗余》续集卷下评云："天趣浮出，如不经心手。说得英雄倏热倏冷。'学士一肚皮不合时宜'，真相知。"对此词的感情意蕴和艺术特色作了较中肯的论析。

蝶恋花

花褪残红青杏小，①燕子飞时，绿水人家绕。枝上柳绵吹又少，②天涯何处无芳草！③　　墙里秋千墙外道，墙外行人，墙里佳人笑。笑渐不闻声渐悄，多情却被无情恼。④

【注释】

①花褪残红：春花逐渐枯萎凋落。初夏景致。　②柳绵：柳絮。　③"天涯"句：谓已到暮春时节，所到之处都长满碧草。

④多情：指墙外行人。无情：指墙里佳人。恼：引起烦恼。

【品评】

此词作于绍圣元年(1094)。时苏轼谪知英州，启程南下，作于途中。

东坡既能写辞气雄迈的豪放词，又能作妩媚清幽的婉约词。如这首小词，虽是一幅日常生活小景，却描画得意象鲜明，风韵妩媚。加之音韵回环，使全章奇情四溢。上阕写红花凋落，青杏初结，紫燕轻飞，绿溪绕舍，柳絮飘扬，芳草无边——句句是春末夏初的时令佳景，足见作者敏锐的观察力和准确的表现力。在写景中又融入了作者惜春伤春的感情。如“残红”前一“褪”字，兼写出花少色褪和作者的感喟。“枝上”、“天涯”两句，渗透了作者无限留恋春光的意绪。下阕写秋千架上佳人柔媚的笑，搅动墙外行人绵绵的情思，更增添了旅途的惆怅。作者意在表现佳人难见、美景不常，与上阕流水落花、春光易逝有着内在关联，可谓一气贯注。清人王士禛《花草蒙拾》中说：“恐屯田(柳永)缘情绮靡，未必能过。”点出了这首词的风调韵致。现代有论者还从词中“枝上柳绵吹又少，天涯何处无芳草”二句及多情行人与无情佳人的对比中，发掘出苏轼寓托着朝局变换，元祐士人纷纷被谪外地的感慨，但寄托在有意无意之间，可见此词确实含蓄蕴藉。

临江仙

惠州改前韵

九十日春都过了，[1]贪忙何处追游？[2]三分春色一分愁。雨翻榆荚阵，[3]风转柳花球。[4]　　我与使君皆白首，[5]休夸年少风流。佳人斜倚合江楼。[6]水光都眼净，山色总眉愁。[7]

【注释】

①九十日春：指春季三个月，即农历正月、二月、三月。②贪忙：性急慌忙。追游：寻胜而游，追随游览。　③“雨翻”句：意谓榆荚飘落，如阵阵春雨。　④柳花球：成团的柳絮。　⑤使君：指惠州知州詹范。　⑥合江楼：惠州府城东门楼。因东江、西江二水合流于此，故称。苏轼初至惠州，寓居于此楼。　⑦“水光”二句：形容山水之美。

【品评】

此词作于绍圣三年(1096)，时苏轼在惠州(治所在今广东惠州市)贬所。苏轼于绍圣元年(1094)十月被贬往惠州，在惠州住了三年。

绍圣三年，苏轼将再迁居嘉祐寺，与知州詹范会饮于合江楼，触景生情，作此词。上片写残春景象，表达惜春情绪；下片叹伤衰老和无法销愁。全篇融情于景，借景抒情。“雨翻”两句，形容成熟的榆钱在空中飘落翻飞，犹如阵阵春雨洒落；柳絮集结成一只只花球在地上滚动，好似春风把它们踢来踢去。“水光”两句，分别以佳人明净眼波和含愁眉黛比拟水光山色。作者运用多种手法将合江楼暮春风光表现得十分准确、生动、传神，有景趣、有情味，对仗又自然。它们置于歇拍处，犹如词人最后的点睛之笔，使全篇神韵全出。

西江月

梅

玉骨那愁瘴雾，①冰姿自有仙风。②海仙时遣探芳丛，倒挂绿毛幺凤。③　　素面常嫌粉涴，④洗妆不褪唇红。⑤高情已逐晓云空，不与梨花同梦。⑥

【注释】

①玉骨：梅花洁白之质。瘴雾：南方山林中湿热蒸郁可致人疾病的雾气。　②冰姿：梅花姿态如冰般贞静高洁。　③绿毛幺凤：南方的一种珍禽。绿毛红嘴，状似鹦鹉而小，栖集皆倒悬枝上，俗称倒挂子。　④素面：不施脂粉的脸。粉涴（wò）：被脂粉沾污。　⑤褪：减色。唇红：指一种瓣呈红色的梅花。《冷斋夜

话》卷一〇《岭外梅花》:"岭外梅花,与中国异,其花几类桃花之色,而唇红香著。"此处亦指美人天然红唇。又,庄绰《鸡肋篇》卷一〇载苏轼此词,谓岭南"梅花叶四周皆红,故有洗妆之句"。意思是即使梅花谢了,而梅叶仍有红色。 ⑥"不与"句:宋人傅幹《注坡词》本此处有苏轼自跋:"诗人王昌龄梦中作梅花诗。南海有珍禽,名倒挂子,绿色,如鹦鹉而小。惠州多梅花,故作此词。"《高斋诗话》云:"王昌龄《梅诗》云:'落落寞寞路不分,梦中唤作梨花云。'方知东坡引用此诗也。"又一说是王建所作。查《全唐诗》中二王诗,均无此诗。这两句的意思是:高洁性情的梅花随着晓云(寓东坡侍妾朝云的名字)飞散去了,留下一片空白,不再像梨花一样入我梦中来。言语之间极尽伤悼之意。

【品评】

此词作于绍圣三年(1096)十月,苏轼时在惠州。宋人惠洪《冷斋夜话》谓此词借咏梅以悼亡,实为侍妾朝云而作。

苏轼诙谐洒脱,生活极艰困时也不露窘迫之态,可他却是个极深情之人。妻子死去十年,他也仍在写诗怀念她;现在,一路相随他南行的侍妾朝云也死了,他又写下这深挚的词篇来。词中描绘和赞美惠州梅花不假妆饰的天然容貌,绰约仙姿,高洁品格,处处在写梅花,处处暗寓着朝云,以及自己对朝云的深情怀念。朝云对苏轼的意义之大,在于她不仅在生活上照顾他,更在精神上理解他(只有她最准确地说出了他的性格特点:一肚皮不合时宜),在面对艰难处境时不弃不离,在他临老投荒时候,始终给他最深厚的慰藉。所以朝云的去世,对仍处于艰困中的苏轼无疑是沉重的打击。朝云七月死，八月葬。十月，苏轼见梅花开，作词咏梅悼念朝云。词中，梅花的高贵情操和优雅风姿同朝云的形象融为一体，梅耶人耶，苏轼将一片真情注入其间，使人在浑然中忘记物与人的分别，达到咏物词的艺术化境。所以明代杨慎赞曰："古今梅词，以坡仙'绿毛幺凤'为第一。"(《词品》)

千秋岁

次韵少游

岛边天外，未老身先退。珠泪溅，丹衷碎。①声摇苍玉佩，②色重黄金带。③一万里，斜阳正与长安对。④　　道远谁云会，⑤罪大天能盖。君命重，臣节在。新恩犹可觊，⑥旧学终难改。⑦吾已矣，乘桴且恁浮于海。⑧

【注释】

①丹衷：丹心。　②苍玉佩：青玉制成的佩饰，古代贵人、官员以佩玉为饰。　③黄金带：古代官员的章服束带。宋初五品以上官员束金玉带或金带。时苏轼虽遭贬谪，而服饰冠带未变。④长安：喻指宋都汴京。　⑤会：会面。　⑥觊(jì)：觊觎(yú)，非分的希望或企图。　⑦旧学：指自己原有的学术与主张。　⑧乘桴(fú)：《论语·公冶长》："子曰：'道不行，乘桴浮于海。'"指避世。桴，竹木小筏。恁：如此，这般。

【品评】

此词作于元符元年(1098),时苏轼谪居儋州。次韵指依次用所和诗中的韵作诗,也称步韵。少游,即秦观,字少游,号淮海居士,扬州人。宋代文学家,为苏门四学士之一。据《独醒杂志》、《能改斋漫录》等记载,秦观南迁后作《千秋岁》词,后孔毅父、苏轼、黄庭坚、晁补之等人皆有次韵。秦词原文如下:“水边沙外,城郭春寒退。花影乱,莺声碎。飘零疏酒盏,离别宽衣带。人不见,碧云暮合空相对。　　忆昔西池会,鹓鹭同飞盖。携手处,今谁在? 日边清梦断,镜里朱颜改。春去也,飞红万点愁如海。”

苏轼与秦观交谊颇厚,政治上也共同经历了诸多风波患难。与秦词相比较,苏词则多一份对朝政家国的关切忧患之意。词落笔开门见山,“岛边天外”点明自己身在儋州,并以未老与身退写自己遭贬。然后以泪溅心碎、聆玉佩之声、观金带之色等细节,抒写身在万里蛮荒仍心念朝廷。下片直承上片,写自己的志行节操与思想矛盾。最后表示要乘桴浮海,超然出世。据南宋吴曾《能改斋漫录》卷一七载,苏轼曾对其侄孙苏元老评秦观原作有“超然自得,不改其度之意”。这“超然自得,不改其度”八字,用以评苏轼此词也十分恰当。秦词即景抒情,情景交融,写得清丽深婉;此词多直抒胸臆之语,寄慨深沉又酣畅淋漓,老健中有清旷之气。

文 选

刑赏忠厚之至论

尧舜禹汤文武成康之际,[①]何其爱民之深,忧民之切,而待天下之以君子长者之道也！有一善,从而赏之,又从而咏歌嗟叹之,[②]所以乐其始,而勉其终。[③]有一不善,从而罚之,又从而哀矜惩创之;[④]所以弃其旧,而开其新。故其吁俞之声,[⑤]欢忻惨戚,[⑥]见于虞夏商周之书。[⑦]

成康既没,[⑧]穆王立,而周道始衰,然犹命其臣吕侯而告之以祥刑。[⑨]其言忧而不伤,威而不怒,慈爱而能断,[⑩]恻然有哀怜无辜之心,故孔子犹有取焉。《传》曰:“赏疑从与,所以广恩也;罚疑从去,所以谨刑也。”[⑪]

当尧之时,皋陶为士。[⑫]将杀人。皋陶曰“杀之”,三。[⑬]尧曰“宥之”,[⑭]三。故天下畏皋陶执法之坚,而乐尧用刑之宽。四岳曰:[⑮]“鲧可用!”[⑯]尧曰:“不可！鲧方命圮族。”[⑰]既而曰:“试之!”何尧之不听皋陶之杀人,而从四岳之用鲧也？然则圣人之意,盖亦可见矣。《书》曰:“罪疑惟轻,功疑惟重。与其杀不辜,宁失不经。”[⑱]呜呼！尽之矣。

可以赏,可以无赏,赏之过乎仁;可以罚,可以无罚,罚之过乎义。过乎仁,不失为君子;过乎义,则流而入于忍人。[⑲]故仁可过也,义不可过也。古者赏不以爵禄,刑不以刀锯。[20]赏以爵禄，是赏之道行于爵禄之所加，而不行于爵禄之所不加也。刑以刀锯，是刑之威施于刀锯之所及，而不施于刀锯之所不及也。[21]先王知天下之善不胜赏，而爵禄不足以劝也；[22]知天下之恶不胜刑，而刀锯不足以裁也。[23]是故疑则举而归之于仁。以君子长者之道待天下，使天下相率而归于君子长者之道，[24]故曰：忠厚之至也！

《诗》曰："君子如祉，乱庶遄已；君子如怒，乱庶遄沮。"[25]夫君子之已乱，岂有异术哉？制其喜怒，[26]而不失乎仁而已矣！《春秋》之义，[27]立法贵严，而责人贵宽。因其褒贬之义，以制赏罚，[28]亦忠厚之至也！

【注释】

①尧舜禹汤文武成康：皆为古史相传的圣明之君。尧舜，指唐尧和虞舜，远古部落联盟的首长。禹，指远古夏部落领袖。汤，商王朝的建立者，亦称天乙、成汤。文武：周文王、武王的合称。成康：指周成王与其子周康王，旧史称成康之际，刑罚搁置不用者四十余年，美化为周朝盛世。　②嗟叹：赞叹。　③乐：喜悦，愉快。勉：努力，尽力。　④哀矜：哀怜。惩创：惩戒，警惕。⑤吁：表示忧愁的叹词。俞：表示应允、赞许的声音。　⑥欢忻：喜悦，欢乐。惨戚：悲伤。　⑦虞夏商周之书：指《尚书》，其中有《虞书》《夏书》《商书》《周书》等篇，都是记载从帝尧到周朝的典章训诰的。　⑧没(mò)：死亡，通"殁"。　⑨吕侯：周穆王时司寇，一作甫侯。周穆王采纳他的言论作刑布告四方，即今《尚书》的《吕刑》篇。祥刑：用刑详审谨慎。　⑩断：判断，决断。

⑪“《传》曰”五句:《尚书·大禹谟》有“罪疑惟轻,功疑惟重”句,孔安国传云:“刑疑附轻,赏疑从重,忠厚之至。”意即欲罚有疑,宁愿从轻;欲赏有疑,宁愿从重,以此见出忠厚之旨。与:给予。去:除去。 ⑫皋陶(yáo):也称咎繇(yáo),传说为舜之臣,掌刑狱之事。《尚书·舜典》:“帝曰:‘皋陶……汝作士,五刑(墨、劓、剕、宫、大辟)有服。’”此处苏轼误以皋陶为尧臣。士:刑官,即士师。⑬三:三次。 ⑭宥(yòu):宽免,赦罪。据《老学庵笔记》卷八载:“东坡先生省试《刑赏忠厚之至论》有云:‘皋陶为士。将杀人,皋陶曰杀之,三,尧曰宥之,三。’梅圣俞为小试官,得之以示欧阳公。公曰:‘此出何书?’圣俞曰:‘何须出处!’公以为皆偶忘之,然亦大称叹。初欲以为魁,终以此不果。及揭榜,见东坡姓名,始谓圣俞曰:‘此郎必有所据,更恨吾辈不能记耳。’及谒谢,首问之,东坡亦对曰:‘何须出处。’乃与圣俞语合。公赏其豪迈,太息不已。”
⑮四岳:四方诸侯之长,实为四方部落的首领。 ⑯鲧(gǔn):人名,也作“鮌”。相传为禹之父,封崇伯。因治水无功,被舜杀死于羽山。 ⑰方命圮族:语出《尚书·尧典》。方命,抗命,违命。圮(pǐ),毁灭,断绝。 ⑱“罪疑”四句:语出《尚书·大禹谟》。不辜:无罪。不经:不合于常规。 ⑲忍人:残忍的人。 ⑳爵禄:爵位和俸禄。刀锯:古代的刑具。刀用于割刑,锯用于刖刑。
㉑“赏以爵禄”六句:意即仅仅以爵禄为赏,其作用只限于爵禄所加的范围内,而不及于其他更广泛的方面。加:施于。 ㉒劝:勉励,奖励。 ㉓裁:裁断,量度。 ㉔相率:一个跟着一个。
㉕“君子如祉”四句:《诗经·小雅·巧言》:“君子如怒,乱庶遄沮;君子如祉,乱庶遄已。”苏轼此文中所引句序颠倒,意谓君子如果

喜纳贤人之言，怒责谗人之言，则乱事庶几可止。遄：疾速。沮：终止，阻止。祉（zhǐ）：喜欢。已：停止。 ㉖制：节制，控制。㉗《春秋》：我国古代第一部编年史书，相传孔子修订鲁史而著成。纪事起于鲁隐公元年（前722），迄于鲁哀公十四年（前481）。 ㉘因：依。褒贬之义：即所谓春秋大义。指《春秋》以儒家伦理道德标准，对历史人物和事件，用隐微的字句进行褒贬。

【品评】

宋仁宗赵祯嘉祐二年（1057），苏轼参加礼部进士考试，试题是《刑赏忠厚之至论》，此文即是应试作文。

文中论述了苏轼以仁政治国、广恩谨刑的思想，所谓“仁可过也，义不可过也”。他由先王的爱民、忧民、“待天下以君子长者之道”发端，举出周穆王告吕侯以祥刑及尧在刑、赏两方面不同态度的例子，简洁而有力地阐明了施政贵仁、以忠厚之心衡量赏罚的中心观点。并在此基础上，进一步指出刑赏作用之有限，辅之以透辟层深的议论，将全文的最终题旨归结到惟有以“君子长者之道”风化天下，方称得上忠厚之至。末段再引《诗》、《春秋》作证，余波荡漾，与首段的“见于虞夏商周之书”一语照应，文势如川云岭月，其出不穷。

苏轼作此文的当时，以欧阳修为领袖的北宋文坛正进行着古文革新运动，推许朴实简古的文风与笔法。此文用语质朴，风格洗练，运笔流畅圆熟，主旨突出、论析缜密、思路清晰，又不乏极具说服力的典型例证，故而深得主考官欧阳修的欣赏。据说当他看到苏轼此文，惊喜之余“以为异人，欲以冠多士，疑曾子固所为。

子固，文忠（欧阳修谥号）门下士也，乃置公第二”（苏辙《东坡先生墓志铭》）。明代杨慎评赞说：“此东坡所作时论也。天才灿然，自不可及。”又云：“每段述事，而断以婉言警语。且有章调。”（《三苏文范》卷五引）可见这是苏轼散文第一篇成名之作。

南行前集叙

夫昔之为文者，非能为之为工，① 乃不能不为之为工也。山川之有云雾，草木之有华实，② 充满勃郁而见于外，③ 夫虽欲无有，其可得耶？自少闻家君之论文，④ 以为古之圣人有所不能自已而作者，故轼与弟辙为文至多，而未尝敢有作文之意。己亥之岁，⑤ 侍行适楚，⑥ 舟中无事，博弈饮酒，⑦ 非所以为闺门之欢，⑧ 而山川之秀美，风俗之朴陋，贤人君子之遗迹，与凡耳目之所接者，⑨ 杂然有触于中，而发于咏叹。⑩ 盖家君之作，与弟辙之文皆在，凡一百篇，谓之《南行集》。将以识一时之事，⑪ 为他日之所寻绎，⑫ 且以为得于谈笑之间，而非勉强所为之文也。时十二月八日，江陵驿书。⑬

【注释】

①工：精巧。 ②华实：花和果实。 ③充满勃郁而见（xiàn）于外：充实饱满、生机勃勃的蕴积自内呈现于外。 ④家君：古代对人称自己的父亲。此指苏洵。 ⑤己亥：嘉祐四年

(1059)。 ⑥侍行适楚：陪伴着父亲到达楚地。楚，指战国时楚国所在地，今湖南、湖北一带。 ⑦博弈：古代的游戏。博，略似于今天的掷骰子。弈，下围棋。 ⑧“非所”句：（这些游戏）不足以作成家庭里的欢乐。闺门：内室之门。 ⑨与凡耳目之所接者：与所有闻见的事物。凡，总共。 ⑩“杂然”二句：纷然触动内心的情感，写入诗得以抒发。杂然：纷纷然。《毛诗序》：“情动于中而形于言。”此意同。 ⑪识（zhì）：同“志”，记。 ⑫寻绎：寻思推求。 ⑫驿：古时供传递公文的差役或往来官员中途休息、换马的地方。

【品评】

此文题一作《江行唱和集叙》，作于仁宗嘉祐四年（1059），时苏轼与父亲、弟弟自四川到达江陵府（今湖北荆州市）。

这是东坡兄弟服母丧期满，与父亲三人赴京途中相互唱和之作所编《江行唱和集》（即《南行集》）的序文。文中，东坡强调诗文创作须有真情实感而发，反对勉强而作，无病呻吟。作者接触外物，内心感动，自然发于吟咏，说明文学的兴会、灵感，来源于生活。这是东坡从自己的创作实践中总结出来的经验和理论。文章前一部分记苏洵的论文观点——“不能不为之为工”，与后面指出的自然成文乃天下之至文的观点实质一致。后一部分介绍《南行集》创作的经过和内容，印证有所不能自已而作的理论。其主旨构成了东坡此后一生自然触发的创作兴会和精神底蕴。全文观点鲜明，论证举重若轻；用比喻来表明文理，生动有说服力；叙江行事简洁而富情味，是一篇宛若行云流水的文章。

喜雨亭记

亭以雨名，志喜也。[1]古者有喜则以名物，示不忘也。周公得禾，以名其书；[2]汉武得鼎，以名其年；[3]叔孙胜狄，以名其子。[4]其喜之大小不齐，其示不忘一也。

余至扶风之明年，[5]始治官舍，为亭于堂之北，而凿池其南，引流种木，以为休息之所。是岁之春，[6]雨麦于岐山之阳，[7]其占为有年。[8]既而弥月不雨，[9]民方以为忧。越三月，[10]乙卯乃雨，[11]甲子又雨，[12]民以为未足；[13]丁卯大雨，[14]三日乃止。官吏相与庆于庭，商贾相与歌于市，[15]农夫相与抃于野，[16]忧者以乐，[17]病者以愈，而吾亭适成。[18]

于是举酒于亭上以属客，[19]而告之曰："五日不雨可乎？"曰："五日不雨则无麦。""十日不雨可乎？"曰："十日不雨则无禾。"无麦无禾，岁且荐饥，[20]狱讼繁兴，[21]而盗贼滋炽。[22]则吾与二三子，虽欲优游以乐于此亭，[23]其可得耶？今天不遗斯民，[24]始旱而赐之以雨，使吾与二三子，得相与优游而乐于此亭者，皆雨之赐也。其又可忘邪？

既以名亭，又从而歌之。歌曰：使天而雨珠，寒者不得以为襦；[25]使天而雨玉，饥者不得以为粟。一雨三日，繄谁之力？[26]民曰太守，[27]太守不有；归之天子，天子曰不；归之造物，[28]造物不自以为功；归之太空。太空冥冥，[29]不可得而名，吾以名吾亭。

【注释】

①志：记。　②“周公”二句：周成王的同母弟弟唐叔，得到一种“异禾”（两禾共生一穗），于是献给成王，成王又转送给周公，周公因此作《嘉禾》一篇以示感谢。原文已佚，仅存篇名。事见《尚书·微子之命》。　③“汉武”二句：汉武帝元狩七年（公元前116年），在汾水上得一宝鼎，奏闻，迎鼎至甘泉宫，改年号为元鼎。事见《史记·孝武本纪》。　④“叔孙”二句：据《左传·文公十一年》载，狄人侵鲁，鲁文公派叔孙得臣领兵抵抗，击败狄军，并俘获了北狄国君侨如。为表功志喜，文公把叔孙得臣之子宣伯改名为侨如。　⑤扶风：旧郡名，即凤翔府。明年：第二年，即嘉祐七年（1062）。　⑥是岁：这一年。　⑦雨麦：天上降下麦子。一说播种麦子。岐山：在陕西岐山县东北。山状如柱，故又称天柱山。阳：山南。　⑧占：占卜。有年：丰收之年。年，年成，收成。⑨弥月：满一个月。弥，满。　⑩越三月：到了三月。　⑪乙卯：指农历三月八日。　⑫甲子：农历三月十七日。　⑬未足：指雨没有下够。　⑭丁卯：指农历三月二十日。　⑮商贾（gǔ）：商人。⑯抃（biàn）：鼓掌；拍手表示欢欣。　⑰以：因为。“以”后面省略了宾语“之”（指代雨）。　⑱适：刚巧。　⑲属（zhǔ）客：向客人敬酒劝饮。　⑳荐饥：指连年饥馑。荐，屡次。　㉑狱讼：打官司。繁兴：多次发生。　㉒滋：增长。炽：昌盛。　㉓优游：悠闲自得。㉔今：现在。天：上天。遗：抛弃。　㉕襦（rú）：短衣，短袄。　㉖繄（yī）：语助词，犹“惟”。　㉗太守：指当时的凤翔府知府宋选，字子

才。 ㉘造物:造物主。旧指大自然的主宰者。 ㉙冥冥:高远,深远。

【品评】

本文作于嘉祐七年(1062),时苏轼任凤翔府(今陕西省凤翔县)签判。喜雨亭,在凤翔府城东北。

东坡在地方上,恪尽职守为民办事。每至一处,总是做出实际的功绩来。任职凤翔第二年,恰逢春旱,他赴太白山两次祈雨,后天遂人愿,连降大雨,于是以喜雨名亭,作记志喜。这篇文章,处处扣合题目“喜”、“雨”、“亭”三字,以轻快活泼的笔调,将天降雨、民安乐、地方官与民同乐的情景淋漓尽致地写出来。起段征引古事,说明志喜传统。次段,欲写乐,先写忧,曲折回转,把乐酝酿描绘得笔墨酣畅。接着,以主客问答形式,说明雨对于生产生活的重要性,志此雨不可忘。首尾绾合。末段,引出颂歌,回环往复,摇曳生姿。文章自然流畅,以小见大,虚实相生,正反映衬,处处体现出民之喜悦和作为地方官的东坡的喜悦,体现出东坡以民之忧乐为怀、对百姓的深挚感情。

凌虚台记

国于南山之下,[①]宜若起居饮食,[②]与山接也。四方之山,莫高于终南;而都邑之丽山者,[③]莫近于扶风。[④]以至近求最高,其势必得。而太守之居,未尝知有山焉。虽非事之所以损益，而物理有不当然者，[5]此凌虚之所为筑也。

方其未筑也，太守陈公，杖屦逍遥于其下。[6]见山之出于林木之上者，累累如人之旅行于墙外而见其髻也，[7]曰：“是必有异。”[8]使工凿其前为方池，以其土筑台，高出于屋之危而止。[9]然后人之至于其上者，怳然不知台之高，[10]而以为山之踊跃奋迅而出也。[11]

公曰：“是宜名凌虚。”以告其从事苏轼，[12]而求文以为记。轼复于公曰：“物之废兴成毁，不可得而知也。昔者荒草野田，霜露之所蒙翳，[13]狐虺之所窜伏。[14]方是时，岂知有凌虚台耶？废兴成毁，相寻于无穷，[15]则台之复为荒草野田，皆不可知也。尝试与公登台而望，其东则秦穆之祈年、橐泉也，[16]其南则汉武之长杨、五柞，[17]而其北则隋之仁寿，[18]唐之九成也。计其一时之盛，宏杰诡丽，[19]坚固而不可动者，岂特百倍于台而已哉？[20]然而数世之后，欲求其仿佛，[21]而破瓦颓垣，[22]无复存者。既已化为禾黍荆棘、丘墟陇亩矣，[23]而况于此台欤？夫台犹不足恃以长久，[24]而况于人事之得丧，忽往而忽来者欤？而或者欲以夸世而自足，[25]则过矣！盖世有足恃者，而不在乎台之存亡也！”既已言于公，退而为之记。

【注释】

①国：郡国，这里借指府、州所辖地区。南山：即下文的终南山，秦岭山峰之一，其主峰在陕西西安市南。 ②宜若：应当像

是。③丽：附着，靠近。④扶风：郡名，故址当在今陕西省凤翔县等地。⑤“虽非”二句：言太守居所近山而不知观山美景，虽于人事无所损益，但情理上却不当如此。⑥太守陈公：指陈希亮。杖屦（jù）：扶杖漫步。⑦累累：联贯成串，多貌。⑧是：这里。⑨危：屋脊。⑩怳然：同“恍然”，好像，仿佛。⑪奋迅：精神振奋，行动迅速。⑫从事：佐吏之称。⑬蒙翳（yì）：覆盖。⑭狐：狐狸。虺（huǐ）：毒蛇。⑮相寻于无穷：交互循环，永无止境。寻，相继，接着。⑯秦穆：即秦穆公。祈年、橐（tuó）泉：皆为秦宫名。《汉书·地理志上》：“橐泉宫，孝公起；祈年宫，惠公起。”秦穆公墓在此，故云。故址在今陕西凤翔县东南。⑰长杨：汉宫名，因宫有长杨树而名，为校猎处。五柞（zuò）：汉宫名，因宫有五柞树而名，为祀神处。两宫故址皆在今陕西周至县（本作盩厔）东南。⑱仁寿：宫名，隋开皇十三年建，唐贞观五年改名为九成宫。故址在今陕西麟游县境内。⑲宏杰：高大。诡丽：奇异华丽。⑳岂特：岂止。㉑仿佛：大略。指原来的大略迹象。㉒颓垣：塌倒的墙。㉓丘墟：废墟，荒地。陇亩：田埂。㉔恃（shì）：依赖，凭借。㉕夸世：向世人夸耀。

【品评】

本文作于嘉祐八年（1063），时苏轼为大理评事签书凤翔府判官。凤翔知府陈希亮（字公弼）于府衙后圃筑凌虚台以望南山，嘱苏轼为记。

苏轼一生境遇坎壈，历尽浮沉荣辱之变，故此在他的许多作品中，都清楚地流露出世事无常的感慨。如“不用思量今古，俯仰昔人非”(《八声甘州》)；“百年兴废更堪哀，悬知草莽化池台”(《法惠寺横翠阁》)；“纷纷争夺醉梦里，岂信荆棘埋铜驼”(《百步洪》)。而嘉祐八年写作此文时，苏轼方踏入仕途不久，尚未真正经历宦海波涛，但识见非凡、襟怀超迈的他已然领会外物人事不足凭恃的虚幻之质。文章名为记台，苏轼却没有将目光局限于此，他看到前朝宏丽坚固的宫殿在时光的淘洗中化为荆棘丘陇，深深感受到世间万物的短暂与生命的有限脆弱。由“物之废兴成毁，不可得而知也”，推衍而及“人事之得丧，忽往而忽来”，他的思绪跨越一隅之亭台，而开始考虑宇宙人生的种种变迁。最终他指出“世有足恃者，而不在乎台之存亡”，将一个关于永恒与无常的哲学话题留给了读者，令人感叹之余又不能不慨然深思。文中虽未点明自己所追求的“足恃者”为何，然而已可见出其高远超旷的心胸气度。文章叙事简洁，描写生动，如将“见山之出于林木者”喻之为“累累如人之旅行于墙外而见其髻也”，设譬新奇优美；又如写台上观山，恍然以为是山峰跳跃奔驰而出，都有感受独到的诗情画意。全文议论滔滔，气势逼人又舒卷自如，语言亦清新洒脱，其意义已越出了单纯题记的范围，而具有哲理性思考的意味。

祭欧阳文忠公文

呜呼哀哉！公之生于世，六十有六年。民有父母，[①]国有蓍龟，[②]斯文有传，[③]学者有师，君子有所恃而不恐，小人有所畏而不为；譬如大川乔岳，[4]不见其运动，而功利之及于物者，盖不可以数计而周知。今公之没也，赤子无所仰芘，朝廷无所稽疑，斯文化为异端，而学者至于用夷，[5]君子以为无为为善，[6]而小人沛然自以为得时；[7]譬如深渊大泽，龙亡而虎逝，则变怪杂出，舞鰌鳣而号狐狸。[8]昔其未用也，天下以为病；而其既用也，[9]则又以为迟；及其释位而去也，[10]莫不冀其复用；至其请老而归也，[11]莫不惆怅失望，而犹庶几于万一者，[12]幸公之未衰，孰谓公无复有意于斯世也，奄一去而莫予遗！[13]岂厌世溷浊，[14]洁身而逝乎？将民之无禄，[15]而天莫之遗？[16]昔我先君怀宝遁世，[17]非公则莫能致；[18]而不肖无状，[19]因缘出入，[20]受教于门下者，十有六年于兹。[21]闻公之丧，义当匍匐往救，[22]而怀禄不去，愧古人以忸怩。[23]缄词千里，[24]以寓一哀而已矣！盖上以为天下恸，而下以哭其私。呜呼哀哉！尚享！[25]

【注释】

①民有父母：语出《诗·小雅·南山有台》："乐只君子，民之父母。"此以欧阳修比民之父母官。　②蓍(shī)龟：蓍草和龟甲。古代用来占卜的工具。此指欧阳修政治上有见识，能决策重大国事。　③斯文有传：儒道和文章可以赖欧阳公传于后世了。斯文，《论语·子罕》："天之将丧斯文也，后死者不得与斯文也。"斯文，原指礼乐制度，这里指儒道和文章。　④乔岳：高山。乔，高。岳，大山。　⑤"赤子"四句：承上文"民有父母"四句而言。仰：依

靠。芘：庇护。稽疑：决断疑难之事。夷：外来的非正统的思想。这里指佛教。欧阳修曾作《本论》三篇，斥“佛为夷狄”，惑患中国，当以儒家礼乐排拒之。 ⑥“君子”句：士大夫沉溺于清虚无为的道家风尚中，而于国事无所进取。 ⑦“小人”句：奸邪的小人因此自感得到时机，可以为所欲为了。 ⑧舞鳝(qiū)鲤而号狐狸：怪物纷纷作乱，猖獗不已。鳝，同“鳅”，泥鳅。鲤，同“鳝”，鳝鱼。⑨既用：受到重用。仁宗嘉祐五年(1060)，欧阳修任枢密副使，次年转参知政事，时年五十五。 ⑩释位：解职。英宗治平四年(1067)。欧阳修罢参知政事，时年六十一岁。 ⑪请老而归：以年龄大请求退休，回乡养老。神宗熙宁四年(1071)，退居颍州，时年六十六岁。 ⑫庶几于万一：寄托希望于微茫之中。 ⑬奄：忽然。 ⑭溷(hùn)浊：污浊。 ⑮将：还是。无禄：无福。⑯天莫之遗：语出《左传・哀公十六年》：“孔子卒，公诔之曰：‘旻天不吊，不憖遗一老。’”憖(yìn)：愿。 ⑰先君：对已死的父亲的称呼。这里指苏洵。怀宝遁世：满怀经纶，不用于世。 ⑱非公则莫能致：不是欧阳修的举荐就不会用于世。苏洵嘉祐元年携苏轼兄弟入京，以所作文献欧阳修，欧阳修大爱其才，荐为秘书省校书郎。 ⑲不肖：自称谦词。无状：没有品行。 ⑳因缘出入：借着这个机缘出入于欧阳修的门下。 ㉑十有六年：苏轼于嘉祐二年(1057)中进士，主考官是欧阳修，到欧阳修去世时是十六年。㉒义当匍匐往救：古人有弃官奔师丧之例。匍匐，竭力。《诗・邶风・谷风》：“凡民有丧，匍匐救之。” ㉓忸怩：惭愧。 ㉔缄词：封寄祭文。 ㉕尚享：哀祭文的套路，意为“请享用(祭品)吧”。

【品评】

熙宁五年(1072)九月,欧阳修去世。苏轼时任杭州通判,作此祭文。欧阳文忠公,即欧阳修,谥“文忠”。

欧阳修对于苏轼而言,是有着深厚的师生情谊的:既是当年擢拔他的考官,亦是逢人推扬他、以国士之才相待的知己恩师。欧阳公去世,苏轼深怀哀痛与感念之情写下这篇祭文,正如文末所言:“盖上以为天下恸,而下以哭其私。”这里面,是对欧阳修平生道德文章的赞颂,同时也包含着作为个人对欧阳修的景慕和感恩之情。文中以充沛的气势,用六个方面的变化和两个比喻,点明欧阳修的道德、文章、政绩的杰出及其去世对于国家人民所造成的重大损失;又扣合前所谓“民有父母”之语,用“昔其未用时”、“而其既用也”、“及其释位而去也”、“至其请老而归也”、“而犹庶几于万一者”一连五个阶段,写出天下人相应的反响,见出欧阳修的存亡关系到国家治乱与百姓祸福,真如层波叠浪,一转一折令人心酸。文以“呜呼哀哉”开端,复以“呜呼哀哉”结束,无限悲痛,皆自肺腑中来,写得情韵幽咽。清代王文濡《评校音注古文辞类纂》卷七四云:“大处落墨,劲气直达,读之想见古大臣之概。”

超然台记

凡物皆有可观。苟有可观,皆有可乐,非必怪奇伟丽者也。餔糟啜醨,[①]皆可以醉;果蔬草木,皆可以饱。推此类也,吾安往而不乐?[②]

夫所谓求福而辞祸者，[3]以福可喜而祸可悲也。人之所欲无穷，而物之可以足吾欲者有尽。美恶之辨战乎中，[4]而去取之择交乎前，则可乐者常少，而可悲者常多，是谓求祸而辞福。夫求祸而辞福，岂人之情也哉？物有以盖之矣。[5]彼游于物之内，[6]而不游于物之外；物非有大小也，自其内而观之，未有不高且大者也。彼挟其高大以临我，则我常眩乱反覆，[7]如隙中之观斗，又焉知胜负之所在？是以美恶横生，而忧乐出焉；[8]可不大哀乎！

余自钱塘移守胶西，[9]释舟楫之安，[10]而服车马之劳；[11]去雕墙之美，[12]而蔽采椽之居；[13]背湖山之观，[14]而适桑麻之野。[15]始至之日，岁比不登，[16]盗贼满野，狱讼充斥；[17]而斋厨索然，[18]日食杞菊，[19]人固疑余之不乐也。处之期年，[20]而貌加丰，发之白者，日以反黑。[21]余既乐其风俗之淳，而其吏民亦安予之拙也，于是治其园圃，[22]洁其庭宇，伐安丘、高密之木，[23]以修补破败，为苟全之计。[24]而园之北，因城以为台者旧矣，稍葺而新之，[25]时相与登览，放意肆志焉。[26]南望马耳、常山，[27]出没隐见，[28]若近若远，庶几有隐君子乎？[29]而其东则卢山，[30]秦人卢敖之所从遁也。西望穆陵，[31]隐然如城郭，[32]师尚父、齐桓公之遗烈，[33]犹有存者。北俯潍水，[34]慨然太息，[35]思淮阴之功，[36]而吊其不终。[37]台高而安，深而明，夏凉而冬温。雨雪之朝，风月之夕，余未尝不在，客未尝不从。撷园蔬，[38]取池鱼，酿秫酒，[39]瀹脱粟而食之，[40]曰：乐哉游乎！

方是时，[41]余弟子由适在济南，[42]闻而赋之，[43]且名其台曰“超然”。[44]以见余之无所往而不乐者，盖游于物之外也。

【注释】

①铺(bū)糟啜醨(chuò lí)：吃酒糟，喝薄酒。铺，吃。糟，酒糟，滤酒后的渣滓。啜，饮。醨，薄酒。语出《楚辞·渔父》：“众人皆醉，何不铺其糟而啜其醨？” ②安往：到哪里。 ③辞祸：避祸。 ④辨：辨别。战：作战。中：胸中。 ⑤盖：掩盖，蒙蔽。⑥游：游心所处。 ⑦眩乱：迷惑，看不清。 ⑧“是以美恶横生”二句：因此美恶交错而生，忧乐夹杂并出。 ⑨钱塘：指今浙江杭州。胶西：在今山东省胶州、高密一带，宋时属密州，此处代指密州。 ⑩释：放弃。舟楫：船和桨。 ⑪服：从事于。 ⑫去：舍弃。雕墙：此处代指墙上有雕刻、绘画的华美建筑物。 ⑬蔽：躲进，藏身于。采椽(chuán)：以栎木作椽，不加削斲，言其粗朴。语出《韩非子·五蠹》：“尧之王天下也，茅茨不翦，采椽不斲。”采，栎树，通“棌”。另一说，自山采来之椽。采为动词。 ⑭背：离开。⑮适：往，到。桑麻之野：此处指密州。《汉书·地理志》称鲁国“颇有桑麻之业”，密州古属鲁地，故以“桑麻之野”代称之。“释舟楫之安”六句分别从交通、居所、环境三方面作对比，来说明密州不如杭州。 ⑯岁比不登：连年歉收。比，频，多。登，收成。⑰狱讼：诉讼案件。 ⑱斋厨：指厨房。索然：寂寞，零落。⑲杞菊：枸杞、菊花，借指野菜。当时苏轼所作《后杞菊赋》序文中称，他以枸杞、菊花为食。 ⑳期(jī)年：满一年。 ㉑日：一天一天。反：同“返”。 ㉒园圃：种植瓜果蔬菜的场地。 ㉓安丘：县

名，在今山东省潍县南。高密：县名，在今山东省胶州西北。这两个县都属于当时的密州。 ㉔苟全：近于完备。 ㉕葺（qì）：修补。 ㉖放意肆志：纵情，任意。 ㉗马耳、常山：二山名，皆在密州之南。 ㉘见：同“现”，显现。 ㉙庶几：或许。 ㉚卢山：原名故山，在山东诸城县南。相传因秦始皇时博士燕人卢敖避世隐居此山而名。 ㉛穆陵：关名，在今山东省临朐县南大岘山上。 ㉜隐然：形容山高且深的样子。 ㉝师尚父：即吕尚，因辅佐周武王灭商有功，被尊为师尚父，封于齐。齐桓公：名小白，春秋五霸之一。遗烈：遗留下来的功业。 ㉞潍水：即今潍河。源出山东省五莲县西南之箕屋山，流经潍县、诸城等地，至昌邑县入海。 ㉟太息：叹息。 ㊱淮阴：指淮阴侯韩信。韩信率军伐齐，楚派兵二十万救齐，双方夹潍水为阵，韩信最终获胜。 ㊲吊其不终：伤悼他（韩信）不得善终。汉立后，韩信以谋叛之嫌，被吕后用陈平计杀于长乐宫。 ㊳撷（xié）：摘取。 ㊴秫（shú）：高粱之黏者称为秫。古籍中对其他谷物小黏者亦常称秫。秫酒：即高粱酒，也指糯米酿成之酒。 ㊵瀹（yuè）：煮。脱粟：仅脱去谷壳的糙米。 ㊶方是时：正当这个时候。 ㊷余弟子由适在济南：当时苏轼的弟弟苏辙（字子由）任齐州掌书记。济南：即齐州，治所在山东历城。 ㊸闻而赋之：指苏辙作《超然台赋》。 ㊹名：命名。

【品评】

此文作于熙宁八年（1075），时苏轼调任山东密州知州。超然台，故址在今山东诸城县北城上。

东坡到密州第二年增修旧台，其弟子由名之“超然”，取《老子》“虽有荣观，燕处超然”之意。东坡借名发挥，写成此文。全文大旨在抒发自己超然物外，随遇而安，无往而不乐的襟怀。东坡的超然，实是据庄子的观点演化而来，物外则超然忘忧乐，物内则约束役私欲。若以《庄子·齐物论》中态度，则人生没有摆脱不了的苦闷困扰，如此观之，则无往而不乐。文章首段直接来了一番大议论。从正反两面说明置身物内和物外的两种不同的情形，发人深省。接下去笔致一转，落实到自己的生活真实处境上，叙述铺写游超然台之乐。此中写到现实环境的恶劣，实际暗寓着自己的身世感慨，对王安石新政的不满，颇有揭示新政弊端和悲悯人民生活苦境的现实意义。末段照应前文，点题并重申自己“游于物之外”故“无所往而不乐”，简洁有余味。文章开端说理形象，洒然透脱，奠定乐的基调；其后叙事层次分明，论修筑缘起，登览体会，四时游乐之趣，处处散发乐之气息。其情澹澹，其语温润；句式整散交错，长短参差，有韵有调，使超然之乐漫溢纸上。近人吴楚材、吴调侯《古文观止》卷一一云：“是记先发超然之意，然后入事。其叙事处，忽及四方之形胜，忽入四时之佳景，俯仰情深，而总归之一乐。真能超然物外者矣。”评析精要。

后杞菊赋并叙

天随生自言常食杞菊。① 及夏五月，枝叶老硬，气味苦涩，犹食不已。因作赋以自广。② 始余尝疑之，以为士不遇，③ 穷约可也，④ 至于饥饿嚼啮草木，[5]则过矣。而余仕宦十有九年，[6]家日益贫，衣食之奉，[7]殆不如昔者。[8]及移守胶西，[9]意且一饱，[10]而斋厨索然，[11]不堪其忧。[12]日与通守刘君廷式，[13]循古城废圃，[14]求杞菊食之，扪腹而笑。[15]然后知天随生之言，可信不缪。[16]作《后杞菊赋》以自嘲，且解之云。[17]

"吁嗟先生，[18]谁使汝坐堂上称太守？前宾客之造请，[19]后掾属之趋走。[20]朝衙达午，[21]夕坐过酉。[22]曾杯酒之不设，揽草木以诳口。[23]对案颦蹙，[24]举箸噎呕。[25]昔阴将军设麦饭与葱叶，井丹推去而不嗅。[26]怪先生之眷眷，[27]岂故山之无有？"

先生听然而笑曰：[28]"人生一世，如屈伸肘。何者为贫？何者为富？何者为美？何者为陋？或糠覈而瓠肥，[29]或粱肉而墨瘦。[30]何侯方丈，[31]庾郎三九。[32]较丰约于梦寐，[33]卒同归于一朽。吾方以杞为粮，以菊为糗。[34]春食苗，夏食叶，秋食花实而冬食根，庶几乎西河、南阳之寿。[35]"

【注释】

①天随生：晚唐文学家陆龟蒙（？—约881）自号天随子，亦称天随生。 ②自广：自我宽慰。 ③士不遇：读书人生不逢时。 ④穷约：忍受贫穷而节俭。 ⑤嚼啮（niè）：嚼食。啮，咬。

⑥余仕宦十有九年：苏轼于嘉祐二年(1057)进士及第，到作此赋时为熙宁八年(1075)，前后十九年。 ⑦奉：同“俸”，俸禄。⑧殆：大概，大抵。 ⑨移守胶西：改任胶西太守。胶西，汉朝郡名，治所在今山东高密，其辖境相当于今山东胶河以西。宋时为密州，州治在今山东诸城。 ⑩意：愿望，意图。 ⑪斋厨：厨房。索然：空无所有的样子。 ⑫不堪其忧：语出《论语·雍也》：“一箪食，一瓢饮，在陋巷，人不堪其忧。” ⑬通守：官名，即通判，地位在太守之下。刘廷式：字得之，山东人，以殿中丞为密州通判。苏轼有《书刘廷式事》记其生平事迹。 ⑭循：顺着。 ⑮扪(mén)：按，抚摸。 ⑯缪：同“谬”，错误。 ⑰解之：指解嘲。⑱吁嗟(xū jiē)：叹息声。 ⑲造请：上门谒请问候。 ⑳掾(yuàn)属：下属官员。趋走：奔走，效劳。 ㉑朝衙：早上到官署办公。 ㉒酉(yǒu)：十二时辰之一，即今十七点至十九点。㉓揽：采摘。诳(kuáng)口：欺骗嘴。 ㉔颦蹙(pín cù)：皱眉蹙额，形容忧愁的表情。 ㉕箸(zhù)：筷子。噎呕：喉塞作呕。㉖“昔阴将军”二句：东汉信阳侯阴就，一次宴请扶风人清客井丹，“故为设麦饭葱叶之食，丹推去之，曰：‘以君侯能供甘旨，故来相过，何其薄乎？’更置盛馔，乃食。”事见《后汉书·逸民井丹传》。嗅：闻。 ㉗眷眷：依恋，不愿舍弃。 ㉘听然：张口笑的样子。语出司马相如《上林赋》：“亡是公听然而笑。” ㉙糠覈(hé)：糠皮。覈，通“籺”、“麧”，米麦的粗屑。瓠(hú)肥：喻胖而壮。瓠，葫芦瓜，这里形容肥白的人。《史记·陈丞相(平)世家》：“平为人长大美色。人或谓平曰：‘贫，何食而肥若是？’其嫂嫉平之不视家生产，曰：‘亦食糠覈耳。’” ㉚粱肉：泛指精美的食物。粱，即粟，通

称谷子，脱壳后称小米。 ㉛何侯方丈：西晋人何曾，爵列侯，性豪奢，菜肴罗列一平方丈。《晋书·何曾传》："日食万钱，犹曰无下箸处。"方丈，一平方丈。《孟子·尽心下》："食如方丈。" ㉜庾(yǔ)郎三九：据《南齐书·庾杲(gǎo)之传》，杲之"清贫自业，食惟有韭葅(zū)、瀹(yuè)韭、生韭杂菜。任昉(fǎng)尝戏之曰：'谁谓庾郎贫？食鲑(xié)尝有二十七种。'盖戏谐韭为九，三韭(九)为二十七种也。" ㉝丰约：丰，富。约，贫。梦寐：比喻短暂的人生。㉞糗(qiǔ)：炒熟的米麦。 ㉟庶几：差不多。西河：指孔子弟子子夏，居西河，做魏文侯的老师。清代梁玉绳《汉书·人表考》卷三称："孔子卒时，子夏年二十九，而为魏文侯师，盖年几百岁矣。"南阳：指南阳饮菊泉之水的长寿老人。据《抱朴子·仙药》载，南阳郦县山中有甘谷。谷中皆菊花，花堕水中，居人饮之多长寿，高者一百四五十岁，下者也不失八九十岁。

【品评】

本文作于熙宁八年(1075)，时苏轼任密州太守。唐朝陆龟蒙写过一篇《杞菊赋》，故苏轼称此篇为《后杞菊赋》。杞菊指枸杞和菊花，借指野菜。枸杞是一种药材，又名枸杞子，为落叶灌木，花淡紫，果丹红。

宋初本是优善百官的，但推行王安石新法后，朝廷削减了公使钱，州郡长官的日子很不好过。东坡这里表达了对新法的不满，看似发个人牢骚，却触及治国富民的道理，引出对新法之下人民贫困无告生活的忧思。赋以活泼风趣的语言，极尽自我嘲谑，在自嘲中议论风生，认为人不必过多计较生活的富足和贫约，表现出他安贫乐道的人生态度；又借食杞菊可以长寿的事例，寄寓清苦正是疗救人生之良药的哲理。篇幅短小而意蕴深厚。全篇叙事、说理，饱含情味。结构简单，仅用一问一答构成。起句便入题，简捷明快，自我形象非常生动。南宋洪迈《容斋随笔》五笔之卷七《东坡不随人后》条说："东坡公作《后杞菊赋》，破题直云：'吁嗟先生，谁使汝坐堂上称太守？'殆如飞龙抟鹏，骞翔扶摇于烟霄九万里之外，不可搏诘，岂区区巢林翾羽者所能窥探其涯涘哉？"对这篇赋艺术表现的高妙之处，作了相当精彩的评论。

宝绘堂记

君子可以寓意于物，而不可以留意于物。[①]寓意于物，虽微物足以为乐，虽尤物不足以为病；[②]留意于物，虽微物足以为病，虽尤物不足以为乐。老子曰："五色令人目盲，五音令人耳聋，五味令人口爽，驰骋田猎令人心发狂。"[③]然圣人未尝废此四者，亦聊以寓意焉耳。刘备之雄才也，而好结髦；[④]嵇康之达也，而好锻炼；[⑤]阮孚之放也，而好蜡屐。[⑥]此岂有声色臭味也哉，而乐之终身不厌。[⑦]

凡物之可喜，足以悦人而不足以移人者，[⑧]莫若书与画。然至其留意而不释，[⑨]则其祸有不可胜言者。钟繇至以此呕血发冢，[⑩]宋孝武、王僧虔至以此相忌，[⑪]桓玄之走舸，[⑫]王涯之复壁，[⑬]皆以儿戏害其国，凶其身。[⑭]此留意之祸也。

始吾少时，尝好此二者，家之所有，惟恐其失之，人之所有，惟恐其不吾予也。[15]既而自笑曰：吾薄富贵而厚于书，轻死生而重于画，岂不颠倒错缪失其本心也哉？[16]自是不复好。见可喜者虽时复蓄之，然为人取去，亦不复惜也。譬之烟云之过眼，百鸟之感耳，岂不欣然接之，然去而不复念也。于是乎二物者常为吾乐而不能为吾病。

驸马都尉王君晋卿虽在戚里，[17]而其被服礼义，[18]学问《诗》《书》，[19]常与寒士角。[20]平居攘去膏粱，[21]屏远声色，[22]而从事于书画，作宝绘堂于私第之东，[23]以蓄其所有，[24]而求文以为记。恐其不幸而类吾少时之所好，[25]故以是告之，庶几全其乐而远其病也。[26]

熙宁十年七月二十二日记。

【注释】

①"君子"二句：君子可以将心意寄托于物中，但不可以将心意留滞于物中。寓意：寄托或隐含意旨。　②尤物：优异之物。病：祸患，害。　③"老子曰"五句：出自《老子》第十二章。意思是说，缤纷的颜色使人目盲，动听的音乐使人耳聋，精美的食物令人口伤，驰马打猎让人心发狂。爽：伤败，败坏。　④"刘备"二句：三国时刘备雄才伟略，但喜欢织毛。一次，有人送他牛尾，他便随手编结。诸葛亮见了说："您应有远大的志向，难道仅仅结毛而已。"刘备丢掉牛毛回答："这是什么话？我结毛聊以忘忧罢了。"事见《魏略》。髦：毛。　⑤"嵇康"二句：晋时嵇康恬静寡欲，然性

喜打铁。每年夏天，总在自家柳树下打铁。事见《晋书·嵇康传》。达：通达。　⑥“阮孚”二句：晋时阮孚狂放不羁，但性喜制屐(鞋子)。一次，他在制屐时叹道：“不知一生中能穿几双屐啊！”神态仍平和自若。事见《晋书·阮孚传》。放：恣纵，放任。蜡：以蜡涂物。　⑦“此岂有”二句：这难道有什么音乐美色和香气吗？但他们却终身喜欢而不厌倦。　⑧悦人：使人愉悦。移人：使人心摇动。　⑨释：释放，舍去。　⑩“钟繇”句：三国时著名书法家钟繇在韦诞处见到蔡邕的书法，大为倾倒，竟然自椎三日，打得胸青吐血。他向韦诞要这幅字帖，不得。韦诞死后，他竟派人盗墓窃来。　⑪“宋孝武”句：宋孝武帝想要提高自己书法的声誉，独占书坛，以致当时的著名书法家王僧虔不敢过分显露自己的书法才能，故意用拙笔书，才被容纳。事见《南史·王僧虔传》。⑫桓玄之走舸(gě)：晋桓玄性贪鄙，别人有好的字画，必欲获取。元兴二年(403)，桓玄诈表请平后秦姚兴，先命人将书画等装在小船上，说：“这些东西应带在身边，打仗是有危险的，若有意外，可以轻易运走。”大家都笑他。后因篡晋，为刘裕所杀。舸，船。⑬王涯之复壁：唐宰相王涯酷爱书画，倾力搜罗，并藏于夹壁内。“甘露事变”时，他被宦官捕杀，书画被挖掘，损毁殆尽。　⑭凶其身：残害他们的身体。　⑮不吾予：不给我。　⑯“岂不”句：难道不也是轻重厚薄颠倒错误，丧失自己的本心么？　⑰王君晋卿：即王诜(shēn)，字晋卿，太原(今属山西)人。宋英宗女魏国大长公主之夫，官驸马都尉，为苏轼好友。戚里：帝王外戚聚居之处，后因借指外戚。　⑱被服：以被服之不离身，喻亲身感受。⑲学问：学习和询问。被服、学问，这里都作动词用。　⑳寒士：

出身寒微的读书人。角：较量，争竞。 ㉑平居：平日。攘（rǎng）：排斥。膏粱：精美的食物。 ㉒屏（bǐng）：排除，除去。㉓私第：官员之私人住宅。 ㉔蓄：积聚，储藏。 ㉕类：相似。㉖庶几：也许可以。表示希望或推测之词。

【品评】

本文作于熙宁十年（1077）七月，时苏轼任徐州知州。

小题从大处做，实寓箴规在其中。王晋卿宝爱书画，专建了宝绘堂，藏以前后所得法书名画，并请东坡题记以述雅意。文章不从宝绘堂说，却直发议论，开篇即明确提出“君子可以寓意于物，而不可以留意于物”观点，其意思是：人们可以把心意随机寄托在物中，而不可以把心意固执留滞于物中，这样就能超越于得失、福祸、荣辱、是非之外，始终保持乐观的心境，接着进一步说明，寓意和留意两种不同的态度，导致两种各异的结果。举自古之例子印证之。次段由物收束到具体的书画作品，亦以史例印证前文所述观点。又次段切合到自身，提出正确的对待书画态度：“譬之烟云之过眼，百鸟之感耳，岂不欣然接之，然去而不复念也。”末段，才点明作记的缘由和旨意，收束全文。文章充满哲思理趣。“寓意于物”正是东坡人生思想的重要内容，是他一生中行事、待物、处世的态度，所以东坡能洒脱，能旷达，能乐观。

日 喻

生而眇者不识日，[1]问之有目者。[2]或告之曰：[3]“日之状如铜盘。”扣盘而得其声。[4]他日闻钟，以为日也。或告之曰：“日之光如烛。”扪烛而得其形。[5]他日揣籥，[6]以为日也。

日之与钟、籥亦远矣，[7]而眇者不知其异，以其未尝见而求之人也。[8]道之难见也甚于日，而人之未达也，无以异于眇。达者告之，[9]虽有巧譬善导，[10]亦无以过于盘与烛也。自盘而之钟，自烛而之籥，[11]转而相之，岂有既乎？[12]故世之言道者，或即其所见而名之，[13]或莫之见而意之，[14]皆求道之过也。然则道卒不可求欤？[15]苏子曰：[16]道可致而不可求。[17]何谓致？孙武曰：“善战者致人，不致于人。”[18]子夏曰：[19]“百工居肆，以成其事，君子学以致其道。”[20]莫之求而自至，斯以为致也欤！

南方多没人，[21]日与水居也，七岁而能涉，十岁而能浮，十五而能没矣。夫没者岂苟然哉？[22]必将有得于水之道者。[23]日与水居，则十五而得其道；生不识水，则虽壮，见舟而畏之。故北方之勇者，问于没人，而求其所以没，[24]以其言试之河，未有不溺者也。故凡不学而务求道，皆北方之学没者也。

昔者以声律取士，[25]士杂学而不致于道；[26]今也以经术取士，[27]士知求道而不务学。[28]渤海吴君彦律，[29]有志于学者也，方求举于礼部，[30]作《日喻》以告之。

【注释】

①眇(miǎo)：一只眼睛失明。此处指双眼失明。　②之：指

太阳是怎样的。 ③或：有人。 ④扣：敲打。 ⑤扪（mén）：摸。 ⑥揣籥（yuè）：揣，摸。籥，古代似笛子形状的管乐器。有三孔、六孔、七孔几种。 ⑦远：差别大。 ⑧“以其”句：因为他自己没有见过，求别人告诉他。 ⑨达者：明白道的人。 ⑩巧譬善导：用巧妙的比喻和恰当的引导。 ⑪“自盘”二句：从（说日像）盘而（理解成像）钟，从（说日像）蜡烛而（理解成像）乐器。 ⑫“转而”二句：这样辗转牵强附会下去，哪里还有个结果呢？既：尽头。 ⑬即其所见而名之：就他所认识到的一点来解说道。 ⑭莫之见而意之：没有理解到真正的道而臆测地解说。意，臆测，推想。 ⑮道卒不可求欤：道最终不能被认识领会吗？卒，究竟，最终。 ⑯苏子：苏先生。苏轼自称。 ⑰道可致而不可求：道是可以自然地领悟到，但不能刻意地去寻求。致，（自然而然地）得到，在这里有领悟的意思。 ⑱善战者致人，不致于人：善于打仗的人，会使敌人自动就范，而不是跑到对方的圈套里去。出自《孙子·虚实篇》。 ⑲子夏：孔子弟子，名卜商。 ⑳“百工”三句：各类工匠居住在官府作坊里，来完成他所做的事，就像有贤德有境界的人通过学习来达到（领悟）道。语出自《论语·子张》。 ㉑没（mò）人：善于潜水的人。 ㉒夫没者岂苟然哉：善潜水的人难道是可以随便得到这样的技艺吗？苟然，随便。 ㉓有得于水之道者：能够对水的规律有所领悟。 ㉔求其所以没：请教善潜水的人潜水的方法。 ㉕以声律取士：以诗赋取士。声律：声音格律，指诗赋。 ㉖士杂学而不致于道：读书人所学杂乱，不是去领悟义理。 ㉗以经术取士：经术，研究儒家经典的学问。宋初沿用唐制，以诗赋取士。王安石变法，改用考经义取士。 ㉘士知求道而不务学：读书人只是一味空求领悟义理，而不专心读书积累学问。 ㉙渤海：渤海县，今山东滨州市。吴君彦律：吴彦律，名琯。当时任徐州监酒。 ㉚求举于礼部：参加礼部主持的考试，即省试。省试之前是参加州府、转运司的“解试”，省试合格者参加“殿试”。礼部，宋代尚书省六部之一，掌管礼乐、祭祀、朝会、宴飨、学校、贡举等方面的政令。

【品评】

本篇作于元丰元年(1078)十月十三日，苏轼时任徐州知州。

张伯行《唐宋八家文读本》卷二四云：“两喻俱有理趣，思之令人警目。”论的就是此篇。其中心是谈道与学的关系。所谓“道”既指儒家之道，也指万物之理，即世间万事万物本身的规律。所谓“学”即是学习、实践。苏轼用设喻的方法令读者了然。先以盲人臆测太阳，以见道之不可强求；后以南方之没人，以示求道须务于学。两个比喻生动巧妙，发人深省。东坡长于说理，逻辑谨严，前段由状似日常生活般的感性想像，归至对于哲理的思索，由比喻到哲理；后段自哲理说开，引出南人善没的例子，由理致喻。两个比喻相承接，从两面来说，把道与学须并重这个道理说得透彻，又情趣盎然。

放鹤亭记

熙宁十年秋，[1]彭城大水，[2]云龙山人张君之草堂，[3]水及其半扉。[4]明年春，水落，迁于故居之东，东山之麓。升高而望，得异境焉，作亭于其上。彭城之山，冈岭四合，[5]隐然如大环，[6]独缺其西十二。[7]而山人之亭，适当其缺。[8]春夏之交，草木际天，[9]秋冬雪月，千里一色。风雨晦明之间，[10]俯仰百变。[11]山人有二鹤，甚驯而善飞。旦则望西山之缺而放焉，纵其所如，[12]或立于陂田，[13]或翔于云表，暮则傃东山而归，[14]故名之曰"放鹤亭"。

郡守苏轼，时从宾客僚吏往见山人。[15]饮酒于斯亭而乐之，挹山人而告之，[16]曰："子知隐居之乐乎？[17]虽南面之君，未可与易也。[18]《易》曰：[19]'鸣鹤在阴，其子和之。'[20]《诗》曰：[21]'鹤鸣于九皋，声闻于天。'[22]盖其为物，清远闲放，超然于尘垢之外。故《易》、《诗》人以比贤人君子、隐德之士，狎而玩之，[23]宜若有益而无损者，然卫懿公好鹤则亡其国。[24]周公作《酒诰》，[25]卫武公作《抑戒》，[26]以为荒惑败乱无若酒者，而刘伶、阮籍之徒，[27]以此全其真而名后世。[28]

嗟夫！南面之君，虽清远闲放如鹤者，犹不得好；好之，则亡其国。而山林遁世之士，虽荒惑败乱如酒者，犹不能为害，而况于鹤乎？由此观之，其为乐未可以同日而语也！"

山人忻然而笑曰：[29]"有是哉。"[30]乃作《放鹤》《招鹤》之歌曰："鹤飞去兮西山之缺，高翔而下览兮择所适。[31]翻然敛翼，[32]婉将集兮！[33]忽何所见，[34]矫然而复击。[35]独终日于涧谷之间兮，啄苍苔而履白石。"[36]"鹤归来兮！东山之阴。其下有人兮，黄冠草屦，[37]葛衣而鼓琴。[38]躬耕而食兮！[39]其余以汝饱。[40]归来归来兮！西山不可以久留。”

元丰元年十一月初八日记。

【注释】

①熙宁十年：即公元1077年。熙宁，宋神宗赵顼(xū)的年号(1068—1077)。 ②彭城：宋时徐州州治所在地，在今江苏省徐州市。 ③张君：即张师厚，字天骥，号云龙山人。 ④扉：门。⑤冈岭：山冈峰峦环围四周。 ⑥隐然：高耸的样子。 ⑦十二：十分之二。 ⑧当：这里是填补之意。 ⑨际：至，接近。 ⑩晦明：阴晴，明暗。 ⑪俯仰：比喻时间短暂。 ⑫纵：放纵。如：到，往。 ⑬陂(bēi)：池塘。 ⑭傃(sù)：向。 ⑮从宾客僚吏：后面跟随着宾客僚属。 ⑯挹：酌。向张师厚斟酒。 ⑰子：您。古时对男子的尊称或通称。 ⑱南面之君：指君主。古时君主临朝听政时，皆坐北朝南，故称。易：换。 ⑲《易》：指《易经》。⑳“鸣鹤”二句：语出《易·中孚·九二》。阴：山之北、水之南皆曰阴。和(hè)：应和。 ㉑《诗》：指《诗经》。 ㉒“鹤鸣”二句：语出《诗经·小雅·鹤鸣》。九皋：深远的水泽淤地。 ㉓狎：亲近。㉔然卫懿公好鹤则亡其国：据《左传·鲁闵公二年》，卫懿公特别爱好养鹤，让鹤坐大夫乘坐的车，享受公卿的爵位和俸禄。后来，当狄人攻打卫国时，卫国士兵都说：“鹤有禄位，让它们去打吧，我们哪儿会打仗呢？”结果，卫国被狄所灭。 ㉕周公：指周文王之子姬旦。《酒诰》：《尚书·周书》篇名。周成王少弟康叔封于殷之故都，百姓嗜酒，周公以成王之命戒之，是为《酒诰》。 ㉖《抑戒》：

《诗经·大雅》篇名之一。卫武公为讥刺周厉王过度逸乐于酒而作《抑戒》，并以此自戒。 ㉗刘伶、阮籍：均为西晋“竹林七贤”成员，皆有善饮之名。 ㉘全其真：保全其本性。据《晋书·刘伶传》，刘伶纵酒放达，乘鹿车，携一壶酒，使人荷锸(chā)相随，说：“死便埋我。”尝著《酒德颂》，自称“惟酒是务，焉知其余”。据《晋书·阮籍传》，阮籍常借饮酒逃避世事，晋文帝想与他联姻，阮籍大醉六十余日，此事不了了之。 ㉙忻(xīn)：通“欣”。 ㉚有是哉：有这个道理。 ㉛览：看。所适：所往之处。 ㉜翻然敛翼：翻身收起翅膀。 ㉝婉将集兮：盘旋而下，将要歇息。婉，回旋曲折的样子。集，群鸟栖止树上。 ㉞忽何所见：忽然好像看到了什么。 ㉟矫然：矫健的样子。击：这里指冲天而起。 ㊱履：踩，踏。 ㊲黄冠：道士之冠。转为道士的别称。草屦：草鞋。 ㊳葛衣：葛麻制成的衣服。 ㊴躬耕：亲治农事。 ㊵以汝饱：即“以饱汝”，用来喂饱你。汝，这里指鹤。

【品评】

本文作于元丰元年(1078)。时苏轼任徐州知州。

东坡的亭台楼记，从来都不是为记而记，而总是由此及彼，引出议论或抒发感情，此文为东坡自请外任期间的作品。全文旨在说明隐士可以纵情随志，而君主不可以玩物丧志，由此得出隐居之乐甚于南面之乐的结论。文中描画东坡清闲放旷、超脱尘俗的隐居之乐，令人无限神往。此文情理兼备，文采斐然，叙亭记鹤头绪纷繁而错落有致。叙事由亭到境，由境到鹤，最后又归于亭。名为记亭，依次铺展，重点却在摹写异境及隐士好鹤。其中以酒写乐，以酒衬鹤，触物发兴，玲珑跳脱，自然成理。结尾以鹤翔于空，既写出观者东坡内心之清远闲旷，又见所记主人公张山人清雅出尘的情趣。扣合前文，浑然一体。行文空灵随兴，逸气闲荡。借小题目生发大议论，标明心志，前后拍合，妙趣横生。但在畅写隐居之乐中，也流露出作者对当时复杂政治环境隐而不发的悲郁之情。

文与可画筼筜谷偃竹记

竹之始生，一寸之萌耳，[①] 而节叶具焉。[②] 自蜩腹蛇蚹，[③] 以至于剑拔十寻者，[④] 生而有之也。今画者乃节节而为之，叶叶而累之，岂复有竹乎！[⑤] 故画竹必先得成竹于胸中，[⑥] 执笔熟视，[⑦] 乃见其所欲画者，急起从之，[⑧] 振笔直遂，[⑨] 以追其所见，[⑩] 如兔起鹘落，[⑪] 少纵则逝矣。与可之教予如此。[⑫] 予不能然也，而心识其所以然。[⑬] 夫既心识其所以然，而不能然者，内外不一，心手不相应，[⑭] 不学之过也。故凡有见于中而操之不熟者，平居自视了然，而临事忽焉丧之，[⑮] 岂独竹乎！[⑯] 子由为《墨竹赋》以遗与可曰：[⑰]"庖丁，解牛者也，而养生者取之；[⑱] 轮扁，斫轮者也，而读书者与之。[⑲] 今夫夫子之托于斯竹也，[⑳] 而予以为有道者则非耶？"子由未尝画也，故得其意而已。[㉑] 若予者，岂独得其意，并得其法。[㉒]

与可画竹，初不自贵重。[㉓] 四方之人，持缣素而请者，[㉔]

足相蹑于其门。[25]与可厌之，投诸地而骂曰："吾将以为袜材！[26]"士大夫传之，以为口实。[27]及与可自洋州还，而余为徐州。与可以书遗余曰："近语士大夫：'吾墨竹一派，近在彭城，[28]可往求之。'袜材当萃于子矣。"[29]书尾复写一诗，其略曰："拟将一段鹅溪绢，[30]扫取寒梢万尺长。"[31]予谓与可："竹长万尺，当用绢二百五十匹，知公倦于笔砚，愿得此绢而已。"与可无以答，则曰："吾言妄矣！世岂有万尺竹也哉？"余因而实之，[32]答其诗曰："世间亦有千寻竹，月落庭空影许长。"与可笑曰："苏子辩则辩矣。[33]然二百五十匹绢，吾将买田而归老焉。"因以所画《筼筜谷偃竹》遗予，曰："此竹数尺耳，而有万尺之势。"筼筜谷在洋州，与可尝令予作《洋州三十咏》，筼筜谷其一也。予诗云："汉川修竹贱如蓬，斤斧何曾赦箨龙。[34]料得清贫馋太守，渭滨千亩在胸中。"与可是日与其妻游谷中，烧笋晚食，发函得诗，失笑喷饭满案。[35]

元丰二年正月二十日，与可没于陈州。[36]是岁七月七日，予在湖州，曝书画，见此竹，废卷而哭失声。[37]昔曹孟德祭桥公文，有"车过"、"腹痛"之语，[38]而予亦载与可畴昔戏笑之言者，[39]以见与可于予亲厚无间如此也。

【注释】

①一寸之萌耳：竹初生时长约一寸的笋苞。 ②而节叶具焉：（虽是小笋）竹节和叶片却都有了。 ③蜩（tiáo）腹蛇蚹（fù）：喻指开始脱壳拔节的竹笋。蜩腹，蝉的肚腹，有明显的节纹；蛇

蚹，蛇腹下横鳞。皆形容笋的纹理形状。 ④剑拔：像剑一样抽出的竹条。寻：八尺。 ⑤“今画者”三句：现在画竹的人，一节一节地往上添加竹干，一笔一笔地描画竹叶，（这样子）难道还有竹子存在吗？苏轼这里的意思是，应当了解并熟悉竹子的生长规律，在它萌芽状态就具备了竹节和枝叶的雏形，在绘画时也应从整体把握，不该随意地点画，从而失去竹子的真精神。 ⑥“画竹”句：画竹子的时候一定得先在心中已有了竹子的整体形态。⑦执笔熟视：握着笔仔细地看（画纸，好像竹子已画在纸上一样）。形容酝酿画意入神的样子。 ⑧急起从（zòng）之：急速运笔，纵横画去。 ⑨振笔直遂：摇动毛笔，直接捕捉到心中的印象。遂，完成。 ⑩以追其所见：以（这种淋漓挥舞的方式）捕捉到他所构思的图画。 ⑪兔起鹘（hú）落：兔子刚刚跃起，老鹰就落下来（抓住了它）。形容迅捷之态。 ⑫“与可”句：与可教给我这样做。苏轼曾向文与可学过画竹。 ⑬予不能然也，而心识其所以然：我做不到这样（画竹），但是心里是明白这其中的道理的。 ⑭内外不一，心手不相应：内心想像的和手下画出的不一致。此话的意思是理论认识达到了，但是实践功夫还不行，所以画不好。⑮“平居”二句：平常的时候自认为道理都明白，可是临到真显本领时，就一下子忘记了怎么做。 ⑯岂独竹乎：（这个道理）难道只是画竹吗？ ⑰遗（wèi）：赠送。 ⑱而养生者取之：善于养生的人从解牛的道理中悟出了养生的道理。庖丁解牛，事见《庄子·养生主》。 ⑲而读书者与之：善于读书的人同意了这种观点。轮扁斫轮，事见《庄子·天道》。 ⑳“今夫”二句：现在您把高妙的道理寄寓在画竹中，我认为您是对道深有领悟的人，难道不是吗？夫子：古代对男子的尊称。 ㉑意：绘画的道理。㉒法：绘画的技法。 ㉓初不自贵重：开始时并不特别看重自己的画。 ㉔持缣(jiān)素而请：拿着用来作画的细绢(向文与可)求画。缣，细绢，淡黄色。 ㉕足相蹑其门：脚在与可的门前互相踩踏。说明来求画的人众多。 ㉖将以为袜材：要把这缣素用来做袜子的材料。这是与可表示烦恼厌倦的愤慨之辞。 ㉗口实：话柄。 ㉘彭城：徐州。苏轼当时所在地。 ㉙袜材当萃于子：那些可用作袜子材料的缣素必定会汇集到你那里去。这是与可的玩笑话。 ㉚鹅溪：四川盐亭县北，盛产绢。 ㉛扫取寒梢万尺长：挥笔画出万尺竹子。扫取，挥毫画竹的风姿。 ㉜实之：坐实了他的话。即证明世间有万尺竹。 ㉝辩：善于巧说。 ㉞箨(tuò)龙：竹笋。 ㉟喷饭：吃饭时忍不住笑，把嘴里的饭喷出来。㊱没(mò)：去世。 ㊲废卷：放下画卷。 ㊳"车过"、"腹痛"之语：桥玄曾是曹操(字孟德)年轻时好友。他很了解曹操的才干，称之为"命世之才"。后桥玄死，曹操在祭祀他的文章里回忆道，他们曾经开玩笑，相约说，如果一个死后，另一个经过此地，如果不用斗酒只鸡祭祀的话，车行三步，可别怪让你肚子疼。("车过三步，腹痛勿怪")这虽是一时的戏言，但是如果不是至亲之情，谁会这么说呢？事见《三国志·武帝纪》。苏轼在这里用来比喻他和文与可亲密的感情。 ㊴畴昔：过去。

【品评】

本文作于元丰二年(1079)。文与可，名同。苏轼的表兄、好友，北宋大画家，尤长于画竹。梓州永泰人(今四川盐亭县)。世称石室先生。元丰间出守湖州，又称文湖州。筼筜（yún dāng）谷，在洋州（今陕西洋县）。筼筜是一种大竹子。偃竹，风中仰斜的竹子。

记是古代散文的一种体裁。最早用以叙事，至唐宋古文家那里，记长于思辩，在叙事中兼有议论。这篇记是东坡对亡友的怀念。一般的写法，写与画与人相关的一些事即可。但东坡的写法却特别。首段是记述文与可画竹经验，其中蕴含了大量的议论，从画竹的理论与实践，得出“胸有成竹”、技道双修、心手相应的道理，并把这些具体画竹的道理推至整个艺术创作中。次段记述了与可生前日常小事，及与东坡的交往情事。处处显示出与可的洒脱本真性情。把二人关于画竹事而相往来的信件一一写来，语带诙谐，层波叠澜，妙趣横生，令人会心微笑。这段生动的描写，具有极强的艺术感染力，既可从中了解与可的画艺人品，又可见出东坡和与可间的相知情厚。末段简述撰写原委，以曹操祭桥公语，印证二人亲密无间，点明意旨，收束全文。此篇洒脱轻灵，如行云流水，触处生机，以诙谐写沉痛，以洒脱状深情，非惟见东坡之高才，更是见东坡之至情的妙文。

书蒲永升画后

古今画水多作平远细皱，其善者不过能为波头起伏，使人至以手扪之，谓有洼隆，以为至妙矣。[①]然其品格，特与印板水纸争工拙于毫厘间耳。[②]

唐广明中，[3]处士孙位始出新意，[4]画奔湍巨浪，[5]与山石曲折，随物赋形，[6]尽水之变，号称神逸。其后蜀人黄筌、孙知微皆得其笔法。[7]始，知微欲于大慈寺寿宁院壁作湖滩水石四堵，营度经岁，[8]终不肯下笔。一日，仓皇入寺，索笔甚急，奋袂如风，[9]须臾而成，[10]作输泻跳蹙之势，汹汹欲崩屋也。[11]知微既死，笔法中绝五十余年。

近岁成都人蒲永升，嗜酒放浪，性与画会，始作活水，得二孙本意。自黄居寀兄弟、李怀衮之流，[12]皆不及也。王公富人或以势力使之，永升辄嘻笑舍去，遇其欲画，不择贵贱，顷刻而成。尝与余临寿宁院水，作二十四幅，每夏日挂之高堂素壁，[13]即阴风袭人，毛发为立。永升今老矣，画亦难得，而世之识真者亦少。如往时董羽、近日常州戚氏画水，[14]世或传宝之；[15]如董、戚之流，可谓死水，未可与永升同年而语也。元丰三年十二月十八日夜，黄州临皋亭西斋戏书。

【注释】

①"使人"三句：参看沈括《梦溪笔谈》卷一七《书画》："又有观画而以手摸之，相传以为色不隐者（手指摸得出颜色）为佳画。"扪（mén）：抚摸。　②特：但，只。印板：木板印刷的底板。毫厘：比喻细微的事物或微小的数量。　③广明：唐僖宗（李儇）年号（880—881）。　④处士：未仕或不仕的读书人。孙位：唐末会稽人，号会稽山人。后改名遇。僖宗时，自长安入蜀。擅长人物山

水，画龙水尤精，曾在蜀中应天昭觉等寺作壁画。 ⑤湍（tuān）：急流的水。 ⑥随物赋形：随着所遇山石形状的不同而给以不同的形态。 ⑦黄筌：字要叔，五代前蜀成都人。以善画著名，花竹师滕昌祐，鸟雀师刁光，山水师李升，鹤师薛稷，人物龙水师孙位，集诸家之善，无不精妙。仕蜀为翰林待诏，与江南布衣徐熙齐名，并称黄徐。孙知微：字太古，宋眉阳人。精黄老学，善佛道，善画山水、仙官、星辰、人物。画于成都寿宁院炽盛光九曜及诸墙壁，时辈称服。 ⑧营度：琢磨，构思。 ⑨奋袂（mèi）：挥动衣袖，激动的神态。 ⑩须臾（yú）：片刻。 ⑪汹汹：水腾涌貌。 ⑫黄居寀（cǎi）兄弟：黄居寀，字伯鸾，黄筌第三子，工画花竹翎毛。其兄黄居实、黄居宝亦擅长绘画。李怀衮（gǔn）：宋成都人，善山水，亦工木石禽鸟。 ⑬高堂：高大的殿堂，亦指正厅。 ⑭董羽：字仲翔，宋毗陵（今江苏常州）人，善画鱼龙海水。宋太宗曾令羽画端拱楼壁，后画水于玉堂北壁，汹涌澜翻，时人宋白为赋诗云："回眸已觉三山近，满壁皆惊五月寒。"常州戚氏：宋朝常州人中善画水者有戚化元、戚文秀。 ⑮宝：珍爱。

【品评】

本文题一作《画水记》，作于元丰三年（1080），时苏轼在黄州。蒲永升，成都（今四川成都市）人，性嗜酒放浪，善画水。苏轼《与鞠持正》："两日薄有秋气，伏想起居佳胜。蜀人蒲永升临孙知微水图四面，颇为雄爽。杜子美所谓'白波吹素壁'者，愿挂公斋中，真可以一洗残暑也。"

关于苏轼的画评，王圣俞曾说："东坡善画，故知画；知画，故言入底里。”(《苏长公合作》补卷下引)在这篇品评画水的跋文里,苏轼先从唐宋名家入手,以孙位、孙知微为例,写出画水之高妙境界:前者“随物赋形”,极尽变幻神逸之致;后者长于经营酝酿,一旦下笔,须臾即成,奔泻汹涌之势全出。在这样的烘托铺垫之后,终于引出文章的主人公——善画“活水”的蒲永升。而所谓“死水”、“活水”,实际体现出绘画理论上“形似”与“神似”的分别。真正的“活水”,是蒲永升那样“阴风袭人,毛发为立”的画作,而非仅有波纹起伏便称至妙的平庸之笔。并且,苏轼在文中强调了平素积累的重要与捕捉灵感刹那的“性与画会”,认为这才是能够画出神来之“活水”的关键,这也清楚地反映出他在艺术上的深刻领悟与真实感受。此外,对蒲永升不畏权势、率真自然的不俗个性的欣赏,以及对世间识真者少的叹息,也都含蓄地流露出苏轼内心的怅然与感慨之意。此文本身也具有生动传神的画意。沈德潜《唐宋八大家文读本》卷二十四评曰:“古今妙文,无有不成于神来者,天机忽动,得之自然。”沈氏赞赏文中写孙知微入寺一段“尤能状出神来之候”。

方山子传

方山子,光、黄间隐人也。[①] 少时慕朱家、郭解为人,[②] 闾里之侠皆宗之。[③] 稍壮,折节读书,[④] 欲以此驰骋当世,[⑤] 然终不遇。晚乃遁于光、[⑥] 黄间,曰岐亭。[⑦] 庵居蔬食,[⑧] 不与世相闻。弃车马,毁冠服,徒步往来山中,人莫识也。见其所著帽，方屋而高，⑨曰："此岂古方山冠之遗像乎？"⑩因谓之方山子。

余谪居于黄，过岐亭，适见焉。⑪曰："呜呼！此吾故人陈慥季常也，何为而在此？"方山子亦矍然问余所以至此者。⑫余告之故，俯而不答，仰而笑，呼余宿其家。环堵萧然，⑬而妻子奴婢皆有自得之意。余既耸然异之，⑭独念方山子少时，使酒好剑，用财如粪土。前十有九年，余在岐下，⑮见方山子从两骑，⑯挟二矢，⑰游西山，鹊起于前，使骑逐而射之，不获，方山子怒马独出，⑱一发得之。因与余马上论用兵及古今成败，自谓一世豪士。今几日耳，精悍之色，犹见于眉间，而岂山中之人哉？

然方山子世有勋阀，⑲当得官，⑳使从事于其间，今已显闻。而其家在洛阳，园宅壮丽，与公侯等。㉑河北有田，㉒岁得帛千匹，亦足以富乐。皆弃不取，独来穷山中，此岂无得而然哉？㉓

余闻光、黄间多异人，㉔往往阳狂垢污，㉕不可得而见，方山子傥见之与！㉖

【注释】

①光：光州，在今河南省潢川县。黄：黄州，在今湖北省黄冈市。隐人：隐士。　②朱家：秦末汉初鲁（今山东曲阜一带）人，好结交豪士，为当时著名游侠。郭解：字翁伯，河内轵（今河南济源）人，汉初著名侠客。　③闾里：乡里，泛指民间。宗：尊崇。

④折节：以强力改变平日志向。 ⑤驰骋当世：在当代施展抱负。 ⑥遁：隐去。 ⑦岐亭：镇名，在今湖北麻城西南。 ⑧庵：小草屋。蔬食：粗食，以青菜为食。 ⑨方屋而高：帽顶形方而突起。 ⑩方山冠：汉代祭祀宗庙时，乐舞者所戴之冠。唐宋时多为隐士所用。 ⑪"余谪居于黄"三句：指元丰三年(1080)正月，苏轼前往黄州贬所途中经过岐亭，遇见陈慥，逗留五天才离去。适：恰好。 ⑫矍(jué)然：惊奇相视的样子。 ⑬环堵萧然：屋子里空荡荡的，十分简陋。语出陶渊明《五柳先生传》："环堵萧然，不蔽风日。"环堵，四围土墙。萧然，冷落、凄清的样子。 ⑭耸然：惊动的样子。 ⑮岐下：即陕西凤翔县，境内有岐山，故称。 ⑯从：使……跟从。 ⑰矢：箭。这里泛指弓箭。 ⑱怒马：奋马。 ⑲勋阀：功臣的门第。 ⑳当得官：应当荫补得官。 ㉑等：等同。 ㉒河：指黄河。 ㉓此岂无得而然哉：这难道是一无所得而这样的吗？ ㉔异人：不寻常的人。 ㉕阳狂：同"佯狂"，装疯。垢污：涂抹脏污之物。 ㉖傥见：偶然相见。傥，同"倘"。与，同"欤"。

【品评】

本文作于元丰四年(1081)，时苏轼在黄州。方山子，即陈慥(zào)，字季常，号方山子。与苏轼相友善。

此文的特殊在于，虽名为传记，实际是为尚未去世的人作传，与一般传记概述传主一生行事大略的作法固不同，因而属传记中的变格。此传不涉及方山子的家世，也未详述其五十年来的经历，而是突出他的行侠与深隐，以酣畅淋漓的笔墨塑造了一位高蹈出世之侠隐的性情境界。沈德潜评曰:“写游侠须眉欲动,写隐沦姓字俱沉,自是传神能事。”(《唐宋八大家文读本》卷二四)方山子的尚侠非为报个人恩仇,而在于有志于用世,不为世所用则隐居不出。他的遭遇反映了怀才志士的不得意,对此东坡知之甚深。加之写作此文时,东坡尚是黄州带罪身份,方山子给予他的友情,自然是珍贵难得,而方山子的洒脱傲世胸怀,任侠甘隐的行事方式,更使得东坡在萧条寂寞的世间得到鼓舞和抱慰。所以,东坡此文是有所触动而发的,是他贬居心态的一种折射。文章奇诡跌宕,叙事生动,描画入神,宛若一篇传奇小说,可惊可喜,扣人心弦。“文如游龙在云中,乍现乍隐,究不露全身,所以为妙”(《纂评唐宋八大家文读本》卷七引赖山阳语)。

赤壁赋

壬戌之秋,① 七月既望,② 苏子与客泛舟游于赤壁之下。③ 清风徐来,水波不兴。举酒属客,④ 诵《明月》之诗,⑤ 歌《窈窕》之章。⑥ 少焉,⑦ 月出于东山之上,徘徊于斗、牛之间。⑧ 白露横江,⑨ 水光接天。纵一苇之所如,⑩ 凌万顷之茫然。⑪ 浩浩乎如冯虚御风,⑫ 而不知其所止;飘飘乎如遗世独立,⑬ 羽化而登仙。⑭

于是饮酒乐甚,扣舷而歌之。⑮ 歌曰:“桂棹兮兰桨,⑯ 击空明兮泝流光。⑰ 渺渺兮予怀,⑱ 望美人兮天一方。”⑲ 客有吹洞箫者,⑳ 倚歌而和之。㉑ 其声呜呜然,如怨如慕,如泣如诉。余音袅袅，[22]不绝如缕，舞幽壑之潜蛟，泣孤舟之嫠妇。[23]

苏子愀然，[24]正襟危坐而问客曰：[25]“何为其然也？”

客曰：“‘月明星稀，乌鹊南飞。’[26]此非曹孟德之诗乎？[27]西望夏口，[28]东望武昌，[29]山川相缪，[30]郁乎苍苍，[31]此非孟德之困于周郎者乎？[32]方其破荆州，下江陵，顺流而东也，[33]舳舻千里，[34]旌旗蔽空，酾酒临江，[35]横槊赋诗，[36]固一世之雄也，[37]而今安在哉？[38]况吾与子渔樵于江渚之上，[39]侣鱼虾而友麋鹿；[40]驾一叶之扁舟，[41]举匏樽以相属。[42]寄蜉蝣于天地，[43]渺沧海之一粟。[44]哀吾生之须臾，[45]羡长江之无穷。挟飞仙以遨游，[46]抱明月而长终。知不可乎骤得，[47]托遗响于悲风。”[48]

苏子曰：“客亦知夫水与月乎？[49]逝者如斯，[50]而未尝往也；[51]盈虚者如彼，[52]而卒莫消长也。[53]盖将自其变者而观之，则天地曾不能以一瞬；[54]自其不变者而观之，则物与我皆无尽也，而又何羡乎！且夫天地之间，[55]物各有主；苟非吾之所有，虽一毫而莫取。[56]惟江上之清风，与山间之明月，耳得之而为声，目遇之而成色，取之无禁，用之不竭，是造物者之无尽藏也，[57]而吾与子之所共适。”[58]

客喜而笑，洗盏更酌，[59]肴核既尽，[60]杯盘狼藉。[61]相与枕藉乎舟中，[62]不知东方之既白。[63]

【注释】

①壬戌(xū):宋神宗元丰五年(1082)。 ②既望:阴历每月的十六日。既,过了。望,阴历每月十五日,因这天夜里月亮与太阳相望,故称。 ③苏子:苏轼自称。 ④属(zhǔ):祝酒劝饮。⑤《明月》之诗:指《诗经·陈风·月出》篇。 ⑥《窈窕》之章:指《月出》的第一章,其中有"月出皎兮,佼(jiǎo)人僚兮,舒窈纠(jiǎo)兮"的句子。窈窕即窈纠,故苏轼称之为"窈窕之章"。⑦少焉:一会儿。 ⑧斗、牛:星宿名,指南斗星和牵牛星,位于吴越的分野。 ⑨白露:指月光下水面呈现出的白茫茫的水气。⑩纵:听任。一苇:比喻小船。语出《诗经·卫风·河广》:"谁谓河广,一苇杭(航)之。"如:往,到。 ⑪凌:凌驾,超越。万顷:形容江面之广阔。茫然:旷远迷茫的样子。 ⑫浩浩乎:水大的样子。冯(píng)虚:凌空。冯,同"凭",依托。虚,天空。御风:驾风。《庄子·逍遥游》:"列子御风而行,泠然善也。" ⑬遗世独立:抛开尘世,了无牵挂。 ⑭羽化:道家用语,指飞升成仙。登仙:飞入仙境。 ⑮叩舷:敲击船边。这里是打节拍的意思。⑯棹(zhào)、桨:划船的工具。桂、兰都是形容其精美。语出屈原《九歌》:"桂棹兮兰枻(yì)。" ⑰击空明:指船桨击打着清澈的江水。空明:指月光映照下清澈透明的江水。泝(sù)流光:指船在浮动着月光的水面上逆流而进。泝,同"溯",逆流而上。流光,水面上随波浮动的月光。 ⑱渺渺:悠远的样子。 ⑲美人:指所思慕的人。古时常用来作为贤君圣主或美好理想的象征。⑳客:指道士杨世昌,四川绵竹人,识音律,善吹箫。 ㉑倚歌而和之:按歌声吹箫伴奏。 ㉒袅袅:形容声音细弱缭绕,绵延不

绝。 ㉓“舞幽壑”二句：舞、泣皆是使动用法，即“使……起舞”，“使……哭泣”。幽壑：深谷，深渊。嫠（lí）妇：寡妇。 ㉔愀（qiǎo）然：忧愁不乐的样子。 ㉕正襟危坐：整理衣襟，严肃地端坐着。 ㉖“月明星稀”二句：这是曹操《短歌行》中的句子。㉗孟德：曹操的字。 ㉘夏口：城名，故址在今湖北武汉市黄鹄山上，相传为三国吴孙权所建。 ㉙武昌：今湖北鄂城。 ㉚缪（liáo）：连结，盘绕。 ㉛郁乎：茂盛的样子。 ㉜困于周郎：被周郎围困打败。周郎，即周瑜，三国时孙吴名将。二十四岁就做了中郎将，时人称为“周郎”。汉献帝建安十三年（208），周瑜率军火烧曹操战船，大败曹军于赤壁。 ㉝“方其破荆州”三句：指曹操在荆州降服刘琮，攻占江陵，向东进军赤壁。方，当。荆州，郡名，治所在今湖北襄阳。江陵，今属湖北。 ㉞舳舻（zhú lú）：长方形的战船。 ㉟酾（shī）酒：滤酒，这里是斟酒、饮酒的意思。 ㊱横槊（shuò）：横执着长矛。 ㊲固：本来。 ㊳安在：何在，在什么地方。 ㊴渔樵：打鱼砍柴。江渚：江边小洲。 ㊵侣、友：这里名词活用作动词。 ㊶扁（piān）舟：小船。 ㊷匏（páo）樽：葫芦做的酒器。 ㊸寄蜉蝣（fú yóu）于天地：像蜉蝣那样短促地寄生于天地之间。蜉蝣，昆虫名，夏秋之间生于水边，朝生暮死，这里用来比喻人生短促。 ㊹渺沧海之一粟：渺小得如同大海中的一粒小米。沧海，大海。 ㊺须臾：片刻。 ㊻挟：挟持，携带，这里有“伴随”之意。 ㊼骤得：多得，频频而得。 ㊽遗响：指箫的余音。 ㊾夫（fú）：语助词。 ㊿逝者如斯：语出《论语·子罕》：“子在川上曰：‘逝者如斯夫，不舍昼夜。’”斯，此，指水。 51往：消逝。 52盈虚：指月满、月亏。彼：那，指月亮。 53卒：到底。

消长：消减和增长。 ㉞“盖将”二句：若从变化的一面来看，那么天地间的事物连一眨眼的工夫都不能保持原样。盖将：如果。曾：竟。 ㉟且夫：发语词，况且。 ㊱虽：即使。 ㊲造物者：指大自然。藏（zàng）：宝藏。 ㊳共适：共同赏玩享受。 ㊴更酌：再斟酒重饮。 ㊵肴核：菜肴和果品。 ㊶狼藉：杂乱。 ㊷相与：互相。枕藉：枕头和垫褥。这里做动词用。 ㊸既白：天色已亮。

【品评】

此赋写于元丰五年（1082），时苏轼在黄州（今湖北省黄冈市）做团练副使。长江、汉水流域共有五处叫赤壁的地方。三国时“赤壁之战”的旧址，一般认为是在今湖北嘉鱼县境内；苏轼所游的赤壁，是今湖北黄冈的赤鼻矶，两者并非一地。

好的诗文，除了高超的表现艺术之外，更主要是其所呈露的作者高远的思想情怀。这篇赋写东坡月夜泛游赤壁的见闻感受。先写他在江山美景中的超然之乐，继写凭吊历史英雄的兴亡引发的现实人生苦闷，结末写他在对大自然和人类“变”与“不变”的哲理思索中获得了精神解脱。东坡的“不变”观使他在灰暗的政治环境中保持旷达精神，自适其适，与宇宙万物达到融通状态。文章以主客对话形式，展现了东坡独特的内心世界，写得波澜起伏又淋漓尽致。全篇从乐到悲，又以乐作结。旷达的诗文自古就有，但是若把东坡《赤壁赋》的文字与他彼时彼地的处境联系在一起，才更能见出东坡不同于常人的高卓之处来。这正是东坡在被贬黄州，过了两年多贫困苦闷的生活之后，写下的雄文杰作。当时他从人生大难中刚刚逃脱，生活在冷落僻远的小城，精神上该是非常苦闷的，但我们在《赤壁赋》里，仍能体会到他乐观向前，刚健不息的精神气质和勇力，这是极其难能可贵的。

文中议论说理虽多，但都是缘景、缘情、缘事而发，兼带情韵而行，又多借想像、幻想、比喻、夸张等手法形象地表达，所以读来意趣盎然。写景仅寥寥几笔，极简约，展现出空明清旷、辽阔苍茫的秋夜气象。道士吹箫一段，以白描和比喻把哀怨箫声与听者感受一并写出，辅以“舞幽壑”二句的夸张和幻想，千古之下也仍如亲聆其声。写小舟凌波，“如冯虚御风”，如“羽化而登仙”，潇洒神奇，出尘绝俗。全篇多用偶句，少对仗，注入散文的气势笔调，行文疾徐有致，音节起伏顿挫，押韵自由灵活，具有鲜明的节奏感和旋律美。如“方其破荆州”之下八句，句子长短交错，将曹操进军赤壁的声势写得力透纸背。总之，东坡以其郁勃诗情纵笔挥洒，文章舒卷自如，摇曳生姿，变化莫测，达到了他所提倡的“如万斛泉源，不择地而出”(《自评文》)、“文理自然，姿态横生”(《答谢民师书》)的妙境。宋张表臣《珊瑚钩诗话》卷一谓：“《赤壁赋》卓绝近于雄风。”信然。

后赤壁赋

是岁十月之望，[①] 步自雪堂，[②] 将归于临皋。[③] 二客从予，过黄泥之坂。[④] 霜露既降，木叶尽脱。[⑤] 人影在地，仰见明月。顾而乐之，[⑥] 行歌相答。[⑦]

已而叹曰：[8]"有客无酒，有酒无肴；月白风清，如此良夜何？"客曰："今者薄暮，[9]举网得鱼，巨口细鳞，状似松江之鲈。[10]顾安所得酒乎？"[11]归而谋诸妇。[12]妇曰："我有斗酒，藏之久矣。以待子不时之须。"[13]

于是携酒与鱼，复游于赤壁之下。[14]江流有声，断岸千尺，[15]山高月小，水落石出。曾日月之几何，[16]而江山不可复识矣。予乃摄衣而上，[17]履巉岩，[18]披蒙茸，[19]踞虎豹，[20]登虬龙，[21]攀栖鹘之危巢，[22]俯冯夷之幽宫。[23]盖二客不能从焉。[24]划然长啸，[25]草木震动，山鸣谷应，风起水涌。予亦悄然而悲，[26]肃然而恐，[27]凛乎其不可留也。[28]返而登舟，放乎中流，[29]听其所止而休焉。[30]时夜将半，四顾寂寥。适有孤鹤，横江东来，翅如车轮，玄裳缟衣，[31]戛然长鸣，[32]掠予舟而西也。

须臾客去，[33]予亦就睡。梦一道士，羽衣翩跹，[34]过临皋之下，揖予而言曰：[35]"赤壁之游乐乎？"问其姓名，俯而不答。呜呼噫嘻！[36]我知之矣。畴昔之夜，[37]飞鸣而过我者，非子也耶？"道士顾笑，[38]予亦惊悟。[39]开户视之，不见其处。

【注释】

①是岁：指作《赤壁赋》的同一年，即壬戌年(1082)。望：阴历每月十五日。　②雪堂：苏轼贬官黄州后在东坡新建的厅堂。因在雪天落成，四壁绘有雪景，故名。　③临皋(gāo)：亭名。在今湖北黄冈县南、长江岸旁。苏轼家居于此。　④黄泥之坂：即黄

泥坂，东坡附近的山坡名。坂，山坡。 ⑤木叶：树叶。 ⑥顾而乐之：俯仰环顾，非常快乐。 ⑦行歌相答：边走边唱，互相酬答。⑧已而：过了一会儿。 ⑨薄(bó)暮：傍晚。薄，迫近。 ⑩松江之鲈：松江县的鲈鱼。松江，县名，今属上海市。鲈，体扁狭，头大，味美。 ⑪顾：但是。安所：从什么地方。 ⑫谋诸妇：跟妻子商量。诸，“之于”的合音词。 ⑬子：您。古时对男子的尊称或通称。不时之须：随时的需要。 ⑭复游：这年七月苏轼曾游过赤壁，见《赤壁赋》。这次是再度游览。 ⑮断岸：陡峭的江岸。⑯曾：才，刚刚。 ⑰摄衣：撩起衣襟。 ⑱履：践、踏。巉(chán)岩：险峻的山石。 ⑲披：拨开。蒙茸：杂乱的草丛。 ⑳踞虎豹：蹲坐在形似虎豹的(山石)上。 ㉑虬(qiú)龙：古代传说中一种无角的小龙。 ㉒鹘(hú)：鸷鸟，能俯击鸠鸽而食之。一说鹘即隼(sǔn)。危巢：高高的鸟巢。 ㉓冯(féng)夷：黄河之神，又名河伯，也泛指水神。幽宫：深宫。 ㉔盖：连接词，有提起下文的作用。 ㉕划然：形容长啸的声音，好像物之划裂似的。啸：嘬口发出清越悠长的声音。 ㉖悄然：忧愁的样子。 ㉗肃然：静默屏息的样子。 ㉘凛乎：使人畏惧。 ㉙放乎中流：放船到江心。 ㉚听其所止而休焉：任凭船漂流到哪里，就在哪里停泊。㉛玄：黑色。裳：下裙。缟(gǎo)：白色的丝织品。衣：上衣。㉜戛(jiá)然：形容鹤叫的尖利声。 ㉝须臾(yú)：过了片刻。㉞羽衣：用鸟羽制成的衣服，后称道士所穿的衣服为羽衣。蹁跹(pián xiān)：本指旋转的舞姿，这里指步履飘然轻快的样子。㉟揖(yī)予：向我拱手施礼。 ㊱呜呼噫嘻：感叹词。 ㊲畴(chóu)昔：往昔，过去，这里指昨天。 ㊳顾：看。 ㊴悟：通

"寤",醒。

【品评】

本赋作于元丰五年(1082),是苏轼上次游览赤壁三个月后重游时所写。

《后赤壁赋》写重游赤壁,作品主旨、艺术构思、具体描写手法以及情调氛围意境都与前赋有显著不同,可见东坡是有意另辟蹊径,避免重复的。

前赋侧重议论说理,后赋通篇写景叙事。东坡写冬景,能捕捉住突出特征,绘影绘声,绘光色动静,可谓体物精工,白描传神,句句是天然妙景。写登山涉险情景,渲染出可惊可怖气氛,又暗寓比兴,寄托着东坡在政治斗争旋涡中激流勇进到被迫害后惶恐悲凉,最后在大自然怀抱中放浪自适的思想感情变化历程。结末写孤鹤化为道士,梦中与他晤对,写得迷离惝恍,而深邃的哲理意味即从这种虚无缥缈的氛围中透出。如果说前赋以议论表达东坡关于物我永恒不变的观点,那么后赋则在写景叙事中表现出物我有如梦幻般的瞬息变化,并在最后以孤鹤、道士、诗人自我三者合一,对天地万物与我融为一体的自然妙旨予以形象的表达。可见,前赋以神思驰骋、意气纵横扣人心弦;后赋则以空灵奇幻、含蓄蕴藉发人深省。前后两赋,相互发明,相映生辉,无愧为宋代文赋中的双璧。

记承天寺夜游

元丰六年十月十二日,夜,解衣欲睡;月色入户,欣然起行。念无与为乐者,[①] 遂至承天寺,寻张怀民。[②] 怀民亦未寝,相与步于中庭。

庭下如积水空明,水中藻荇交横,[③] 盖竹柏影也。

何夜无月,何处无竹柏,但少闲人如吾两人耳。[④]

【注释】

①念无与为乐者:想到没有可以和自己一起游乐的人。②张怀民:即张梦得,字怀民,又字偓佺,清河(今河北清河县)人。当时他也谪居于黄州,曾在黄州江上建快哉亭。苏轼于元丰六年十一月为之作《黄州快哉亭记》,苏辙亦同时写有《水调歌头·黄州快哉亭赠张偓佺》。 ③藻荇(xìng):水藻荇菜。都是水生植物。 ④闲人:清闲之人。苏轼这时所挂的官职是有名无实的,所以得以清闲;另外在身心上无牵无挂,较有心灵之自由,所以也可称之为清闲。

【品评】

此篇作于元丰六年(1083),时苏轼在黄州贬所已四年。承天寺,故址在今湖北黄冈南。

境由心生——明净清幽之境,恰可见东坡此时澄澈之幽怀。这篇仅有八十四字的小文,记录了一次偶然月夜游赏承天寺情景。事件很简单,所见亦无他可叙。但东坡良夜无寐,起寻好友,同观中庭月影之事,娓娓写来,语淡思深。以澄澈的积水比拟明净的月色,以水中藻荇比拟竹柏淡影,既真切,又似梦般朦胧恍惚。如此简淡之笔,勾画出如此隽永的画境。“闲人”一语,似自我轻嘲，似微讽世人，意味悠长。若无东坡坎坷人生经历与高超的审美意趣，便无法写出这样生动简净，如在梦中的清幽之境。储欣《唐宋十大家全集录·东坡集录》卷九云："仙笔也。读之觉玉宇琼楼，高寒澄澈。"

记游定惠院

黄州定惠院东，小山上，有海棠一株，特繁茂。每岁盛开，必携客置酒，已五醉其下矣。今年复与参寥师二三子访焉，[1]则园已易主。主虽市井人，[2]然以予故，稍加培治。[3]山上多老枳，[4]木性瘦韧，筋脉呈露，如老人项颈。花白而圆，如大珠累累，[5]香色皆不凡。此木不为人所喜，稍稍伐去；[6]以予故，亦得不伐。既饮，往憩于尚氏之第。[7]尚氏亦市井人也，而居处修洁，[8]如吴越间人。竹林花圃皆可喜。醉卧小板阁上，稍醒，闻坐客崔成老弹雷氏琴，[9]作悲风晓月，铮铮然，[10]意非人间也。晚乃步出城东，鬻大木盆，[11]意者谓可以注清泉，瀹瓜李。[12]遂夤缘小沟，[13]入何氏、韩氏竹园。[14]时何氏方作堂竹间，既辟地矣，遂置酒竹阴下。有刘唐年主簿者，馈油煎饵，[15]其名为"甚酥"，[16]味极美。客尚欲饮，而予忽兴尽，乃径归。道过何氏小圃，乞其藂橘，[17]移种雪堂之西。[18]坐客徐君得之，[19]将适闽中，以后会未可期，请予记之，为异日拊掌。[20]时参寥独不饮，以枣汤代之。

【注释】

①参寥：指僧道潜，字参寥，於潜（今浙江临安市於潜镇）人。能诗文，为苏轼友人。 ②市井人：商贾的代称。 ③培治：管理，疏理。 ④枳（zhǐ）：木名，木如橘而小，高五七尺，叶多刺。春生白花，至秋成实，果小味酸，不能食，可入药。 ⑤累累：联贯成串，多貌。 ⑥稍稍：渐渐，逐渐。 ⑦憩（qì）：休息。 ⑧修洁：整饬洁净。 ⑨崔成老：即崔闲，字成老，善鼓琴，当时在苏轼家中作客。雷氏琴：唐代蜀中雷威工于制琴，世称其所制琴为雷琴，为宋人所贵重。苏轼家有一张。 ⑩铮铮：形容金属、玉器等相撞击声，这里用以形容琴声。 ⑪鬻（yù）：此处指“买”。 ⑫瀹（yuè）：浸渍。 ⑬夤（yín）缘：沿着。小沟：苏轼《水龙吟》：“小沟东接长江，柳堤苇岸连云际”，即指此“小沟”。 ⑭何氏：指何圣可。韩氏：指韩毅甫。 ⑮馈（kuì）：赠送。饵：糕饼。 ⑯甚酥：一种油煎米粉饼。苏轼赠刘唐年诗有“已倾潘子‘错著水’，更觅君家‘为甚酥’”之句。 ⑰藂（cóng）橘：丛生之橘。藂，同“丛”。 ⑱雪堂：苏轼在黄州时所筑堂。因建于大雪中，四壁又绘有雪景，故名。 ⑲徐君得之：即徐大正，字得之，为黄州知州徐大受（君猷）之弟。 ⑳异日：他日。拊掌：拍手。

【品评】

本文作于元丰七年（1084），时苏轼在黄州贬所已五年。定惠院：在黄州城东南，苏轼在黄州时常来游赏此地。元丰七年二月一日，苏轼曾与参寥子、徐得之步行来游，“且约后日携酒寻春于此”（见稗海本《东坡志林》卷十）。后果于三月三日与参寥子、徐得之、崔成老再度来游，本篇即记当日情事。

被贬黄州的岁月，对苏轼来说是一个重要转折阶段。面对宦海风波，他无疑会感到苦闷失意，然而，天性旷达、襟怀明澈的苏轼也懂得于困境中反省自我，思索现实、生命与理想的种种冲突融合之处，从而提升一己的人生境界。从这个角度说，苦难成就了他。正是在黄州时期，苏轼写出了《赤壁赋》、《念奴娇·赤壁怀古》、《临江仙·夜归临皋》等传世佳作。游赏定惠院一篇，是记录苏轼与好友闲游的情景感受。由五醉海棠花下起笔，叙述枳花香色之美，尚氏宅第的修洁可喜，醉卧听琴的清兴，散步鬻盆的闲情，竹园品尝饼饵以及归途中乞橘树移种的点滴琐事，一路娓娓写来，亲切可喜，有对日常生活的热爱享受之意，有随遇而安的淡泊宁静之思。不见刻意的安排结构，也无呆板凌乱之感，于不经意中自然挥洒真率情韵，淡处有味，浅语有致，很可代表东坡小品的佳胜之处。

石钟山记

《水经》云：[①]“彭蠡之口，[②]有石钟山焉。”郦元以为，[③]“下临深潭，微风鼓浪，水石相搏，[④]声如洪钟”。[⑤]是说也，人常疑之。今以钟磬置水中，[⑥]虽大风浪，不能鸣也，而况石乎？至唐李渤，[⑦]始访其遗踪，[⑧]得双石于潭上。“扣而聆之，[9]南声函胡，[10]北音清越，[11]桴止响腾，[12]余韵徐歇”，[13]自以为得之矣。然是说也，余尤疑之。石之铿然有声者，[14]所在皆是也，而此独以“钟”名，何哉？

元丰七年六月丁丑，[15]余自齐安舟行适临汝，[16]而长子迈将赴饶之德兴尉，[17]送之至湖口，[18]因得观所谓“石钟”者。寺僧使小童持斧，于乱石间，择其一二，扣之硿硿焉，[19]余固笑而不信也。至暮夜月明，独与迈乘小舟，至绝壁下。大石侧立千尺，如猛兽奇鬼，森然欲搏人；[20]而山上栖鹘，[21]闻人声亦惊起，磔磔云霄间；[22]又有若老人欬且笑于山谷中者，或曰："此鹳鹤也。[23]"余方心动欲还，[24]而大声发于水上，噌吰如钟鼓不绝，[25]舟人大恐。徐而察之，则山下皆石穴罅，[26]不知其浅深，微波入焉，[27]涵澹澎湃而为此也。[28]舟回至两山间，将入港口，有大石当中流，[29]可坐百人，空中而多窍，[30]与风水相吞吐，有窾坎镗鞳之声，[31]与向之噌吰者相应，如乐作焉。因笑谓迈曰："汝识之乎？噌吰者，周景王之无射也；[32]窾坎镗鞳者，魏庄子之歌钟也。[33]古之人不余欺也。"[34]

事不目见耳闻而臆断其有无，[35]可乎？郦元之所见闻，殆与余同，[36]而言之不详；士大夫终不肯以小舟夜泊绝壁之下，故莫能知；而渔工水师，[37]虽知而不能言，此世所以不传也。而陋者乃以斧斤考击而求之，[38]自以为得其实。余是以记之，盖叹郦元之简，而笑李渤之陋也。

【注释】

①《水经》:旧题汉桑钦撰,但从所记的地理情况看,可能为三国时人所作。记我国河流水道,共一百三十七条。 ②彭蠡(lǐ):即鄱阳湖,在今江西省北部。 ③郦(lì)元:即郦道元,字善长,北魏范阳涿县(今河北涿州市)人。他为《水经》作注,注文二十倍于原书,成《水经注》四十卷,为我国古代地理学的名著之一,在地理学和文学上,都具有相当价值。 ④相搏:相互搏击。 ⑤洪钟:大钟。按,苏轼所引《水经》两句和《水经注》四句,今本均无,系转引自李渤《辨石钟山记》一文。 ⑥磬(qìng):古代一种玉制或石制的乐器。 ⑦李渤:字浚(jùn)之,唐朝洛阳(今河南省洛阳市)人,曾任江州(今江西九江)刺史。写过一篇《辨石钟山记》。 ⑧遗踪:旧迹。这里指石钟山的所在地。 ⑨叩:敲击。 ⑩南声函胡:南边那块石头声音模糊厚重。函胡,即含糊。 ⑪北音清越:北边那块石头声音清脆悠远。 ⑫桴(fú):鼓槌。腾:传扬。 ⑬徐:慢。 ⑭铿(kēng)然:敲击石头或金属发出的声音。从"扣而聆之"以下五句,均见李渤《辨石钟山记》一文。 ⑮元丰:宋神宗的年号(1078—1085)。丁丑:古人以干支记年月日,六月丁丑是六月初九日(阳历七月十四日)。 ⑯齐安:故址在今湖北黄冈市西北。适:往,到。临汝:今河南临汝。时苏轼由黄州团练副使改官汝州。 ⑰长子迈:即苏迈。饶之德兴:饶州府德兴县(今属江西)。尉:县尉,县之副长官。 ⑱湖口:县名,属江西省。 ⑲硿硿(kōng):敲击山石声。焉:词尾,犹言"然"。 ⑳森然:阴森森地。搏:扑击。 ㉑栖:栖宿。鹘(hú):鸷鸟,能俯击鸠鸽而食之。一说鹘即隼。 ㉒磔磔(zhé):鸟鸣声。 ㉓鹳

(guàn)鹳：鸟名，形似鹤而无红顶，在树上结巢。 ㉔心动：指心跳，突感不安。 ㉕噌吰(chēng hóng)：象声词，多指钟鼓声。㉖穴：孔洞。罅(xià)：裂缝，空隙。 ㉗焉：于此。此，即穴罅。㉘涵澹(hán dàn)：水摇荡貌。澎湃：波浪互相冲击。而为此：而形成了噌吰之声。 ㉙中流：水中央的激流。 ㉚窍：孔，洞。㉛窾坎(kuǎn kǎn)：击物声。镗鞳(tāng tà)：钟鼓声。 ㉜周景王：姓姬，名贵，公元前544年至公元前520年在位。无射(yì)：周景王所铸钟名。 ㉝魏庄子：即魏绛，春秋时晋国大夫。歌钟：即编钟。铜制，用来配合歌曲，故名。据《左传》鲁襄公十一年(公元前561)，郑人将两肆(套)歌钟等乐器献给晋悼公，晋悼公分一肆(十六座钟)赐给了魏绛。 ㉞不余欺：不欺余。 ㉟臆断：主观推断。 ㊱殆：大概。 ㊲渔工：渔夫。水师：船夫。 ㊳陋者：见识浅薄的人，指李渤。斧斤：斧子。考击：敲击。

【品评】

本文作于元丰七年(1084)六月，苏轼由黄州赴汝州途中。石钟山，在今江西省湖口县鄱阳湖东岸。

设疑，是小说家的做法。在这篇游记里，东坡用了同样的手法，故而引人入胜，余味袅袅。全文以石钟山命名的由来为中心，对于前人的解释发生了怀疑，亲自坐船到实地考察，得出石钟山得名的真相。文中紧扣命名来突出石钟山的特色，尤其在“夜游”一段，对石钟山奇特的夜景作了生动形象、真切传神的描写，使人如临其境。结末，东坡发抒感慨，反对臆断，提出应当“目见耳闻”，对事物秉持一种求真求实的态度。与传统写法不同，此文不是旨在记游，描摹自然景物，而是以理先行，主旨在于辨明石钟山命名的因由，说明要正确认识客观事物，必须认真调查，实事求是，避免人云亦云而导致对事物真相的误解。全文把描写与叙述、议论结合起来，层次清晰，条理井然，具有吸引力和说服力。历代对此文评价甚高，如方苞评云："潇洒自得，子瞻诸记中特出者。"刘大櫆云："以心动欲还，跌出大声发于水上，才有波折，而兴会更觉淋漓。钟声二处必取古钟二事以实之，具此诙谐文章，妙趣洋溢行间，坡公第一首记文。"（均见《评校音注古文辞类纂》卷五六引）

书吴道子画后

知者创物，[①]能者述焉，[②]非一人而成也。君子之于学，百工之于技，[③]自三代历汉至唐而备矣。故诗至于杜子美，[④]文至于韩退之，[⑤]书至于颜鲁公，[⑥]画至于吴道子，而古今之变，天下之能事毕矣。[⑦]道子画人物，如以灯取影，逆来顺往，旁见侧出，横斜平直，各相乘除，得自然之数，不差毫末。[⑧]出新意于法度之中，寄妙理于豪放之外，[⑨]所谓游刃余地，[⑩]运斤成风，[⑪]盖古今一人而已。余于他画，或不能必其主名，至于道子，望而知其真伪也。然世罕有真者，如史全叔所藏，[⑫]平生盖一二见而已。元丰八年十一月七日书。

【注释】

①知者：同“智者”，聪明有智慧的人。 ②述：遵循。 ③百工：指各种工匠。 ④杜子美：即杜甫，字子美。唐代大诗人，与李白并称“李杜”。 ⑤韩退之：即韩愈，字退之，唐代著名文学家。他提倡散体，文笔雄健，气势磅礴，为后世古文家所宗，称韩文。 ⑥颜鲁公：即颜真卿，字清臣，封鲁郡公，世称颜鲁公。善正、草书，笔力沉着雄浑，为世所宝，称颜体。 ⑦天下之能事毕矣：语出《周易·系辞上》。 ⑧“如以灯取影，逆来顺往”七句：描述吴道子运笔自如，不管顺画逆涂，都能旁见侧出，无闲笔，无废笔；不管横斜平直，各种笔势都能互补，不管笔墨增减变化，都契合自然的尺度，没有毫厘差失。乘除：本指数学上的乘法和除法，这里指各种笔法的相互作用、消长。数：尺度。毫末：动物细毛的尖端，表示细微。 ⑨“出新意”二句：此二句是苏轼论艺名言，意即既合于法度、规律，又能表现出新的意趣情态，在豪放的风格之外寄寓着微妙的神理。 ⑩游刃余地：《庄子·养生主》：“彼节者有间，而刀刃者无厚；以无厚入有间，恢恢乎其于游刃必有余地矣。”言庖丁善于解牛，虽在骨节之间，而刀刃游行而大有回旋的余地。这里借喻吴道子运笔已如庖丁解牛般得心应手，轻松自如。 ⑪运斤成风：《庄子·徐无鬼》：“郢（楚）人垩（白粉）漫（涂抹）其鼻端，若蝇翼，使匠石（石匠）斲之；匠石运斤成风，听（任意）而斲之，尽垩而鼻不伤。”这里借此喻吴道子作画之技艺入神。 ⑫史全叔：生平不详。当时或住在青州（今属山东）。

【品评】

本文作于元丰八年(1085),时苏轼于登州知州任上受召还朝,离开登州西行,途经史全叔家所作。吴道子,名道玄,唐朝著名画家。开元中召入供奉,为内教博士。其画笔法超妙,尤擅长道释人物及山水,有画圣之称。宋人郭若虚《图画见闻志》卷一曰:"吴道子画,今古一人而已。"

作为宋代最杰出的文学家、艺术家,苏轼不仅在诗词文等方面取得了过人的成就,为当时及后世所推重追慕,而且其于书法与绘画诸领域也堪称大家。这样的天分令他具备了极高的艺术敏感与鉴赏力,所作画评、书评等无不精警透辟,一语中的。本文是元丰八年苏轼为史全叔收藏的吴道子画写的题跋。吴道子是唐代著名画家,有画圣之誉,苏轼在文中由艺术史的广阔角度出发,给予他极高的评价,将他与杜甫、韩愈、颜真卿等诗文书大家并称,认为其创作已臻至境:"而古今之变,天下之能事毕矣。"除了借《庄子》的两个典故来生动形象地展现吴道子技艺境界的纯熟精妙,苏轼更以"出新意于法度之中,寄妙理于豪放之外"为其画艺作了理论性的经典概括。这两句品评其实也是苏轼对自己文艺创作经验的精辟总结,成为当时和后代的文学艺术家们共同信奉的至理名言。

范文正公文集叙

庆历三年,[①]轼始总角入乡校,[②]士有自京师来者,以鲁人石守道所作《庆历圣德诗》示乡先生。[③]轼从旁窃观，则能诵习其词，问先生以所颂十一人者何人也？先生曰："童子何用知之？"轼曰："此天人也耶，则不敢知；若亦人耳，何为其不可？"先生奇轼言，[④]尽以告之，且曰："韩、范、富、欧阳，[⑤]此四人者，人杰也！"时虽未尽了，[⑥]则已私识之矣。

嘉祐二年，[⑦]始举进士，至京师，则范公殁，[⑧]既葬，而墓碑出，[⑨]读之至流涕，曰："吾得其为人，盖十有五年，而不一见其面，岂非命欤？"是岁登第，始见知于欧阳公，因公以识韩、富，皆以国士待轼，[⑩]曰："恨子不识范文正公。"[⑪]其后三年，[⑫]过许，[⑬]始识公之仲子今丞相尧夫。[⑭]又六年，[⑮]始见其叔彝叟京师。[⑯]又十一年，[⑰]遂与其季德孺同僚于徐。[⑱]皆一见如旧，且以公遗稿见属为叙。又十三年，[⑲]乃克为之。[⑳]

呜呼！公之功德盖不待文而显，其文亦不待叙而传。然不敢辞者，自以八岁知敬爱公，今四十七年矣。彼三杰者皆得从之游，而公独不识，以为平生之恨；若获挂名其文字中，以自托于门下士之末，岂非畴昔之愿也哉！[㉑]

古之君子，如伊尹、太公、管仲、乐毅之流，[㉒]其王霸之略，皆定于畎亩中，[㉓]非仕而后学者也。淮阴侯见高帝于汉中，[㉔]论刘、项短长，画取三秦，如指诸掌。及佐帝定天下，汉中之言，无一不酬者。[㉕]诸葛孔明卧草庐中，[㉖]与先主论曹操孙权，规取刘璋，因蜀之资，以争天下，终身不易其言。此岂口传耳受，尝试为之，而侥幸其或成者哉？[㉗]公在天圣中，[28]居太夫人忧，[29]则已有忧天下致太平之意，故为万言书以遗宰相，[30]天下传诵。至用为将，擢为执政，[31]考其平生所为，无出此书者。[32]今其集二十卷，为诗赋二百六十八，为文一百六十五。其于仁义礼乐、忠信孝悌，[33]盖如饥渴之于饮食，欲须臾忘而不可得；如火之热，如水之湿，盖其天性有不得不然者。虽弄翰戏语，[34]率然而作，必归于此。故天下信其诚，争师尊之。

孔子曰："有德者必有言。"[35]非有言也，德之发于口者也。又曰："我战则克，祭则受福。"[36]非能战也，德之见于怒者也。元祐四年四月十一日。

【注释】

①庆历三年：1043年，庆历为宋仁宗年号。 ②总角：束发。古时称儿童时代为总角。苏轼这年八岁。入乡校：苏轼八岁入小学，拜道士张易简为师。 ③石守道：《宋史·石介传》："石介，字守道，兖州奉符（今山东泰安东南）人。"曾躬耕自给，仁宗时进士。庆历年间，范仲淹等执政，政治清明，石介作《庆历圣德诗》。 ④奇轼言：惊奇于苏轼的话。 ⑤韩、范、富、欧阳：韩琦、范仲淹、富弼、欧阳修。韩琦与范仲淹共同防御西夏，世称韩范。富弼与范仲淹共同建议改革朝政。欧阳修辅助庆历新政。 ⑥虽未尽了：虽然没有完全了解。 ⑦嘉祐二年：1057年，嘉祐为宋仁宗年号。 ⑧范公殁（mò）：仁宗皇祐四年（1052），范仲淹赴颍州途中病逝。 ⑨墓碑出：范仲淹病逝同年十二月葬于河南府（今河南洛阳）的万安山，欧阳修为其撰写《资正殿学士户部侍郎文正范公

神道碑铭》。 ⑩国士：国中可以辅政的杰出人才。 ⑪恨：遗憾。 ⑫其后三年：嘉祐五年(1060)。 ⑬许：河南许昌。嘉祐四年，苏轼服母丧毕，与父亲、弟弟同赴京，途经许昌。 ⑭尧夫：范纯仁，字尧夫，范仲淹次子。元祐三年拜相。 ⑮又六年：治平二年(1065)。 ⑯彝叟：范仲淹第三子纯礼，字彝叟。苏轼罢凤翔签判赴京任职，遇彝叟。叔，古代弟兄排行次序为伯、仲、叔、季。彝叟排第三。叔，叔子，第三子。 ⑰又十一年：熙宁十年(1077)。 ⑱德孺：范仲淹第四子(亦为幼子)范纯粹，字德孺。苏轼自密州改任徐州，时德孺知滕县，属于徐州。所以苏轼称其为同僚。季，季子，幼子。 ⑲又十三年：自熙宁十年至元祐四年。 ⑳克：能够。 ㉑畴昔：从前。 ㉒伊尹、太公、管仲、乐毅之流：伊尹，商初大臣。佐汤攻灭夏桀。太公：姓姜，吕氏，名尚，早年隐居，受周文王知遇，号"太公望"。佐武王灭商，俗称姜太公。管仲：辅佐齐国，使齐桓公成为春秋时代霸主。乐毅：战国时候燕将，率军破齐。 ㉓畎亩之中：田野中。指以上诸人的才能是在身份卑微世人不知的时候就早已具备的。 ㉔淮阴侯：韩信，汉高祖定国时封他为淮阴侯，事详《史记·淮阴侯列传》。 ㉕汉中之言，无一不酬者：韩信初于汉中见刘邦时，献策平定三秦。酬，实现。 ㉖诸葛孔明：诸葛亮。刘备三顾茅庐，诸葛亮隆中对策，建议联合孙权共抗曹操。后天下三分，诸葛亮为蜀汉之相。事详《三国志·蜀书·诸葛亮传》。 ㉗"此岂"三句：这难道是听别人的口头传授，自己(心里没有主张)尝试着做，凭着侥幸得到的成功吗？这里是进一步强调其才干平素所有，非凭藉地位而得到的。 ㉘天圣中：指宋仁宗天圣四年(1026)。范仲淹之母去世。㉙忧：古代称父母去世为“忧”。守丧日期称为“居忧”。㉚“已有”句：范仲淹《岳阳楼记》有“先天下之忧而忧，后天下之乐而乐”句。此用其意。万言书，指晏殊知应天府时，范仲淹上书万余言议论朝政得失，人民利病。㉛“至用”二句：康定三年范仲淹任陕西经略安抚副使，庆历二年改任陕西四路经略安抚招讨使。庆历三年，范仲淹任枢密副使，后改任参知政事。擢(zhuó)：提升。㉜此书：即前面所记范仲淹所上的“万言书”。此论范仲淹与论伊尹、淮阴侯、诸葛亮等的方式一致。㉝孝悌(tì)：孝顺父母，顺从兄长。㉞弄翰戏语：游戏玩笑的文字。弄翰，弄笔。翰，毛笔。㉟“孔子”句：此语出自《论语·宪问》。意思是有高尚德行的人一定会有值得人寻味的言语。㊱“我战”句：此语出自《礼记·礼器》。克：胜。

【品评】

此文作于元祐四年(1089)，时苏轼自翰林学士改任杭州知州，即将离开都城汴京。范文正公指范仲淹，字希文。苏州吴县(今属江苏)人。北宋名臣，卒谥“文正”。

范仲淹是北宋之初著名的政治家，从“先天下之忧而忧，后天下之乐而乐”的精神气格到参与政治改革和巩固边防的事功，都是为后世人所景范的。生于同时代而稍晚的东坡，也如是景慕范仲淹的精神品格。此序是应范仲淹之子为范文集所写的序。从文中时间的交待，可以看出东坡对于这篇序的慎重——时隔所嘱十三年后才动笔完成。如此慎重的一篇序，展现的是东坡对前辈一片景慕的深情；同时也站在很高的层面上，对范的为人和事功做了评定。

这篇序行文严整，前三段叙述了四十七年来对范仲淹的因缘与景慕，情文并茂，可见得范其人的不凡器宇。所述虽跨数十年，但条理清晰，记年代以感情为线索，既明确，又于反复致意中见东坡对范公的深情。后二段，一述范公事功与影响力，以古之君子参照而评定其历史地位；一归结其文集意义，因前面备述范公其德，此述其文，则有归结处。为文集作序，一般都要表彰为文之妙，东坡不从文字着眼，而从文章作者的道德品格、平生事业评说，仅在结末以其文集作为收束，可见得东坡论文品人，其见识格调自有高处。

潮州韩文公庙碑

匹夫而为百世师，[①]一言而为天下法，[②]是皆有以参天地之化，[③]关盛衰之运。[④]其生也有自来，其逝也有所为。[⑤]故申、吕自岳降，[⑥]傅说为列星，[⑦]古今所传，不可诬也。[⑧]孟子曰："我善养吾浩然之气。"[⑨]是气也，寓于寻常之中，而塞乎天地之间[⑩]。卒然遇之，[⑪]则王公失其贵，[⑫]晋、楚失其富，[⑬]良、平失其智，[⑭]贲、育失其勇，[⑮]仪、秦失其辩。[⑯]是孰使之然哉？[⑰]其必有不依形而立，不恃力而行，不待生而存，不随死而亡者矣！[⑱]故在天为星辰，在地为河岳，幽则为鬼神，而明则复为人。此理之常，无足怪者。

自东汉以来，道丧文弊，异端并起。[⑲]历唐贞观、开元之盛，辅以房、杜、姚、宋，而不能救。[20]独韩文公起布衣，[21]谈笑而麾之，天下靡然从公，[22]复归于正，盖三百年于此矣。文起八代之衰，而道济天下之溺，[23]忠犯人主之怒，而勇夺三军之帅。[24]岂非参天地、关盛衰，浩然而独存者乎！

盖尝论天人之辨：[25]以谓人无所不至，惟天不容伪；[26]智可以欺王公，不可以欺豚鱼；[27]力可以得天下，不可以得匹夫匹妇之心。[28]故公之精诚，能开衡山之云，而不能回宪宗之惑；[29]能驯鳄鱼之暴，[30]而不能弭皇甫镈、李逢吉之谤；[31]能信于南海之民，庙食百世，[32]而不能使其身一日安于朝廷之上。盖公之所能者，天也；所不能者，人也。[33]

始，潮人未知学，公命进士赵德为之师，[34]自是潮之士，皆笃于文行，[35]延及齐民，[36]至于今，号称易治。[37]信乎孔子之言：[38]“君子学道则爱人，小人学道则易使也。”[39]潮人之事公也，[40]饮食必祭，水旱疾疫，凡有求必祷焉。而庙在刺史公堂之后，[41]民以出入为艰。前守欲请诸朝作新庙，[42]不果。[43]元祐五年，[44]朝散郎王君涤来守是邦，凡所以养士治民者，一以公为师，民既悦服，则出令曰：“愿新公庙者，[45]听。”[46]民欢趋之，[47]卜地于州城之南七里，[48]期年而庙成。[49]

或曰：“公去国万里而谪于潮，[50]不能一岁而归，[51]没而有知，[52]其不眷恋于潮也审矣！”[53]轼曰：“不然。公之神在天下者，如水之在地中，无所往而不在也。而潮人独信之深，思之至，焄蒿凄怆，[54]若或见之。譬如凿井得泉，而曰水专在是，岂理也哉！”

元丰七年，[55]诏封公昌黎伯，[56]故榜曰："昌黎伯韩文公之庙。"潮人请书其事于石，[57]因为作诗以遗之，[58]使歌以祀公。其词曰：

公昔骑龙白云乡，[59]手抉云汉分天章，[60]天孙为织云锦裳。[61]飘然乘风来帝旁，下与浊世扫秕糠，[62]西游咸池略扶桑。[63]草木衣被昭回光。[64]追逐李杜参翱翔，[65]汗流籍湜走且僵，[66]灭没倒景不可望。[67]作书诋佛讥君王，[68]要观南海窥衡湘，[69]历舜九疑吊英皇。[70]祝融先驱海若藏，[71]约束蛟鳄如驱羊。[72]钧天无人帝悲伤，讴吟下招遣巫阳。[73]犦牲鸡卜羞我觞，[74]於粲荔丹与蕉黄，[75]公不少留我涕滂，[76]翩然被发下大荒。[77]

【注释】

①"匹夫"句：（韩愈作为）普通人而成为后代百世的师表。匹夫：平民男子。泛指普通人。百世师：语见《孟子·尽心下》："圣人，百世之师也。" ②"一言"句：说的一句话就成为天下人遵从的准则。一言：一句话。法：准则。《礼记·中庸》："是故君子动而世为天下道，行而世为天下法，言而世为天下则。"这两句话都是称赏韩愈以自己的所为在世人心中崇高的地位。 ③是：这（都是）。参天地之化：参与天地化育万物的作用。《礼记·中庸》："可以赞天地之化育，即可以与天地参也。"这里及后几句都是苏轼对韩愈的作为的高度评价。 ④关盛衰之运：关系着世道盛衰的命运。 ⑤"其生"二句：他的出生自有来历，他去世后仍有所作为。 ⑥申、吕：申伯，吕侯（亦称甫侯）。周宣王、周穆王

时大臣，相传因山岳降神而生。《诗经·大雅·崧高》："维岳降神，生甫及申。"此为"其生也有自来"的例证。 ⑦傅说（yuè）：殷高宗武丁时宰相。他死后成为天上的星宿。《庄子·大宗师》称傅说："乘东维，骑箕尾，而比于列星。"此为"其逝也有所为"的例证。 ⑧诬：抹煞。 ⑨"我善"句：语出《孟子·公孙丑上》："我知言，我善养吾浩然之气。"浩然之气，大而充沛之气。 ⑩"寓于"二句：寄托于寻常事物之中，（处处皆在）充满天地之间。语见《孟子·公孙丑上》："其为气也，至大至刚，以直养而无害，则塞于天地之间。" ⑪卒（cù）然：猝然，突然。 ⑫王公失其贵：王侯公卿丧失他们最足以表身份的富贵。 ⑬晋楚：春秋时两个富强之国。 ⑭良、平：张良，陈平。皆为西汉开国谋臣，曾为汉得天下出力甚多。 ⑮贲（bēn）、育：孟贲，夏育。皆为战国时勇猛之人。孟贲能生拔掉牛角，夏育能生拔掉牛尾。 ⑯仪、秦：张仪，苏秦。皆为战国时著名辩士。张仪主张连横，苏秦主张合纵。 ⑰孰使之然：什么使得它能如此呢？ ⑱"不依"四句：不依靠形体而独立，不依靠强力而流布，不因为生命而存在，不因为死亡而消逝。 ⑲道丧文弊，异端并起：正道丧失而文风败坏，邪说纷起。道，指儒家思想学说。文弊，指魏晋以来浮艳文风盛行，三代两汉纯正敦厚的古文传统遭遗弃。异端，儒学以外的学派，此指当时流行的佛老思想。 ⑳房、杜、姚、宋：房玄龄，杜如晦，姚崇，宋璟。房、杜为唐太宗时名相。姚、宋为唐玄宗前期名相。 ㉑起布衣：从没有靠山的普通读书人中拔萃出来。布衣，平民，这里指未仕的读书人。 ㉒靡然：倾倒的样子。 ㉓"文起"二句：使八代以来衰疲的文风重新振作，用儒家正道拯救天下陷于邪说中的人们。八代：东汉、魏、晋、宋、齐、梁、陈、隋。 ㉔“忠犯”二句：忠心敢于冲撞高高在上的皇帝，勇气能够折服三军的统帅。《新唐书·韩愈传》载，唐宪宗准备笃信佛学，准备迎接佛骨入宫，韩愈上《谏迎佛骨表》，激怒宪宗，几乎被处死。当时情形全国上下惊骇恐惧，后来韩愈被贬谪到潮州做刺史。又载，唐穆宗时，韩愈奉旨平息叛乱，叛军首领王庭凑严阵以待，韩愈毫不畏惧，慷慨陈词，折服了叛军。 ㉕天人之辨：天道与人事的分别。 ㉖天不容伪：天是不容人作假的。 ㉗不可以欺豚鱼：《周易·中孚》："豚、鱼吉，信及豚、鱼也。"孔颖达疏云："释所以得吉，由信及豚、鱼故也。"信及豚鱼，即不欺豚鱼。 ㉘“力可”二句：用强力可以征服天下，但是不能使一般老百姓心悦诚服。 ㉙不能回宪宗之惑：不能使（耽溺于佛教的）宪宗回心转意。 ㉚驯鳄鱼之暴：据说韩愈曾通过祭祀使暴烈的鳄鱼顺服而迁徙。事详《新唐书·韩愈传》，韩集中有《祭鳄鱼文》。 ㉛弭（mǐ）皇甫镈（bó）、李逢吉之谤：止住奸相皇甫镈、李逢吉的毁谤。皇甫镈是唐宪宗宰相，李逢吉是唐穆宗宰相。《新唐书·韩愈传》载，韩愈贬潮州后，上表谢罪，宪宗读后，感到后悔，想复用他，但被皇甫镈谗言阻挡。又载，穆宗时，李逢吉厌恶李绅，想排挤他，就制造李绅与韩愈之间的矛盾是非，然后双双贬抑了他们。 ㉜庙食：立庙设为祭祀。 ㉝“盖公”二句：韩愈能做到的，是遵循天道，不能做到的，是屈从人事。 ㉞赵德：见韩愈《潮州请置乡校牒》："赵德秀才沉雅专静，颇通经，有文章，能知先王之道，论说且排异端而宗孔师，可以为师矣。"赵德，人称天水先生。 ㉟笃于文行：专心于文章德行方面下功夫。 ㊱延及齐民：影响到平民。齐民，即平民。

㊲号称易治：成为出了名的容易治理的地方。㊳信乎孔子之言：孔子的话确实可信啊。㊴“君子”二句：见《论语·阳货》。㊵事公：侍奉韩文公韩愈。㊶刺史公堂：州官办公的大堂。刺史，此指知州。㊷请诸朝：向朝廷请示这件事（作韩公新庙）。㊸不果：没有成功。㊹元祐五年：1090年。㊺愿新公庙者：愿意重新建筑韩愈庙的。新，用作动词。㊻听：任其自为。㊼趋之：跑来做这件事。㊽卜地：选择地方。㊾期（jī）年：一周年。㊿去国：离开京城长安。(51)归：归去。韩愈元和十四年（819）正月贬谪潮州，十月即移置袁州。在潮州前后不到一年时间。(52)没：死。同殁。(53)审：清楚，明白。(54)焄（xūn）蒿凄怆：祭祀时，香烟升腾，见出潮州人对韩愈纪念的真情。《礼记·祭义》：“焄蒿凄怆。”郑玄注：“焄谓香臭也，蒿谓气蒸出貌也。”(55)元丰七年：1084年。(56)昌黎：韩愈郡望昌黎（今属河北）。伯：爵位的一种，伯爵。(57)书其事于石：将为韩愈新建庙的缘由，立碑刻石为记。(58)遗（wèi）之：赠与他们。(59)白云乡：天帝所在的地方。《庄子·天地》：“乘彼白云，至于帝乡。”(60)手抉（jué）云汉分天章：亲手裁决天上文章。云汉、天章，指天上的文章。抉云汉、分天章，是互文见义。(61)天孙：织女星。(62)下与浊世扫秕糠：从天而降，为污浊的人世扫除垢乱。秕糠，秕谷和谷皮。此指浮艳文风和异端邪说。(63)咸池：神话里太阳每天洗浴的地方。略：经过。扶桑：神木名。传说太阳初升之处。(64)昭回：普照。《诗经·大雅·云汉》：“倬彼云汉，昭回于天。”(65)追逐李杜参（sān）翱翔：（韩愈文章）与李白、杜甫并驾齐驱。参，即三。韩愈《调张籍》：“李杜文章在，光焰万丈长。……我愿生两

翼，捕逐出八荒。” ⑯“汗流”句：张籍、皇甫湜(shí)汗流浃背地跟在后面跑也赶不上。张籍：贞元中举进士，工诗，特擅乐府，与韩愈友善。皇甫湜：元和进士，从韩愈为古文。 ⑰“灭没”句：指韩愈成就太高，已远超众人之上，令众人望尘莫及。灭没：快速到无影无声。《淮南子·兵略》中有“疾若灭没”形容兵若神速。景：同影。形容人在极高处下视，历历如见水中倒影。服虔注司马相如《大人赋》“贯列缺之倒景”句云：“人在日月之上，下视日月，反从下照，故其景倒。” ⑱“作书”句：指韩愈所上《谏迎佛骨表》事。⑲“要观”句：指韩愈因被贬谪南方，得以一路游览南海、衡山、湘江等名胜。 ⑳“历舜”句：指韩愈又游览了九嶷山，凭吊传说中的娥皇、女英。此承前句。韩愈有《祭湘君夫人文》。 ㉑“祝融”句：火神祝融为他当前导，海神海若藏起来不作害。形容韩愈之高德使得神也愿为之驱使。 ㉒“约束”句：很轻松地制服了海中的鳄鱼等厉兽。此指韩愈作《祭鳄鱼文》使其远离潮州之事。㉓“钧天”两句：天帝思念韩愈感到悲伤，于是派遣巫阳唱着歌到人间去招韩愈的魂灵。 ㉔“犦(bó)牲”句：选择吉日隆重地献祭。犦牲：庙中供品。鸡卜：南方古风俗，以鸡骨占卜。羞：同“馐”，进献食品。 ㉕“於(wū)粲”句：用鲜美的水果献祭。於粲：鲜明光艳的样子。於，形容词词头。荔丹：荔枝红艳。蕉黄：香蕉灿黄。 ㉖涕滂(pāng)：涕泗滂沱，形容非常悲伤，泪流满面。㉗“翩然”句：韩愈潇洒地离开人世。用韩愈《杂诗》“翩然下大荒，被发骑麒麟”语。被(pī)发：散着头发，表示不受人世间的拘束。大荒：神话中的山名。代指天上仙境。

【品评】

此文作于元祐七年(1092)三月，是苏轼应潮州(今广东潮州市)知州王涤之请为重修韩愈庙撰写的碑文。

历来学者，对此碑最多肯定者，在于其气势澎湃宏伟，与碑主韩愈之手笔仿佛之。如郑之惠等《苏长公合集》卷七谓："苏公作韩公庙碑及诗，即如韩公作《樊宗师墓志铭》，不独文肖其人，亦且人摹其文。"又，张伯行《唐宋八大家文钞》卷八云："此文止是一气挥成，更不用波澜起伏之势，与东坡他文不同。其磅礴澎湃处，与昌黎大略相似。"除了文气本身以外，还当注意到东坡作论的立足点。这篇碑文是东坡晚年之作。他在早年曾作过一篇《韩愈论》，对韩愈本人及其文章论点提出许多不随应时风的独特见解。从中也可见出，早年的东坡对韩愈的许多观点和做法是不认可的。及至人生阅历增多，对世间事愈看得深，对人生的思考愈透彻，东坡对于人和事的看法变得更中肯、更宽和。这时候，东坡对于前辈学者如韩愈，有了更深刻的理解。在这篇碑文里，可以看到与其早年的议论大不相类。如果仔细体味，还能看到他暗隐了自我的身世感慨。如，碑文中有"能信于南海之民，庙食百世，而不能使其身一日安于朝廷之上"句，储欣《唐宋十大家全集录·东坡集录》卷五评曰："'不能安其身于朝廷之上'，公所自道耳。……此碑终是借酒杯浇块垒。"又，沈德潜《唐宋八大家文读本》卷二四亦谓："昌黎袁州后，未尝不安于朝，此苏公借以自言其遇。"评论家都看到了东坡的自寓身世之慨。

文章分三个部分。首写韩公浩然之气，中论韩公遭贬的原因在合于天地而乖于人事，末叙潮州人修庙立碑情事。归本在养气，感慨身世，赞美遗泽。气势排宕奔放，但脉络极清晰。歌词与正文义理相合，愈加精警超拔。全文充溢着激情和节奏美，醒人耳目。如起句劈头就以“匹夫而为百世师，一言而为天下法”领起，气格超拔，贯注全篇。文中以大笔勾勒，综括韩公一生功业，骈句叠对，叙议相间，行文恣肆。王世贞评曰：“此碑自始至末，无一字懈怠，佳言格论，层见叠出，太牢悦口，夜明夺目。苏文古今所推，此尤其最得意者，其关系世道亦大矣。”（《唐宋文醇》卷四九引）

记游松风亭

余尝寓居惠州嘉祐寺，[①]纵步松风亭下。[②]足力疲乏，思欲就林止息。[③]望亭宇尚在木末，[④]意谓是如何得到？良久，忽曰：“此间有甚么歇不得处！”由是如挂钩之鱼，忽得解脱。若人悟此，虽兵阵相接，鼓声如雷霆，进则死敌，退则死法，[⑤]当甚么时也不妨熟歇。[⑥]

【注释】

①嘉祐寺：故址在白鹤峰东，明代改为城隍庙。今为广东惠州东坡小学所在地。　②纵步：随意闲步。　③就林止息：暂时在林边停下来休息。　④木末：树梢。这里指高处。　⑤“进则”二句：前进就死于敌人之手，往回撤退就会死于临阵不得脱逃的法律。　⑥熟歇：好好地休息一下。

【品评】

此文作于绍圣元年(1094),苏轼时在惠州(今属广东)贬所。松风亭,原在嘉祐寺侧,故址在今惠州东坡小学后山上。

东坡自英州再贬至惠州以后,所作文多简短,以小事蕴大事理,随处所遇,欣然有得。此文便是一例。文章题目标明“记游”,本可记述游历经过和松风亭的由来及四周的景物。但东坡非为叙事,而是明理。从“意谓如何得到”,悟出世间“有甚么歇不得处”的道理。这种即时放下,随遇而安,“当甚么时也不妨熟歇”的旷达态度,正是东坡从自己丰富的人生磨砺中,触动外物,偶然得之的。一件本来令人沮丧的遭遇,换个角度想,豁然开朗,“由是如挂钩之鱼,忽得解脱”。这种思考方式,在后来贬谪过程中不断从东坡笔下表现出来,这既是东坡对自己生活困境的一种积极反抗——以乐处哀,又是东坡在具体现实中始终不堕其精神品格、自我提升到一种旷远开阔境地的呈示。

在儋耳书

吾始至南海,[①]环视天水无际,[②]凄然伤之,曰:“何时得出此岛耶?”已而思之,[③]天地在积水中,九州在大瀛海中,中国在少海中,[④]有生孰不在岛中者?[⑤]覆盆水于地,芥浮于水,[⑥]蚁附于芥,茫然不知所济。[⑦]少焉水涸,[⑧]蚁即径去,[⑨]见其类,[⑩]出涕曰:[⑪]“几不复与子相见,[⑫]岂知俯仰之间,[⑬]有方轨八达之路乎?”[⑭]念此可以一笑。戊寅九月十二日，[15]与客饮薄酒小醉，[16]信笔书此纸。

【注释】

①南海：即海南。整个海南岛在南海中，故称之为南海。苏轼绍圣四年（1097）六月十一日登舟渡海，七月二日到达儋州。②天水无际：天和水连成一片，遥无边际。 ③已而：不久之后。④"天地"三句：古人对大陆与海洋关系的看法。认为，天地是在一汪水中，与神州中国等同的大九州在大瀛海中，中国在少海中。苏轼之话本于《史记·孟子荀卿列传》邹衍之语。大瀛海：大海，即现在所说的大洋。少海：小海。指东海、黄海。 ⑤有生：有生命的物类。孰：哪一个。 ⑥芥：小草。此句出自《庄子·逍遥游》："覆杯水于坳堂之上，则芥为之舟。" ⑦"茫然"句：举眼望去，尽是水面，迷惑着不知道该怎么渡过去。济：渡过。 ⑧少焉：一小会儿。涸（hé）：水干。 ⑨径去：直接出去。⑩见其类：见到自己的蚂蚁同类。 ⑪出涕：流出眼泪。⑫"几不复"句：差一点就不能与您再相见了。几：几乎。子：第二人称尊称。 ⑬俯仰之间：转瞬间。 ⑭方轨八达之路：四通八达的宽阔道路。方轨，两车并行。八达，四面八方相通。⑮戊寅：宋哲宗元符元年（1098）。 ⑯薄酒：酒味不醇，粗制之酒。

【品评】

此文写于元符元年（1098），时苏轼在儋耳。儋耳，古郡名，在今海南省儋州县西北。题一作《试笔自书》。

苏轼最善于谐趣。本来极艰苦沮丧之事，让他一讲笑话，那沉重的现实便变了模样。当然，谐趣是通达思想的外观，如果没有圆融通达的思想，单纯的谐就未必有趣了，也许会变成谐而谑，那么也便没有感人至深的情怀在里面。

苏轼被贬到海南，囿身于孤岛中，面对茫茫大海，不禁凄然发出“何时得出此岛”之叹。但转念之间，竟从邹衍谈天的一段话中，顿悟出整个人寰万类皆在岛中，故而无须自悲；继而又以蚂蚁于盆水中脱险的故事，说明危可以转化为安。东坡真善于用齐物观、相对论来观照人生世事、藉以自我解嘲，自我遣怀，从而以旷达乐观的胸襟、倔强从容的态度去战胜磨难。悲凉的情怀寓于谐趣之中，深沉的人生思考以形象而巧妙的譬喻出之，构思奇绝。这是东坡性灵与智慧的诗意写照。

书上元夜游

己卯上元，余在儋州。[①]有老书生数人来过，[②]曰：“良月嘉夜，先生能一出乎?”[③]予欣然从之。步城西，入僧舍，历小巷，民夷杂揉，[④]屠沽纷然，[⑤]归舍已三鼓矣。舍中掩关熟睡，已再鼾矣。放杖而笑，孰为得失？过问先生何笑，[⑥]盖自笑也；然亦笑韩退之钓鱼无得，更欲远去，不知走海者未必得大鱼也。[⑦]

【注释】

①儋(dān)州:今海南儋州。 ②过:拜访。 ③一出:出门一游。 ④民夷杂揉:汉族和当地少数民族杂居一处。 ⑤屠沽(gū)纷然:卖肉卖酒的人拥挤在市场上。屠,卖肉者。沽,卖酒者。泛指集市上做生意的。 ⑥过:苏轼幼子苏过,字叔党。陪伴苏轼在海南。 ⑦"然亦"三句:语出韩愈《赠侯喜》"我今行事尽如此,此事正好为吾规。半世遑遑就举选,一名始得红颜衰"句及末句"君欲钓鱼须远去,大鱼岂肯居沮洳"。意思是韩愈没在水浅处钓上大鱼,在远处深水中(大海)的人也未必能钓上大鱼啊。走海者:走到大海边上的人。这里是苏轼自指。

【品评】

此文作于元符二年乙卯(1099),苏轼时在儋州贬所。上元指农历正月十五。

东坡在海南,虽常贫困、病缠,但亦多能从静处得心之闲适。此文即展现了一次月夜出游的生活片断。语极简约,写整个游历路程,只用了"步"、"入"、"历"三个动词,加上所属宾语,就历历在目了。而其所见者,为"民夷杂揉,屠沽纷然"。儋州元宵节特有的热闹,喜悦,皆跃然纸上。夜晚游市,如历梦境。父子相对而笑,见出苏氏父子虽处"多病瘦悴"、"饮食百物艰难"的困境,却超然自得,生活和谐,心境恬静。结尾用韩愈的典故,把人生比作钓鱼,蕴含着他对人生得失无定的妙悟,其中有一生"钓鱼无得"的几分自嘲,几分沉重。文短意长,谐中寓庄。

又答王庠书[①]

别纸累幅过当,[②]老病废忘,岂堪英俊如此责望邪?[③]少年应科目时,[④]记录名数、沿革及题目等,[⑤]大略与近岁应举者同尔。亦有少节目文字,[⑥]才尘忝后,[⑦]便被举主取去,[⑧]今皆无有,然亦无用也。实无捷径必得之术。[⑨]但如君高才强力,积学数年,自有可得之道,而其实皆命也。但卑意欲少年为学者,每一书皆作数过尽之。书富如入海,百货皆有,人之精力,不能兼收尽取,但得其所欲求者尔。故愿学者每次作一意求之。如欲求古今兴亡治乱、圣贤作用,[⑩]但作此意求之,勿生余念。又别作一次,求事迹故实典章文物之类,[⑪]亦如之。他皆仿此。此虽迂钝,[⑫]而他日学成,八面受敌,[⑬]与涉猎者不可同日而语也。[⑭]甚非速化之术,可笑可笑。

【注释】

①王庠(xiáng):苏轼弟苏辙之婿,荣州(今四川荣县)人。苏轼《与鲁直》称其"文行皆超然,笔力有余,出语不凡,可收为吾党也"。 ②别纸累幅过当:指王庠来信之附笺有称颂之辞,苏轼觉得过当。 ③英俊:指才智杰出的人物。责望:期望。 ④科目:分科取士的项目。 ⑤名数:户籍。沿革:指事物发展变革的历程。 ⑥节目文字:《礼记·学记》:"善问者如攻坚木,先其易者,后其节目。"节目,树木枝干交接之处为节,纹理纠结不顺的部

分为目。这里指应试时题目较难的文章。 ⑦才尘忝(tiǎn)后:谦词,指中试。才尘,才能低下。忝后,名列榜后。忝,自谦之词,有愧于。 ⑧举主:被荐举者称荐举之人为举主。荐举当否,举主同其奖惩。 ⑨术:方法。 ⑩作用:指人或事物所起的影响。 ⑪故实:典故,出处。 ⑫迂钝:迂腐鲁钝。 ⑬八面受敌:对各方面的问难和需要,皆可应对。据《唐子西文录》,“东坡赴定武,过京师,馆于城外一园子中。余(唐庚)时年十八,谒之。问余:‘观甚书?’余云:‘方读《晋书》。’卒问:‘其中有甚好亭子名?’余茫然失对,始悟前辈观书用意盖如此。”此即苏轼八面受敌读书法之一例。 ⑭涉猎者:读书多而不专精者。

【品评】

同恩师欧阳修一样,苏轼也以奖掖后进为世人所知。在这篇书信里,苏轼回答了弟弟苏辙之婿王庠关于治学方法的疑问。他以谦厚而诚恳的态度告知王庠,治学之道在于勤奋,并无所谓“捷径”可走。年轻人欲为学者,当专注于所求者反复研读,目标明确,一书“皆作数过尽之”,“每次作一意求之”,日久学成,便可应付自如,这就是苏轼著名的“八面受敌”的读书方法。而他长年积累得出的这个经验,即使在今天,仍对我们具有积极启发的意义。

答谢民师书

轼启:近奉违,[①]亟辱问讯,[②]具审起居佳胜,[③]感慰深矣。轼受性刚简,[4]学迂材下,[5]坐废累年,[6]不敢复齿缙绅。[7]自还海北,[8]见平生亲旧,惘然如隔世人,[9]况与左右无一日之雅而敢求交乎?[10]数赐见临,[11]倾盖如故,[12]幸甚过望,不可言也。

所示书教及诗赋杂文,[13]观之熟矣。大略如行云流水,初无定质,[14]但常行于所当行,常止于所不可不止,文理自然,姿态横生。孔子曰:"言之不文,行而不远。"[15]又曰:"辞,达而已矣。"[16]夫言止于达意,即疑若不文,[17]是大不然。求物之妙,[18]如系风捕影;能使是物了然于心者,[19]盖千万人而不一遇也。而况能使了然于口与手者乎?是之谓辞达。辞至于能达,则文不可胜用矣。[20]扬雄好为艰深之辞,[21]以文浅易之说;[22]若正言之,[23]则人人知之矣。此正所谓"雕虫篆刻"者,[24]其《太玄》《法言》皆是类也,[25]而独悔于赋,何哉?终身雕篆而独变其音节,[26]便谓之"经",可乎?屈原作《离骚经》,盖风、雅之再变者,[27]虽与日月争光可也,可以其似赋而谓之"雕虫"乎?使贾谊见孔子,[28]升堂有余矣;[29]而乃以赋鄙之,[30]至与司马相如同科。[31]雄之陋如此比者甚众。[32]可与知者道,[33]难与俗人言也,因论文偶及之耳。欧阳文忠公言:[34]"文章如精金美玉,市有定价,非人所能以口舌定贵贱也。"纷纷多言,岂能有益于左右,愧悚不已。[35]

所须惠力"法雨堂"字,[36]轼本不善作大字,强作终不佳,又舟中局迫难写,[37]未能如教。[38]然轼方过临江,[39]当往游焉。或僧欲有所记录,[40]当为作数句留院中,慰左右念亲之意。[41]今日已至峡山寺，[42]少留即去，愈远。[43]惟万万以时自爱，[44]不宣。[45]

【注释】

①奉违：离别。奉，敬词。 ②亟（qì）：多次。辱：承蒙，谦词。问讯：问候。 ③具：完全。审：了解。起居：指日常生活。佳胜：很好。 ④受性：秉性。刚简：刚直简慢。 ⑤学迂：学识迂阔，不合时宜。材下：才能低下。 ⑥坐废：因事被贬官。累（lěi）年：多年。 ⑦齿：列。缙（jìn）绅：古代官员的装束，借指官员。缙，同“搢”，指插笏（hù）于带。绅，官员腰间束于衣外的带子。 ⑧自还海北：自从渡海北回。 ⑨惘然：失意的样子。⑩左右：对于对方的尊称，表示不敢直接向对方陈言，而由其左右转致。雅：素常，指旧交情。 ⑪数赐见临：承蒙您几次来看望我。数，多次。赐，上对下的给予。见，被动词，承受之意。临，来，引申为看望。 ⑫倾盖：谓行道相遇，停车而语，车盖接近，因称初交相得，一见如故为倾盖。盖，车盖。 ⑬书教：指书启信函。 ⑭初无定质：本来没有一定的形状。 ⑮“言之”二句：语言没有文采，就不会广泛传播。语出《左传·襄公二十五年》。⑯辞，达而已：文章，只要能达意就可以了。语出《论语·卫灵公》。 ⑰疑若不文：误认为不需要文采。 ⑱求：寻求。妙：微妙。 ⑲了然：明白。 ⑳“辞至于能达”二句：文辞能够做到达意，那么文采（包括各种修辞手段）已经足够用了。 ㉑扬雄：字子云，西汉著名文学家。好：喜欢。 ㉒文：文饰、遮掩。说：内容。㉓正言：直接说出来。 ㉔雕虫篆刻：指雕琢字句。扬雄曾后悔

作赋，认为是小孩子的雕虫小技："童子雕虫篆刻。"(《法言·吾子》) ㉕《太玄》《法言》：皆为扬雄著作，内容谈哲理和政治，形式上模仿《易经》和《论语》。 ㉖独变其音节：仅仅改变《太玄》《法言》的句法，使其散文化而不同于赋的韵文形式。 ㉗风、雅：指《诗经》中的《国风》、《大雅》和《小雅》，后常代称《诗经》。再变：指《离骚》继承发扬了《诗经》的优秀传统。 ㉘贾谊：西汉著名文学家、政论家。 ㉙升堂：古人将学问高低比作"入门"、"升堂"、"入室"三种境界。"升堂有余"，即已快达到"入室"的造诣极深的阶段。 ㉚以赋鄙之：指扬雄曾因贾谊作过赋而轻视他。 ㉛司马相如：字长卿，西汉著名辞赋家。同科：等类齐观。扬雄《法言·吾子》云："如孔氏之门用赋也(如果以辞赋来品评孔门弟子)，则贾谊升堂，相如入室矣！如其不用何(怎奈他们不用辞赋)！" ㉜陋：识见低下。比：类。 ㉝知：通"智"。 ㉞欧阳文忠公：即欧阳修，文忠是其谥号。 ㉟愧悚(sǒng)：惭愧恐惧。 ㊱惠力：寺名，在今江西省清江县南二里。谢民师替该寺向苏轼求字。法雨堂：惠力寺中的殿堂。 ㊲局迫：局促，狭窄。 ㊳如：依照。 ㊴方：将。临江：即临江军(军，宋朝行政区域名称)，在今江西省樟树市。 ㊵或：也许。 ㊶慰左右念亲之意：安慰您对乡亲的思念之情。 ㊷峡山寺：即广庆寺，在今广东省清远县。 ㊸愈远：(离您)越来越远。 ㊹惟万万以时自爱：请您千万时时保重自己。 ㊺不宣：旧时书信末尾处常用的套语，即不一一陈述的意思。

【品评】

本文作于元符三年(1100)，时苏轼自海南岛北归，途经广东清远。谢民师，名举廉，新淦(今江西新干)人。宋哲宗元符三年，谢民师在广东做幕僚，遇到从海南岛遇赦北归的苏轼，彼此书信往来，成为好友。

此篇文字是东坡给谢民师的回信。信中倾谈了个人晚年的心绪和心迹感受。其中大段涉及对于文学创作的看法，可以看作东坡对于多年创作的总结和独特的文学见解。首先他强调创作要“文理自然”，有如行云流水般“常行于所当行，常止于所不可不止”。这个观念，他在同时期所作的《自评文》里也作了同样的表述。第二，他对于古贤的“辞达”说作了诠释和补正。认为创作要“求物之妙”，即得对象之真，而这就要求准确、深刻地把握事物的特征，使其“了然于心”，而后是“了然于口与手”，即通过形象思维和发挥文字性能，对事物予以真切、生动、恰如其分的表现。这创作全过程的总结与其在《文与可画筼筜谷偃竹记》一文中提出的文艺创作主张一脉相承。第三，他反对雕琢浮夸的文风，批评如扬雄的《太玄》《法言》以艰深之辞文饰内容的浅陋。东坡这些精辟的见解，在今天也仍有指导创作和矫正时风的作用。

附：自评文

吾文如万斛泉源，不择地皆可出，在平地滔滔汩汩，虽一日千里无难。及其与山石曲折，随物赋形，而不可知也。所可知者，常行于所当行，常止于不可不止，如是而已矣。其他虽吾亦不能知也。

黠鼠赋[1]

苏子夜坐，有鼠方啮。[2]拊床而止之，[3]既止复作。使童子烛之，[4]有橐中空。[5]嘐嘐聱聱，[6]声在橐中。曰："嘻！此鼠之见闭而不得去者也。"[7]发而视之，[8]寂无所有，[9]举烛而索，[10]中有死鼠。童子惊曰："是方啮也，[11]而遽死耶？[12]向为何声，[13]岂其鬼耶？"覆而出之，[14]堕地乃走，虽有敏者，[15]莫措其手。[16]

苏子叹曰："异哉！是鼠之黠也。闭于橐中，橐坚而不可穴也。[17]故不啮而啮，以声致人；[18]不死而死，[19]以形求脱也。[20]吾闻有生，莫智于人。[21]扰龙伐蛟，[22]登龟狩麟，[23]役万物而君之，[24]卒见使于一鼠；[25]堕此虫之计中，惊脱兔于处女。[26]乌在其为智也？"[27]

坐而假寐，[28]私念其故。[29]若有告余者曰："汝惟多学而识之，望道而未见也。[30]不一于汝，[31]而二于物，[32]故一鼠之啮而为之变也。人能碎千金之璧，不能无失声于破釜；[33]能搏猛虎，不能无变色于蜂虿：[34]此不一之患也。言出于汝，[35]而忘之耶？"余俯而笑，[36]仰而觉。[37]使童子执笔，记余之作。[38]

【注释】

①黠（xiá）：狡猾。　②啮（niè）：咬。　③拊（fǔ）：拍。

④烛：这里名词作动词用，用蜡烛照。 ⑤橐（tuó）：箱形或袋形的盛物器具。 ⑥嘐（jiāo）嘐聱（áo）聱：象声词，形容鼠啮咬的声音。 ⑦见闭：被关住。 ⑧发：打开。 ⑨寂：空。 ⑩索：搜索，寻找。 ⑪是：这，指鼠。方：刚才。 ⑫遽（jù）：急，仓猝，引申为突然。 ⑬向：以前。 ⑭覆：翻，倒。 ⑮敏：敏捷。 ⑯莫措其手：措手不及。 ⑰穴：洞。这里用作动词，指咬破一个洞。 ⑱致：招引。 ⑲不死而死：装死。 ⑳以形求脱：以装死的外表求得逃脱。 ㉑"吾闻"二句：我听说一切生物之中，没有比人更聪明的了。 ㉒扰龙伐蛟：驯龙擒蛟。《周礼·夏官·服不氏》："掌养猛兽而教扰之。"郑玄注："扰，驯也，教习使之驯服。"蛟，古代传说中的一种龙。 ㉓登龟：捉住龟，用来祭祀、占卜。登，是祭祀时用来盛肉食的礼器，这里用作动词。狩：打猎。麟：麒麟。古代传说中一种象征祥瑞的神兽，似鹿，独角，牛尾，身披鳞甲。 ㉔君：这里作动词用，君临，主宰。 ㉕卒：终于，到底。一说卒同"猝"，突然。 ㉖惊脱兔于处女：《孙子·九地》："始如处女，敌人开户；终如脱兔，敌不及拒。"这里用来形容老鼠，说它开始装得像未出嫁的姑娘一样安静，逃跑时又似兔子一样迅捷，使人惊愕。 ㉗乌在其为智：人的智慧在哪里呢？乌，疑问词，何。 ㉘假寐：假睡，闭目养神。 ㉙私：独自。念：想。 ㉚"汝惟多学"二句：你不过多学而记住一点儿知识，但还未能望见"道"呢。识（zhì）：通"志"，记忆。 ㉛不一于汝：你自己不专心。一，专一。 ㉜二于物：被外物分心。二，不专一。 ㉝"人能"二句：人有时在打碎价值千金的璧玉时不动声色，却在打破了一只不值钱的铁锅时忍不住发出惊叫。璧：宝玉。釜（fǔ）：锅。 ㉞虿

(chài):指蝎子一类的毒虫。 ㉟言出于汝:"人能碎千金之璧"等语,见于苏轼十几岁时所写的《夏侯太初论》(全文今佚),又见于约作于熙宁十年(1077)的《颜乐亭诗》序。 ㊱俯:低头,向下。与"仰"相反。 ㊲觉:醒悟。 ㊳怍(zuò):羞惭。

【品评】

这又是一篇因小见大的文章。赋写一只小老鼠被困在袋子里,运用诡计,寻找机会脱逃的小事。东坡从此省悟到:人不管做什么事情,都应当心志专一,持之以恒,不为外物所惑,不懈怠疏忽。惟有如此,才能做出一番大事业。

赋的第一段写人鼠斗智的情景,绘形绘声,波澜曲折。字里行间,洋溢着幽默、诙谐的情趣,把一只黠鼠的形象描绘得形神栩栩。接着自然引发出二、三段的感慨议论。而在感慨议论中,东坡同样运用生动具体的事例来说明道理,并提炼出"人能碎千金之璧,不能无失声于破釜;能搏猛虎,不能无变色于蜂虿:此不一之患也"等精辟动人的哲理警句,发人深省,又耐人寻味。

东坡在这篇赋中运用对话手法灵活多变,有他和童子的对话,有他的自言自语,更有他与睡梦中幻化出来的另一个人的对话。对话和情景、细节的描绘以及感慨、议论结合,使文章活泼生动、委婉有趣。

名家精注精评本已出书目

书　名	主要编选者
李白集	郁贤皓(中国李白研究会原会长)
杜甫集	张忠纲(中国杜甫研究会原会长)
韩愈集	卞孝萱(中国韩愈研究会原会长)
白居易集	严　杰(南京大学教授)
王维集	董乃斌(上海大学教授、中国唐代文学学会副会长)
李商隐集	周建国(中国李商隐研究会理事)
柳宗元集	尚永亮(武汉大学教授、博导)
刘禹锡集	吴在庆(厦门大学教授、中国唐代文学学会理事)
杜牧集	罗时进(中国唐代文学学会副会长)
柳永集	王星琦(南京师范大学教授)
欧阳修集	刘扬忠(中国宋代文学学会副会长)
苏轼集	陶文鹏(中国社科院文学所研究员、博导)
三曹集	张可礼(山东大学中文系教授、博导)
陶渊明集	陈庆元(福建师大教授、博导)
二李集	蒋　方(湖北大学教授)
辛弃疾集	刘乃昌(中国李清照辛弃疾学会原会长)
王安石集	王兆鹏(武汉大学教授、博导)
陆游集	蒋　凡(复旦大学教授、博导)
李清照集	王英志(苏州大学教授、博导)
黄庭坚集	蒋　方(湖北大学教授)
李贺集	吴企明(苏州大学教授)
纳兰性德集	施议对(澳门大学教授)